Fifth Edition

Language in Thought & Action

語言與人生

人生

S.I. HAYAKAWA

Alan R. HAYAKAWA

S.I.早川 艾倫.R.早川——著

林佩熹——譯

致　馬格旦・彼得斯・早川

（Margedant Peters Hayakawa）

推薦序
珍惜生命裡滔滔湧現的「字詞巨瀑」

文◎江文瑜（台灣大學語言學研究所教授）

　　在寫這篇推薦序的同時，為了更了解這本書的作者早川教授的生平，我上網查詢了他的資料。意想不到的是，竟然看到了一些與台灣時事類似而有趣的巧合。二〇一四年三月至四月，台灣經歷了前所未有的太陽花三一八學生運動，而早川教授在一九六八年擔任舊金山州立學院的代理校長時，該校的罷工活動風起雲湧，學生大力支持並參加此活動，與其他團體共同提出「十五項無可商量的要求」，包括必須設立種族研究課程等，這個學潮也是美國歷史上創下新頁、學生要求停止越戰的大規模示威活動中的一個縮影。

　　接著，以下這一幕猶如電影的情節：早川教授以代理校長身分在示威活動中，拔掉抗議者的廂型車喇叭電線，造成示威活動被迫終止……。但他後來態度轉趨溫和，設立了全美第一個種族研究學院。

　　這個大事件使早川成為全國性的知名人物。然而，早川教授一生中最大的貢獻與影響力，多數人均認為是他於一九四一年寫

的《行為中的語言》，和之後於一九四九年將之擴寫的《語言與人生》。《行為中的語言》成為「每月一書俱樂部」選書，並成為暢銷書。相較於他在政治立場上相對保守的態度，《語言與人生》的內容即使從現在的觀點來看，都具有相當進步而發人深省的立論。

　　語言學的書要成為暢銷書，在整個美國的語言學歷史上並非易事。原因是美國從早期的結構主義發展到後來一九五〇年代中期由「現代語言學之父」諾姆・喬姆斯基（Noam Chomsky）所主導的形式語言學，一直到今天的語言學主流仍以形式語言學為主。形式語言學著重於探討語言的形式結構，讓語言學的理論呈現出較為抽象的詮釋，不容易接近一般的大眾讀者。

　　然而，部分「語意學」、「社會語言學」或「認知語言學」領域的研究者跳脫語言學的形式主義主流，試圖將社會、政治、媒體、思想、認知等因素融入語言學的探討，大大拓展了語言學的廣度與深度，使得語言學成為西方世界中一門非常具有威力與影響力的科學。

　　而早川教授的《語言與人生》也可算是連接語言與社會現象的一個美好成果。雖歸類為「語意學」的書，但絕對與一般所謂的傳統「語意學」的書不同，他採用了波蘭裔美國哲學家暨科學家阿爾佛烈特・科斯基（Alfred Korzybski）的「通用語意學」觀點，以貫串全書的譬喻「語彙世界之於外向世界，正如同地圖之於其所劃定的疆土」，極盡全力闡述「地圖不等於疆土」的概念。正因為大眾容易將詞彙世界誤以為外向世界，於是引發了諸如溝通不良、語言誤用、價值偏見、刻板印象、二元價值取向、媒體操控欲望、文化

遲滯等社會問題。

　　早川教授在書中第一部分著重於說明語言作為象徵符號的功能，第二部分進而探討語言如何對現實生活產生影響。第一部的論點固然吸引人，但我個人覺得本書的第二部更是精采，將詞彙的抽象化過程詳細論述，除了沿用科斯基的「抽象化階梯」概念，更將此概念擴展到生命的每一層面，提出「在高低階梯間不斷互相作用」的妙用對於政治演說家、文學作品寫作者的重要性。

　　而第十三章將「詩與廣告」並列，分析兩者的相同與相異性也十分耐人尋味。尤其，將詩歸為「無贊助詩歌」，而廣告為「贊助詩歌」的分類，進而造成兩者內容的差異性之部分有精采的論述。

　　雖然早川教授花了許多篇幅闡述語言隱藏何種陷阱的可能性，但讀者看完整本書後，會覺得語言果然非常具有威力，不但能凝聚合作的力量、傳達訊息，也是非常具有創造力和操控力的工具。這本以豐富譬喻串連起來的作品，可以讓我們更珍惜我們所擁有的「字詞巨瀑」。如果能更從本書淬鍊智慧的話，那我要以下面的話語做為結論：了解語言的本質可以讓人類既能享受語言的美好，又能看穿語言如何成為控制我們思想的媒介，進而能以更寬容的態度破解偏見與二元對立價值，如此我們對待自己與別人就會更慈悲。我們不妨想像這些美好的期待是本書可以帶來的「幸福包裹」。

導讀
饒富魅力的語言書

文◎羅伯特‧麥克尼爾（Robert Macneil，美國知名新聞主播）

拜讀本書是我人生中重要成長經驗之一。

我有幸擁有書香童年。年幼時，母親就有為我朗誦兒童文學經典作品的閒情逸致，從羅伯特‧路易斯‧史蒂文森[1]到狄更斯[2]；在英格蘭教堂唱詩班的日子使我雙耳深受欽定版聖經[3]及公禱書[4]的聖歌滋潤；加拿大學校則進而讓我浸潤於英語詩之中；最後是劇場蠱惑我，讓我熱情地投入莎士比亞的懷抱。從大學學生表演到真正的電台播報，可以說正是莎士比亞促使我成為新聞播報員的。

然而，在一九四九年九月剛進入戴爾豪斯大學時，我對英語的理解其實仍有很深的隔閡。我的心隨語言的抑揚頓挫低吟，閱讀成癮，認為神賜給我的文學天賦能讓我藉由爬格子一舉成名，或至少出本書。但有些惱人的障礙橫峙在我面前，比如大一英文。我這才發覺自己對語言的剖析面懵然無知。

我學過文法，由閱讀習得詞彙能力，能辨識不同的韻腳，也知道十四行詩的格律，但卻從未意識到語言之於人類是何等重要的

工具。從沒有人促使我去思考：他人如何使用語言來通知我、說服我、動搖我的政治想法、煽動我的情緒、促使我產生偏見，或勾起我購物的欲望。也沒有人讓我知道我也正以同樣方式使用語言而不自知。簡而言之，我如此深愛字詞富含的詩意，卻對它在人類心理學和社會學上扮演的複雜角色一無所知。

正是S.I.早川所著本書《語言與人生》之早期版本開啟了我的視野。它早已成為經典，如今編修到第五版，加入了嶄新例子，我們的心智何其有幸。我可不是隨隨便便使用「心智」[5]這字。

本書能讓我十分罕見地驚呼：「噢！我懂了！」這正是學習的樂趣所在，彷彿簾幕為你揭開，你就能獲知重要事物。

以年輕人的話來說，四十年後重讀此書，讓我更清楚為何我就是「超吃早川那一套」。

《語言與人生》不只是語意學入門書。語意學是大多數人聽來陌生，或認為與我們的生活無關的字眼，但若當真如此，我老早該把這本書拋諸腦後。然而，就像是進入動機研究學者和中情局調查員用來暗中窺看觀察對象、裝設單向鏡的祕密房間裡一樣，語意學事實上是迷人的語言鏡中奇旅[6]。不過也有大半樂趣源於將自己當作被觀察者，比如當自己像低等動物僅發出友善的聲響和簡單對話時，或當自己無意識中顯露自身對於種族宗教及政治的偏見時。我仍記得這份知識賦予我獨立思考能力所產生的震顫感。我生性好疑，這對我的懷疑主義可大有助益！

早川也讓我首次了解到，什麼要素能使語言成為報導或論點、屬客觀或主觀。這本該是新聞學和寫作訓練最基礎的一課，卻從未

受到認真教導。

　　我很快得到實際演練的機會。我大學生涯多半都在商業廣播電台和加拿大廣播公司工作，後來我在其中一間屬於合眾通訊社[7]的電台成為廣播新聞編輯。共產黨於中國取勝後不久，合眾通訊社正待稱呼新的統領為「紅頭兒毛澤東」。問題來了，加拿大人並不像美國人那般偏執看待中國成為共產國家這回事，而我認為「紅頭兒」一詞帶有偏見。若使用這稱呼，等於是假設大多數的聽眾都會（或應該會）對毛澤東帶有負面看法，於是我自行畫掉上百個「紅頭兒」字樣並替換為較中性的字眼長達數月。早川的代言人在這兒呢。

　　之後我更深入修習正式新聞學科，但從未就讀於新聞系所。我進修新聞學之前已具備對語言的分析態度，我想這使我保有與眾不同的獨立思考能力，而我並不會將之歸功於新聞學。如此一來，或許該說早川是我的第一間新聞學校。

　　其他讀者很快就會發覺，早川不僅止於此。

　　《語言與人生》昭示我們，這個時代該如何走向理性生活。異於新興信仰、新銳宗師、取得內在平靜或與超自然力量結合的嶄新途徑，早川告訴我們該如何善用我們最具人性的那部分，即對於抽象語言和認知語言的天賦，來使自己不再好鬥，斷除畏怖，成為更具互助心且理性的人。借鑑於心理學和科學思想所具備的廣泛知識，作為民主世界中的公民，作為被稱為社會「巨大協同神經中樞系統」的一份子，他的建言對我們的日常生活來說是一劑理性良方，語言正是前述神經系統之神經生化學[8]。

　　「知汝自身」，古希臘德爾菲神諭早有明訓，爾後又由智者流傳至今。本書為我們示範使用語言的方式如何洩漏我們的想法，以及如何藉由檢驗我們使用的語言更了解自己。讀完本書，一定會增加對自我的了解。準備好終日接受「字詞巨瀑」[9]襲擊吧。

　　我甚至藉由閱讀本書，更了解我們每日節目《麥克尼爾／萊勒新聞時間》的動力所在。我們的新聞取向透過每日實踐，實現早川所謂「多重價值取向」。我們認為非黑及白、善惡分明的事物十分很少見。四十年前閱讀本書的我首次學到此事，但如今且讓我以此作結：關於語言的書籍能像本書一般饒富魅力的，確實十分少見。

注釋

1　羅伯特・路易斯・史蒂文森，Robert Louis Stevenson，一八五〇～一八九四，蘇格蘭小說家，著有《金銀島》、《化身博士》等，也寫詩、散文和旅遊文學。

2　查爾斯・狄更斯，Charles Dickens，被譽為十九世紀英國最偉大的作家。著有《雙城記》、《孤雛淚》、《塊肉餘生錄》等。

3　由英國國王詹姆斯一世下令翻譯的聖經版本，或直譯為《國王詹姆斯聖經》、或《詹姆士王譯本》、《英王欽定版》等。此版本簡明易懂，咸認對其他聖經版本及英語文學有很大的影響。

4　基督教普世聖公宗（聖公會）的禮文書，等同此教派的憲法。

5　英文sanity除了心智，還有理性、神智清明，或使神智清明之意。

6　原文「through the looking glass」，典出路易斯・卡羅名著《愛麗絲夢遊仙境》之續作《愛麗絲鏡中奇遇》（*Through the Looking-Glass, and What Alice Found There*）。

7　合眾通訊社，為合眾國際社（United Press International）的前身，與路透社及美聯社同為美國著名通訊社。但一九九一年宣告破產，目前輾轉為韓國統一教會收購。

8　神經生化學，Neurochemistry，神經科學的一部分，主要研究神經元的細胞特性。

9　作者將於第一章針對該名詞說明。

序言
語言的運作、陷阱與發展

文◎S.I.早川

　　學習如何更清晰地思考、更有效率地言語及書寫，並以更深刻的理解去聆聽及閱讀，這些都是語言學習的目標。本書嘗試以現代語意學指向這些傳統的目標，意即，透過了解生物上及語言功能上的術語來詮釋語言在人類生活中扮演的角色，且透過了解語言的不同用途來達成前述目標。包括用以說服並控制行為的語言、傳遞訊息的語言、創造並表達社會凝聚力的語言，以及詩意並富有想像力的語言。

　　字詞若不傳達資訊，就無法像廣告上的貨車一樣運送刮鬍泡或蛋糕粉。字詞能讓人上街遊行，也能讓人拿石頭砸向遊行者。於散文中毫無意義的字詞能在詩中傳達巧妙的詩意。對某些人來說簡單而清楚的字詞，對其他人來說或許是令人費解或晦澀的。我們使用字詞來粉飾最污穢的動機和最惡劣的行為，卻也使用字詞來擬定理想和抱負。（我們說出口的字詞是思想的體現，或我們的思想受我們習得的語言系統所決定？）

認識語言如何運作、語言隱藏何等陷阱及語言的可能性，正是去了解人類生活複雜情狀的核心部分。關注語言和現實之間的關聯、探索字詞和說者／聽者想法情緒所表達涵意之間的關聯，亦即同時將語言視為知性和德性的學科。

舉例或許可以講得更清楚，如果有人對你說「今年土豆不咋好哦？」你會有什麼反應呢？使用傳統思考方式研究語言的人會恪盡職守矯正說話者的文法、發音及用詞，使其符合語言素養的標準。然而受過語意學訓練的學生會優先注意其他問題。他們或許會問：「你指哪些馬鈴薯呢？你家農場的，或是全郡的？你怎麼知道的呢？是個人觀察？或有可靠消息來源？」簡而言之，語意學的老師自己僅關切、並教導學生也僅關切語句中的事實、資訊是否充足，及該論述的可信度。

現今大眾或許前所未有地深刻關切著「溝通」在人類生活中所扮演的角色。這樣的意識多半因為在迅速變遷重組的世界中，國家、階級和個人之間的緊張關係急迫提升，連社會中最不受影響的邊緣分子，也被那股亦善亦惡的強大力量波及。那股力量就出自大眾媒體：出版業、電影、廣播及電視。

真空管及晶體管[1]造就了二十世紀的通信革命，其影響甚至比迎來文藝復興的印刷術更為深遠。東歐、亞洲、非洲及拉丁美洲人眼界不斷提升，都拜交通及通訊進步所賜：飛機、吉普車、直升機、報紙、雜誌、電影，特別是廣播電台。我的非洲學生曾告訴我，在上以千計偏僻鄉鎮中，只能從鄰村打聽消息而未經任何文化洗禮的人，如今能藉由收音機收聽到來自倫敦、紐約、東京及莫斯

科的新聞，而且開始渴望能在這個比以往所知更加遼闊的世界中成為一介公民。

　　電視也對世界變遷大有助益。藉由購買牙刷、洗衣粉和汽車，藉由對國家和國際事務的興趣，藉由在娛樂節目中分享情感、夢想、理想和價值觀，美國商業電視台使所有人成為工業和民主文化的獲益者。不只對本國所有經濟階層的人，電視也透過美國節目轉播一視同仁地提供這一切給全世界其他城市和偏遠鄉鎮的人。無論是渴求更廣闊的知識，或渴望參與物質世界，我們根本不清楚電視究竟釋放了多強大的力量，溝通模式和技術的革命通常比引進備受期待的新發明引發更多後續效應。國內和世界溝通網路的密度隨科技進步而增強，這意味社會變遷節奏加速，也因此人們對語意辨析的需求也隨之增加。

　　本書原始版本《行為中的語言》（*Language in Action*）從許多角度來說都是對於某些危險宣傳的迴響，特別諸如希特勒用以成功說服數百萬人那瘋狂而具破壞性的觀點。對於他人和自己的言語，我們必須一貫持有批判態度，那曾是我個人信念，而今如故。這一方面是為了自己好，同時也確保我們能善盡公民職責。希特勒已逝，但倘若我們大多數人較容易受到引發恐懼和種族仇恨的口號驅使，而非人與人之間的和平妥協和相互理解，我們的政治自由仍會受到那些煽動者的詭辯和不擇手段所擺布。

　　我在一九三八到三九年的冬天寫下油印、線圈裝訂的《行為中的語言》，做為威斯康辛大學英文系新生課程大綱。這本書雖然很快就引起了學術界的興趣，仍然直到在一九四一年十二月獲選為

「每月一書俱樂部」[2]非小說類選讀書後，讀者群才有所擴展。選書公告後，我才得知近代小說家、評論家暨教育家桃樂絲・肯非爾德・費雪[3]是俱樂部審書委員的主導者。此後，本書不斷編修及擴增，在一九四九年以新標題《語言與人生》面市。本作至少被譯為八種語言：中文、芬蘭文、法文、德文、日文、葡萄牙文、西班牙文和瑞典文。

　　語意學藉由溝通研究人際往來。溝通有時導向合作，有時導向衝突。語意學的基礎道德假設與醫學假設類似：健康易患病，而合作易生衝突。這假設也隱含在《行為中的語言》中，當作《語言與人生》之統合中心要旨，直到第五版它仍是中心主旨。

　　隨著電視的影響力日益增長，本書為媒體及其對我們身為閱聽者、消費者及公民的影響，增加全新獨立章節。第五版也刪除大學用版本中為學生設計的〈應用篇〉（即練習題），以及〈傳遞情感的語言〉、〈藝術和張力／激情〉、〈向內或向外的秩序〉等章節。〈點唱機中的一角錢〉章節中部分內容也已刪除。第四版之〈我們符號後的社會〉章節之大部分內容也已刪除。

　　書中範例和參考資料都已更新。吾友威廉・H・史奈德[4]所繪製的語意學漫畫插圖將本書點綴得更為出色，這些插圖翻印自他的作品《危險人言》。

　　本書最需感謝的是阿爾佛烈特・科斯基[5]晚年提出的通用語意學（非亞里斯多德體系[6]）。我也大力著墨於其他語意學建構者的著作，特別是奧格登與理查茲，還有托斯丹・范伯倫、愛德華・薩丕爾、蘇珊・朗格、倫納德・布隆菲爾德、卡爾・波普爾、瑟曼・

阿諾德、尚・皮亞傑、溫德爾・強森、歐文・李、阿納托・拉普伯特、及斯圖特・切斯[7]。而我也得感謝那些受到佛洛伊德啟發因此具有動態觀點的心理學家和精神病學家之著作，包含卡爾・梅寧格、卡爾・羅哲斯、亞伯拉罕・馬斯洛、普雷斯科特・萊基、魯道夫・德瑞克斯及米爾頓・羅奇區等。同時文化人類學家的著作也使我獲益良多，特別是班傑明・李・沃夫、露絲・潘乃德、萊斯利・懷特、瑪格麗特・米德、桃樂斯・李及維斯頓・拉伯理。

在準備第五版的過程中，密蘇里大學堪薩斯分校的莎拉・摩根及麥克・維維翁仔細閱讀稿件並提供關於改寫和內容比重更動的建議。我也採納他們提供的部分想法，特別是改以現今時事與大眾文化更新參考資料。而我的兒子艾倫・R・早川也持續幫忙增補、改寫、更新並編輯內容，艾倫原為波特蘭《奧勒岡人報》駐華盛頓記者，現為居住賓州的自由撰稿人。

各種學科都著眼於象徵行為和象徵機制下的人類互動，除語言學、哲學、心理學和文化人類學，還包括問卷研究及民意調查、心理治療新技巧、數學生物學及控制學。要如何匯集整合各領域的見解呢？雖然我不敢說自己已找到答案，但我確實檢證此事已久，並深信必須使用科斯基的通用語意學所發現到的廣泛而富教育價值的法則才能成功。

由於完整注明引用來源會使本書看來過於艱深，我將參考書目統一列於書後，不在文中細列參考文獻。然而，本書內容及我任意重述、應用的現存理論若有謬誤或不足，我所取經的作者及作品絕對無需負責。

　　我還要感謝許多學生、無數教育界同事、各行各業公司主管、培訓人員及行銷人員，身處醫藥界、法律界、勞動關係及政府部門的友人，特別是美國參議會前同事。他們的批評及討論幫我釐清問題且擴展我的視野。

注釋

1　意指電視。

2　「每月一書俱樂部」，Book-of-the-Month Club，簡稱BOMC，一九二六年成立，美國著名的郵購選書俱樂部。

3　桃樂絲・肯非爾德・費雪，Dorothy Canfield Fisher，一八七九～一九五八，將蒙特梭利教學理論引進美國，羅斯福總統夫人將其譽為美國最具引響力的十位女性之一。

4　威廉・H・史奈德，William H. Schneider，歷史學教授，研究領域為醫學史，曾任印第安納大學醫學人文主任。著有《危險人言》（*Danger: Men Talking*）。

5　阿爾佛烈特・科斯基，Alfred Korzybski，一八七九～一九五〇，波蘭裔美國哲學家暨科學家。通用語意學的提出者。

6　意指不遵照傳統亞里斯多德學派的非古典學術體系。

7　依序為C. K. Ogden、I. A. Richards、Thorstein Veblen、Edward Sapir、Susanne Langer、Leonard Bloomfield、Karl R. Popper、Thurman Arnold、Jean Piaget、Wendell Johnson、Irving J. Lee、Anatol Rapoport、Stuart Chase，以上均為當代語言學家、學者。

目錄

Part I
語言的功能

Part II
語言與思想

語言的功能

The Functions of Language

第一章 語言與生存
Language and Survival

　　人們總將耳熟能詳的那句「不勞而獲」視為悖亂且有害社會的貪念。但說來除了肉身，我們擁有的一切都是無償得來的。再怎麼自滿反動的人莫非就能夠吹噓自己發明了文學和印刷術？或創建了自己的宗教信仰、經濟及道德信念？或任何提供他肉食及衣裝的器具？或他喜愛的文學、藝術作品？簡而言之，文明本身就是不勞而獲的。

——詹姆斯·哈維·魯賓遜[1]

本章關鍵字

我們該模仿什麼動物？
是否老虎的無情、狐狸的狡猾及遵從叢林法則，確實適於佐證人類的適者生存？

合作
動物能發出的嚎叫聲有限，但人類能使用一種包含噗吱、嘶嘶、咕嚕、咯咯、咕咕等聲響的極複雜系統（又稱為「語言」），來表達並報導其神經系統所感知的事物。

知識之淵
任何文字文化只要持續幾世紀，人類累積的知識，便會遠遠超過該文化中任何人一輩子可閱讀或記憶的量。

字詞巨瀑
無論米特是否有自覺，不只他聽見和使用的字詞，連他無意識間對語言預設的態度也影響他人生的每分每秒。

我們該模仿什麼動物？

　　自認意志堅強且現實的人通常深信人類天性自私，生存即戰鬥，適者生存。根據此理論，即使表面上以文明妝點，人類必須遵從的基本法則仍是叢林戰鬥。所謂「適者」就是具有優越武力、卓越智謀和絕對無情進行爭鬥的人。

　　「適者生存」的哲學廣為傳布，使得那些在個人鬥爭、企業競爭或國際關係上行為無情自私的人可以安撫個人良心，說服自己不過是順從了自然法則。但公正的旁觀者可以用自身的人類經驗捫心自問，是否老虎的無情、狐狸的狡猾及遵從叢林法則，確實適於佐證人類的適者生存？如果人類非得從低等動物中尋找仿效對象，除了猛獸之外，是否還有能夠師法的對象？

　　舉例來說，我們可以效法兔子或小鹿，並將「適者生存」定義為快速逃離敵人的能力。我們也可以效法蚯蚓或鼴鼠，將「適者生存」視為躲藏及脫逃。我們還能參考牡蠣或家蠅並將其適者生存能力定義為大量繁衍以免被天敵吃光。在《美麗新世界》[2]中，赫胥黎描摹了將人類當作群居螞蟻的世界。世界在菁英團隊的管理下，或許像蟻群一樣的團結、和諧、有效率，但就像赫胥黎所昭示的，那也沒有任何意義。若單純以動物為目標來定義所謂「適者生存」，我們可以設計出無數不適合人類的行為系統：我們可以師法龍蝦、狗、麻雀、鸚鵡、長頸鹿、臭鼬或寄生蟲，因為牠們很明顯在各特定環境都生存得很好。然而我們也該問問，是否人類的「適者」真與低等動物的「適者」相同？

是否人類的「適者」真與低等動物的「適者」相同？

　　既然普遍認為競爭是世界運行的力量，那麼就該確認一下現今科學中所謂「適者生存」為何。生物學家將生存競爭分為兩類：其一，「種間競爭」（interspecific struggle），即不同物種間的鬥爭，如狼與鹿或人類與細菌。其二，「種內競爭」（intraspecific struggle），同一物種成員間的爭鬥，比如老鼠相鬥或人類相爭。現代生物學有大量證據顯示藉由種內競爭來進化的物種，往往使自己不利於種間競爭，因此那些物種要不已經絕種，就是瀕臨絕種。孔雀的尾巴雖然有利於和其他孔雀進行性競爭，但處於整個大環境或跟其他物種競爭時卻只會礙事而已。因此孔雀很可能因為突發的生態平衡變化而在一夜之間消失。也有其他證據顯示，無論種間或種內的競爭，動物之間暴烈而猛力的廝殺都對物種存續沒有幫助。許多備有強大防禦和攻擊能力的巨大爬蟲動物，早在數百萬年前就於地球絕跡[3]。

　　雖然已認定人類必須爭鬥求生，但如果要探討人類求生，首先還是得區別哪些特質有益於對抗環境和其他物種（諸如洪水、暴風雨、野生動物、昆蟲或細菌等），而哪些素質（如侵略性）是用於對抗其他人類。也有一些對人類求生很重要的素質與爭鬥無關。

　　如果我們無法團結合作，就只能被各個擊破，這法則遠在被富蘭克林訴諸文字[4]前就為人所知。對大多數生物來說，要求生存，物種內的合作（有時包括跨物種合作）至為重要。

　　人類是會說話的動物。任何關於人類生存的理論若無視此前提，就會像探討河狸生存理論之際卻無視河狸使用牙齒和扁尾的有趣習性一樣，不夠科學。讓我們看看「說話」，也就是「人類的溝

現代生物學有大量證據顯示藉由種內競爭來進化的物種，往往使自己不利於種間競爭，因此那些物種要不已經絕種，就是瀕臨絕種。

通」意味著什麼。

合作

　　如果有人對你大叫「小心！」而你及時跳開沒被車撞上，使你免於受傷的是高等動物求生的基礎合作行為：命名。也就是發聲表意進行溝通。你沒看見車子開過來，但別人看到了，且發出一些「聲響」與你溝通以便警告你。換言之，雖然你的神經系統沒有察覺危險，但別人的神經系統察覺到了，你因此毫髮無傷。在那一刻，你受惠於別人的神經系統。

　　確實，當我們聽著別人發出的聲響，或看著紙上表記聲響的黑色符號時，大多時候都是在藉此補足自身未曾經歷的生活體驗。很明顯地，如果能利用越多他人的神經系統來補充我們的不足，求生就更容易了。如果群體中互助合作發出聲響的成員越多，對所有成員來說當然越有助益（當然，助益範圍仍受限於成員具備的能力）。鳥類與其他動物都會與同類群聚，發現食物或有所警戒時都會發出聲響警告彼此。事實上，對動物來說，以「合群」達成自衛和生存的重要性，就像整合神經系統的必要性之於人類，甚至比整合彼此的體能來得重要。對於動物和人類來說，集會結社可說是巨大的協同神經系統。

　　動物能發出的嚎叫聲有限，但人類能使用一種包含噗吱、嘶嘶、咕嚕、咯咯、咕咕等聲響的極複雜系統（又稱為「語言」），來表達並報告其神經系統所感知的事物。語言不只更為複雜，也

比動物的嚎叫聲更具彈性，它不只能用來報告神經系統感知的各種事物，也可以再次報告這些報告。如果一隻動物吠叫，可能使第二隻動物跟著吠叫或感到警戒，然而第二聲吠叫並沒有指涉第一聲吠叫。但若有人說「我看到一條河」，第二個人可以說「他說他看見一條河」，即「陳述一句陳述」。而如此「陳述一句陳述」，可以無止境地繼續陳述下去。語言，能用以解釋語言。這是人類發聲表意系統與動物嚎叫之所以相異的基本之處。

語言，能用以解釋語言。這是人類發聲表意系統與動物嚎叫之所以相異的基本之處。

知識之淵

除了發展語言，人類還借助黏土板、木材或石頭、獸皮、紙和晶片，製造出或多或少的永久記號和畫痕藉以「表記」語言。這些符號能讓我們與發聲所不能及的對象溝通，跨越空間與時間障礙。從刻畫在樹皮上的印地安人足跡直到現代都會報紙，演化過程如此漫長，然而其共同點是：為其他人的方便（廣義上或可說是為了引領他人），傳達個人所知資訊。今時今日，許多加拿大的木材上仍可找到印地安人多年前留下的痕跡。阿基米德已逝，我們仍擁有他的物理實驗觀察結果報告。濟慈已逝，他留下的詩句仍可以告訴我們他初次讀賈浦曼譯荷馬時如何感動。伊麗莎白・巴雷特[5]已逝，但我們仍可得知她對羅伯特・白朗寧的情感。我們藉由書籍和雜誌獲知數以百計我們應無從得見的人們所思所感。而衛星將我們所居世界的種種藉由報紙、收音機及電視傳遞出去，這些資訊終有一日能用以解決我們的問題。

因此，從沒有人能夠只依賴自身的直接經驗過活。原始文化中的人也能透過語言溝通來利用鄰居、朋友、親戚或祖先的經驗。與其因為受限自身經驗和知識而徒留無助、發掘那些其他人早已發現的、重複別人已犯過的錯，不如根據別人留下的經驗繼續向前。也就是說，語言促成進步。

事實上，大多數被視為我們這物種所具備的人類特質，已透過我們整合知覺系統發聲表意且書寫表意的能力而被體現並發展出來。遠在書寫系統還沒發明之前，人類仍然可以交換資訊並將其所擁有的傳統知識代代相傳。雖然口述所能傳遞的知識看似同時受限於其可信度及傳輸量，然而文前時代的人[6]卻展現了可觀的記憶力，例如記住數百哩旅程中的地標和細節，或逐字記憶須花費數天陳述的民間故事和神話傳奇。文字時代的人因為依賴記事本和參考書籍，相對來說記憶力較差。當然，發明書寫是一大進步。無論幾世代後的觀察者都可以順利地一再確認那些記述的精確度，知識累積量不再受限於人類記憶口頭告知事物的能力。

任何文字文化只要持續幾世紀，人類累積的知識，便會遠遠超過該文化中任何人一輩子可閱讀或記憶的量。透過印刷、電腦資料庫等機械手段，或經由如出版業、報社、雜誌社、圖書館系統，或電腦網路等傳播媒介，這些持續增加的知識能公開給那些求知若渴的人。我們只要有能力閱讀任何歐洲或亞洲的主要語言，就有機會接觸到數世紀以來文明世界各處人類所累積的智識資產。

例如，如果醫生不知道該如何治療罹患罕見疾病的病人，他可以查詢醫學索引，接著他可能會被引導到醫學期刊或諸如「醫療線

上」[7]的電腦資料服務尋找由美國國家醫學圖書館編目的文章及論文摘要。如此一來，醫生或許就能找到一八七三年一位鹿特丹醫生、一九〇九年另一位曼谷醫生及一九七四年又一位坎薩斯醫生的相似病例報告。這些報告或許有助於釐清目前狀況。再者，擔憂倫理問題的人不只可以求助於榆樹街浸信會教堂的牧師，還能夠諮詢孔子、亞里斯多德、耶穌、斯賓諾莎[8]及其他許多人探討倫理問題的記載。如果有人為情所困，他不只能夠從父母或朋友那裡得到建議，還能從莎芙[9]、奧維德[10]、普羅佩提烏斯[11]、莎士比亞、約翰·多恩[12]、埃里希·弗羅姆[13]或數以千計對此略有心得且書寫下來的人所留下的作品中尋求解答。

　　語言是人類生活不可或缺的機制，以之塑造、引導、豐富並藉由累積我們族類的過去經驗形成今日的生活。據我們所知，貓狗或黑猩猩並不會逐代積累其智慧、資訊或控制環境的能力。但人類會這麼做。我們從逝者身上無償獲贈歷代文化成就，包括關於烹飪、武器、書寫、印刷、建築工法、遊戲和娛樂、交通工具上的發明，人文與科學上所有發現。我們不勞而獲的贈禮不只讓我們有機會得到比先人更豐富的人生，也讓我們有機會對人類成就總和有所貢獻，就算貢獻十分渺小。

　　因此，學會讀寫就是學會使用這份龐大的人類成就並有所貢獻，同時也促成他人成就。也就是說，我們的經驗藉由合作匯聚成知識，開放給全人類（除非受到特別保密、審查或控管）。從遠古洪荒中的警示吼聲到當代科學專刊或新聞剪報，語言即社會，文化和知識的合作是（或說應當是）人類生活重大法則。

但除非把它視為善心大眾皆須信奉的宗教真理，否則這絕非容易接受或理解的法則。我們生活在高度競爭的社會，每個人都試圖超越對方的財富、聲望、社會地位、服裝、學術成績或高爾夫得分。每天讀報紙時，占據版面的往往是勞資雙方、敵對企業、電影明星們、政黨國家之間的衝突，而非合作。思及下一次戰爭恐將是我們難以想像的規模，恐懼彌漫在我們之間。人們往往認為人類生活中的大主宰法則是衝突而非互助合作。

儘管表面上看來淨是競爭，但這哲學理論忽略了世界之所以能夠運轉如常，乃奠基於「合作」的大礎石。藉由演員、作家、工程師、音樂家、攝影師、水電公司、打字員、節目主持人、廣告公司及其他數百人通力合作，才能創造出電視節目。汽車的生產須仰賴成千上萬的人合作，包括來自全球不同地區的供應商和原料運送者。任何有組織的商業活動都是所有勞動者貢獻其力量合作的成果。停工或罷工意謂「停止合作」，恢復合作則被視為「恢復正常」。我們或許會以個人立場爭奪就業機會，但一旦獲得那職位，我們的功能就是在合適時間和地點，以無數有系統的合作行為促成汽車的生產、提供糕點給甜點舖販售、在百貨公司服務客戶、使火車和飛機準點運行。

這種合作網絡錯綜複雜且相對有效率。但由於它極度仰賴人類齊心一致，它也非常脆弱。

異議分子的小團體則利用諸如恐嚇及暴力戰略來擾亂社會，製造混亂，打破合作網絡。對我們來說重要的是，社會運作的所有協調合作都必須通過語言來達成，否則無法被實現。

社會運作的所有協調合作都必須通過語言來達成，否則無法被實現。

字詞巨瀑

這一切如何影響你我及「路人甲」，或曰「TC米特先生」[14]呢？長島大學的莉莉安・李柏和休・李柏在他們的著作《TC米特先生的教育》中為米特先生命名。從早上米特先生扭開晨間新聞廣播的那一刻，到他閱讀一本小說或看著電視睡著為止，他就像現代社會中所有人一樣浸淫在字詞中。報紙編輯、政治家、推銷員、節目主持人、專欄作家、午餐會演講者和教士、同事、朋友、親人、老婆孩子、市場報告、郵寄廣告、圖書、廣告看板、脫口秀節目，這一切終日都以字詞對他窮追猛打。每當米特參與廣告宣傳活動、發表演說、寫信或和朋友聊天，他自己也持續對大量語言造成的字詞巨瀑（the Niagara of Words）有所貢獻。

當米特的生活中出了差錯，比如他感到擔憂、困惑、或緊張，或他的家庭、事業、國家大事有什麼發展不如他預期，他會抱怨若干事物：天氣、健康、神經狀態或他的工作同僚。如果事態較嚴重，他可能轉而責怪環境、經濟體系、其他國家或其他社會文化。若他人遭遇困境，他也會歸責於前述原因或「人性」。但他絕少思及日常字詞巨瀑的本質或許是這些困境的源頭。

事實上，米特遇到某些狀況時也會認為語言是徵結所在。他時不時在某個語法點停頓下來。偶爾他留意到廣告所說「如何增進你的字詞力量」，並思考他是否該成為更有效率的發聲者。面對字詞巨瀑，比如他從沒時間追上進度的雜誌，或他知道他必得一讀的書，他也想知道速讀課程是否幫得上忙。

　　偶爾他會被某些人（總有那麼些人）扭曲字詞意義所擾，尤其在爭論過程中，而這些字詞往往刁詭難懂。有時他惱怒地留意到某些字詞別有所指，此時他深覺，如果人們能遵從字典學習詞彙的「真正涵義」就能改正這一切。然而他也知道別人不會這樣做，因為連他自己也不太樂意，最後他會把這一切歸咎於人性弱點。

　　可惜米特的語言學思辯能力有限。而米特並不只是普羅大眾的典型代表，也是科學家、政論家和作家的典型代表。像大多數人一樣，他視字詞如同他所呼吸的空氣一般自然，對它的想法也與對待空氣沒什麼不同。

　　即使如此，米特其實也深刻涉入他日常吸收和使用的字詞。報紙上的字詞會讓他的拳頭落在餐桌上；主管吹捧他或敦促他的字詞會讓他工作更賣力；偷聽到別人私下對他的議論使他憂思成疾；幾年前他在牧師面前說的一席話讓他對一個女人承諾終生；寫在幾張紙上的字詞讓他保有工作，也月月帶來令他付了又付的帳單。字詞編織的綿密網絡幾乎涵蓋米特所有人生，但他對字詞的想法卻有限地驚人。

　　米特或許會留意到那群人（比如生活在極權制度下的人），他們只能聽見和閱讀經過刻意篩選的字詞，因之行徑古怪到他只能當他們是瘋子。然而，他有時也當某些和他受相同教育、同樣多樣化資訊的人是瘋子。聽著鄰居的觀點，他不禁納悶：「他們怎麼會這樣想？我都發現了他們沒發現嗎？他們一定瘋了！」「這種病態」，他自問，「是否再次顯示出『人性必然的脆弱』？」米特先生身為美國人，喜歡設想所有可能，而非以「無計可施」作結，但

他實在不知道該如何自這狀況抽身。

　　米特對語言的思辯總無法深入並以失敗作結，原因之一是人們本就深信字詞並不重要，字詞所承載的「想法」才是重點。但腦中的騷動如果不化為詞語，要如何稱之為「想法」？米特幾乎不這麼想。事實上某組字詞或許無可避免會引人進入死胡同，但另一組字詞就不會。某些字詞容易引發歷史或感傷聯想因而難讓人冷靜討論。語言有多種不同使用方式，誤認使用方式會導致極大誤解。使用諸如日文、中文或土耳其語等結構和英文截然不同語言的人，或許他們思考的方式根本和說英語的人不同。前述概念對米特來說都十分陌生，他總認為重點在於讓人表達他的想法，至於字詞就順其自然。

　　無論米特是否有自覺，除了他聽見和使用的字詞，連他無意識間對語言預設的態度也影響他人生的每分每秒。比如說，如果他喜歡艾伯特這名字，且想用它幫孩子命名，但可能會因為認識一位曾企圖自殺的艾伯特而放棄這念頭。無論他是否有自覺，他都依照語言和現實之間的關係所形成的假想推論而行動。無論明智與否，這些無意識推論決定他的行動模式。字詞、他使用字詞的方式，及別人使用字詞時他如何判定，皆大幅形塑他的信仰、偏見、理想和抱負。字詞構築他所在之處的道德和學術氛圍，簡而言之，他的「語意環境」。

　　本書主要研究語言、思想和行為之間的相互關係。旨在檢證語言和人們的語言習慣如何透過思考（十之八九都關於自己）、說話、傾聽、閱讀和書寫來揭露自我。

　　本書的基本假設為人類生存的基礎機制乃透過語言進行的種內合作。同時也假設若語言使用引致或加深歧見或衝突，說者、聽者，或兩者身上必然有語言學上的錯誤。人類生存係仰賴語言書寫傾聽和閱讀能力，以之增近你和同類一起生存下去的機會。

注釋

1　詹姆斯·哈維·魯賓遜，James Harvey Robinson，一八六三～一九三
　　六，美國歷史學家。屬進步主義史學派。

2　英國小說家赫胥黎的反烏托邦小說。

3　原注：舉例來說「龐大（大約兩千噸）劍龍的大腦重量只有大約七
　　十克，即二又二分之一盎司……相比之下，就連不怎麼聰明的綿
　　羊，大腦重量都有一百三十克之多，不但大腦本身比較重，考量身
　　體尺寸的話更是差距懸殊……至於強度，沒有什麼能夠阻擋恐龍前
　　行，但就算無往不利，更重要的是前行的理由及路途中所見所學。」
　　語出維斯頓·拉伯里（Weston La Barre）一九五四年的《動物人類》
　　（*The Human Animal*）二十四～二十五頁。

4　美國總統班傑明·富蘭克林簽訂《獨立宣言》時的名言：「我們必
　　須團結一致，否則就會被分別絞死。」（We must all hang together, or
　　assuredly we shall all hang separately.）

5　伊麗莎白·巴雷特·白朗寧，Elizabeth Barrett Browning，一八〇
　　六～一八六一，嫁給羅伯特·白朗寧（Robert Browning），英國維多
　　利亞時代詩人。

6　文前時代（Preliterate period）相對於文字時代（Literate period），以
　　人類發明文字的前後作區隔。

7　美國國家醫學圖書館（National Library of Medicine）建置的線上資
　　料庫，收錄出版於美國及其他國家的生物醫學期刊索引與摘要，所
　　有文章均加上醫學標題以便利搜索。

8　斯賓諾莎，Baruch Spinoza，一六三二～一六七七，理性主義哲學
　　家。

9　莎芙，Sappho，西元前七世紀希臘抒情詩人，據說柏拉圖譽其為「第十繆思」。

10　奧維德，Ovid，古羅馬詩人。

11　普羅佩提烏斯，Propertius，古羅馬輓歌詩人。

12　約翰‧多恩，John Donne，一五七二～一六三一，英國玄學派詩人。

13　埃里希‧弗羅姆，Erich Fromm，一九〇〇～一九八〇，美籍德國猶太人，哲學家和精神分析家。

14　TC米特原文「T.C. Mits」為「the celebrated man in the street」的縮寫，字面意義指涉任一路人，曾任長島大學術學系主任的莉莉安‧李柏和曾任長島大學數學系和藝術系主任的休‧李柏夫婦在他們的數學科普讀本《TC米特先生的教育》（ *The Education of T. C. Mits* ）中，杜撰出這位主角人物。此書藉由莉莉安的詩文和休的插畫闡釋數學思考和哲學概念。

第二章 象徵符號
Symbols

顯然只有人類將象徵化視為基本需求。創造象徵符號如同飲食、注視和移動,是人類主要活動之一。它是人類心智的基礎運行步驟,且隨時運行不輟。

——蘇珊·K·朗格[1]

人類成就仰賴符號應用。

——阿爾佛烈特·科斯基

本章關鍵字

象徵化過程
蘇珊・朗格說，問題在於「創造象徵符號是人類主要活動之一。它是人類心智的基礎運行步驟，且隨時運行不輟。」

語言象徵
有人覺得既然蛇是「污穢黏滑的動物」，「蛇」就是污穢黏滑的字眼。

戲劇的陷阱
觀眾群中總有人從不認為電影或電視節目是一套虛構的象徵演出。演員代表某人，無論那真有其人或僅是虛擬人物。

詞非所意
以某種角度來說，我們都像為了獲得優等生資格而作弊的學生，獲取象徵符號比獲取符號所代表的事物本身更為重要。

地圖與疆土
以阿爾佛烈特・科斯基在《科學與理性》中提出的著名譬喻來說，語彙世界之於外向世界，正如同地圖之於其所畫定的疆土。

象徵化過程

動物為了食物或領導權互相爭鬥，但牠們不像人類，會為了象徵食物或領導地位的事物爭鬥。比如代表財富的紙張（鈔票、債券、頭銜）、佩戴在服裝上的軍銜徽章或特權車牌。對動物來說，除非形式單純至極，否則並不存在以事物代表其他事物的關係模式。據說黑猩猩能學會開車，但黑猩猩開車有其缺陷：如果跨越路口時出現紅燈，牠會直接把車停在十字路口上。如果看見綠燈，就算前面有車橫擋，牠仍會逕自前進。換言之，對黑猩猩來說，紅燈並不象徵「停車」，它就是「停」。

在此先簡述一下黑猩猩所理解的「紅燈即停」和只有人類理解的「紅燈象徵停車」有何不同。對黑猩猩來說，紅燈就是我們所謂的信號，而對信號應該產生的反應為「信號反應」，意即無論當下狀況如何，均徹底且固定執行的反應模式。另一方面，對人類而言，以我們的術語來說，紅燈是符號，人類的反應為「符號反應」，即視情況有所變化的延遲反應。換言之，只具備信號反應功能的神經系統能辨識信號和它代表的事物，然而人類的神經系統在一般狀況下，能夠了解符號和它代表的事物之間的連結並非必然。人類並不會因為聽見冰箱關門聲就自行認定有人會來餵飽自己。由於人類能理解以某些事物來象徵其他事物，遂建構所謂「象徵化過程」。三兩人或數人在溝通時即可自行合意界定事物的象徵關係。頭上佩戴羽毛能象徵部落酋長的身分，貝殼、黃銅環或紙片能象徵財富，十字交叉的木棍能象徵宗教信仰，鈕釦、麋鹿的牙齒、絲

人類的神經系統在一般狀況下，能夠了解符號和它代表的事物之間的連結並非必然。人類並不會因為聽見冰箱關門聲就自行認定有人會來餵飽自己。

帶、特殊髮型或刺青都能象徵社會地位。從最原始到最文明的階層，象徵化過程無所不在。戰士、醫生、警察、護士、樞機主教和皇后都穿著象徵他們職業的服裝。運動員藉由收集獎杯、而大學生藉由收集榮譽學會的會員鑰來象徵在自己的專業領域獲致勝利。人們所做或想做的事、擁有或想擁有的事物，往往除了原本的機械或生物價值外，還具備象徵價值。

正如托斯丹・范伯倫[2]在他的《有閒階級論》中指出，流行時裝具有強烈象徵性，材質、剪裁和裝飾的選用，往往不以保暖、舒適或實用性為主要考量。我們越是盛裝打扮，行動越是受限。但富裕階層藉由精細刺繡、易髒布料、筆挺襯衫、高跟鞋、長指甲及諸如此類犧牲舒適性的做法，來象徵他們無須倚賴勞動維生。而另一方面，不那麼富裕的人透過模仿這些象徵富裕的符號來說服自己即使勞動維生，也並非不如人。

我們選擇能夠明顯作為品味、財富和社會地位象徵的家具。我們挑選房子時或許會因為它有「好住址」而覺得它「看上去不錯」。我們不斷把車況完好的車子換成新款，旨不在改善行車品質，而是向周遭的人證明我們能夠負擔奢侈消費。（我之前有台車開了八年，車況還是很好。一位修車的朋友知道這台車的事，老是催我換台新車。「為什麼要換呢？」我問道，「那台老車好得很啊。」「是啦，可是要命的，」他說，「它也只能拿來當車開啊。」）

自范柏倫的時代至今，美國人的生活已有所變化，而許多變化發生在象徵社會地位的方式。過去，古銅色肌膚曾代表在農事及

過去，深色肌膚象徵勞動。近年來，蒼白膚色代表生活場域限於辦公室和工廠，而深古銅色的肌膚象徵休閒生活。

其他戶外勞動中過活，而那時候女人費盡心思使用遮陽傘、寬帽和長袖來躲避日曬。近年來，蒼白膚色代表生活場域限於辦公室和工廠，而深古銅色的肌膚象徵休閒生活，也就是到佛羅里達、太陽谷和夏威夷等地旅行。綜上所述，曬黑的肌膚因為象徵工作，曾被認為是醜陋的，而如今因為它象徵休閒，被認為是美麗的。身在紐約、芝加哥和多倫多那些膚色蒼白的人，若在隆冬時節無法負擔前往西印度群島之旅的費用，也可在日曬沙龍曬成棕色找到安慰。而最近，過度日照對健康的傷害受到關注，日曬的象徵意義又開始改變。

飲食也同樣深具象徵性。天主教徒、猶太教徒、穆斯林和印度教徒身上都能見到象徵其堅定信仰的宗教飲食規定。幾乎每個國家都有特定食物用以象徵特定節日，比如櫻桃派之於華盛頓誕辰，肉餡羊肚[3]之於蘇格蘭詩人節。在人類歷史中，一同享用美食本就是高度象徵性的行為。「同伴」（companion）原指與你分享麵包的人。而如此複雜且顯然非必要的行為，讓業餘和專業哲學家都不禁反覆質疑：「人類為何就是不能活得簡單又自然？」

誠如蘇珊・朗格所說，問題在於「創造象徵符號是人類主要活動之一。它是人類心智的基礎運行步驟，且隨時運行不輟。」

或許有人會嘗試簡單生活，不怎麼關注富裕的象徵或社會地位之類的事物，然而他很快會發現，拒絕象徵的行為本身就是象徵性的。繫領帶具有象徵意義，但不繫領帶也同樣具有象徵意義。近年來親子間常為髮型痛切爭執：長髮、短髮、刺蝟頭或剃光頭。這些爭論其實和髮型的象徵意義有關，和頭髮本身的造型無關。

也或許有些人會想逃避複雜的人類生活，轉向諸如狗和貓那般相對單純的生活。但象徵過程不僅造就人類行為的荒謬之處，也造就語言和仰賴語言而生的人類成就。若說機動車和手動推車相比有什麼問題，那就是實在沒理由回頭使用手推車。同樣地，即使象徵過程會造就複雜的愚行，卻也沒有理由回頭去過貓狗般的動物生活。理解象徵過程就能夠利用它得到優勢，而不理解它就只能永遠作為其受害者。

創造象徵符號是人類主要活動之一。它是人類心智的基礎運行步驟，且隨時運行不輟。

語言象徵

在象徵的各種形式中，語言最發達、最精細、也最複雜。在數百年互相依存過程中，人類已約定俗成使用那些以肺、喉、舌、牙、唇產生的各種聲響來界定神經系統所認定事物。我們稱此約定俗成系統為「語言」。比如說，我們講英文的人已受到訓練，若神經系統感知某種特定動物出現，我們或許就會發出這樣的聲響：「那兒有隻貓。」而任何人聽到這句話，都會預期往相同方向看去就能讓自身神經系統感知到相同事物，也就是能夠引發相同字詞反應的事物。我們也同樣受到訓練，在意識到自己需要食物時，發出這樣的聲響：「我餓了。」

在符號和其所象徵事物之間，並沒有必然關聯性。正如同穿著洛杉磯道奇隊球帽的人未必是道奇隊球迷，發出「我餓了」聲響的人也可能並不飢餓。此外，就好比社會階級可以由耳朵上的鑽石、胸口的刺青、錶帶上的金飾或根據我們所屬文化中上千種不

同物件來象徵,「飢餓」也可以根據我們所屬文化不同,由其他上千種聲響來象徵,比如:「*J'ai faim*」、「*Es hungert mich*」、「*Ho appetito*」、或「腹が減った」[4]。

這些事乍看顯而易見,但其實我們若沒有深切思考就不會那麼明顯。符號和其所象徵事物互相獨立,然而,我們感覺或表現得像有必要連結存在。比如說,我們多少會覺得外國語言怎麼聽都怪:「外國人總給東西取怪名字,為什麼他們不用正確名字呀?」這種意識在美國和英國遊客身上特別強烈,他們似乎深信只要聲音夠大就能讓外國人聽懂英語。又好比據聞某個小男孩曾說「豬之所以叫做豬,是因為牠們很髒。」他們覺得符號和其所象徵事物之間必然有關聯。因之也有人覺得既然蛇是「污穢黏滑的動物」,「蛇」就是「污穢黏滑的字眼」。(順便一提,蛇並不黏滑。)

戲劇的陷阱

當然,人們對象徵過程的天真無知並不只針對語言,還包括其他象徵符號。以戲劇而言(包括舞台、電影、電視),觀眾群中總有人從不認為電影或電視節目是一套虛構的象徵演出。演員代表某人,無論那真有其人或僅是虛擬人物。但在《朱門恩怨》[5]中賴瑞・哈格曼飾演刻薄狡猾的小傑・尤鷹,他表示影迷常為了小傑・尤鷹的無禮行為而譴責他。也總有人向在《妙手仁心》[6]中挑大梁的演員羅柏楊請教醫療問題。在八○年代的國會聽證會中,女演員西西・史派克、潔西卡・蘭格和莎莉・菲爾德為了農村危機在國會

作證。那並非因為她們實際經歷過農村生活，而因為她們曾在電影中體驗農村生活的難處。其中最有名的例子或許是賀伯特‧喬治‧威爾斯[7]的小說《世界大戰》在一九三八年十月三十日被改編成廣播劇，當美國被「火星來的敵軍入侵」時，成群受到驚嚇的愛國者紛紛湧入募兵處捍衛國土。

詞非所意

上述例子顯示字詞和其所代表事物（如果有的話）可能造成的混淆。若我們對於符號和其象徵事物都具有一致且永久的共識，那麼提起這些例子就沒什麼意義，但事實不然，大多數人思及某些領域或事物，都有任意評價的壞習慣。關於這點，社會本身難辭其咎：大多數社會都有系統地針對某些主題，鼓勵慣性混淆已象徵化的事物。舉例來說，如果一間日本校舍起火，崇拜天皇的民眾必然義不容辭搶救天皇玉照（每間校舍必備），犧牲性命也在所不惜。（要是不幸被燒死，也可獲得追諡。）而美國的社會鼓勵負債以炫示一台象徵富裕的閃亮新車。奇怪的是，就算在這種狀況下獲得新車，「車主」竟也會自認為生活富裕。在所有社會中，孝道、公民價值或愛國心的象徵符號，通常都比孝道、公民價值或愛國心本身更受重視。在一九八八年的競選活動中，老喬治布希造訪國旗工廠，藉以證明自己是愛國者。以某種角度來說，我們都像為了獲得優等生資格而作弊的學生，獲取象徵符號比獲取符號所代表的事物本身更為重要。

有時候，獲取象徵符號比獲取符號所代表的事物本身更為重要。

為了預防困於語
意環境的複雜
性，必須有系
統地留意象徵符
號的力量和其
限制，特別是字
詞。

　　無論對個人或社會來說，慣性混淆象徵符號及其所象徵事物，其嚴重程度足以在各階層文化中製造影響深遠的人性問題。正如眾所皆知，法利賽人[8]被指控只關切象徵虔誠信仰的符號，但草率對待信仰精神。隨著現代通訊系統的普及，字詞符號及事實間的混淆問題應更形迫切。老師、牧師、推銷員、公關顧問、政府部門、電影音軌不斷對我們說話。託收音機和電視的福，推銷汽水、洗衣粉或香水的叫賣聲充斥我們的居家生活，某些人家甚至從早到晚都不曾關機。我們的信箱塞滿廣告紙，上了公路面前都是廣告看板，我們甚至把小電視和收音機帶到海邊。

　　迄今仍獨一無二的語意影響形塑並創建我們身處的環境：大量發行的報紙雜誌多方面反映出記者與編輯的偏見和成見；本地和公共電台及電視節目幾乎全被商業動機主宰；公共關係顧問不過是操弄和重塑語意環境使之有利於客戶的高薪工匠。這環境使人振奮，卻也充滿危險。要說希特勒透過廣播征服奧地利也並不為過。如今，廣告公司、公關專家、廣播、電視和偏頗的新聞報導傾注所有資源來影響我們在競選時的決策，特別是總統選舉年。

　　現代社會公民所需要的，並不只是斯圖特·切斯[9]所定義的一般「常識」，也就是告訴你「世界是平的」的那種東西。為了預防困於語意環境的複雜性，必須有系統地留意象徵符號的力量和其限制，特別是字詞。

　　掌控象徵符號的首要法則即是：符號並非其所象徵的事物，字詞並非事物本身，地圖亦非疆土。

地圖與疆土

其實某程度上我們生活在兩個世界，其一是我們親身經歷的現實世界。這世界小之又小，僅僅是我們實際看見、感覺，或聽見事物的組合體，那些從我們感官流過的事物。若只以個人經驗的世界作為基礎，只要我們未曾實際造訪，非洲、南美、亞洲、華盛頓、紐約或洛杉磯全都不存在。若未曾親見德斯蒙德・杜圖[10]，那麼他也只是人名。若自問我們所知事物哪些是第一手資訊，就會發覺我們所知甚少。

大多數我們從父母、朋友、學校、報紙、書籍、對話、演說或電視學到的知識都是由口頭習得，也就是由「字詞」得來。比如我們正是由字詞認知歷史，我們能肯定滑鐵盧之戰確實發生過的唯一證據就是關於該戰役的報導。然而那些報導並非由實際目擊者所留下，而是根據其他報導所做成。透過一而再、再而三的轉述過程，最後才溯自見證者的第一手報導。我們透過報導和一再轉述的報導習得知識，無論關於政府、發生在中東的事件、附近戲院中上映的電影——一切皆然，亦即我們並沒有從直接經驗中習得事物。

姑且稱這透過字詞接觸到的世界為「語彙世界」，它相對於我們透過自身經驗而得知或可知的「外向世界」。如同其他生物，人

類從嬰兒時期就開始探索外向世界。然而人類有別於其他生物，一旦學會理解，就開始接收報導，關於報導的報導，或關於報導報導的報導。此外他們也會衍生或接收推論——即藉由證據所得出之結論。這些推論或可由報導或其他報導衍生而來。當孩子上了學、上了主日學、交了幾個朋友、花了些時間看電視，他或她已累積了可觀的二手／三手關於道德、語言、歷史、自然、人類和遊戲方面的資訊，進而建構個人的語彙世界。

　　現在，以阿爾佛烈特・科斯基在《科學與理性》[11]中提出的著名譬喻來說，語彙世界之於外向世界，正如同地圖之於其所畫定的

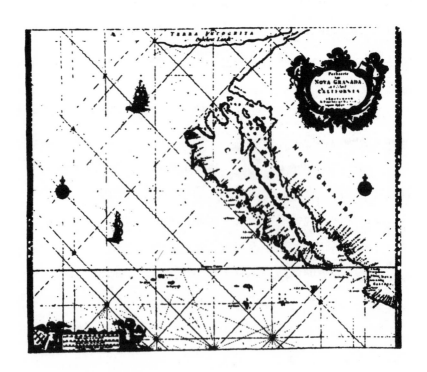

疆土。若孩子成長過程中接觸的外向世界與他腦中的語彙世界相差無幾，他就比較不會因為發現新事物而受到驚嚇。他的語彙世界已或多或少讓他知道哪些事可能會發生，他已準備好面對人生。然而，如果他腦中帶著一幅錯誤地圖成長，亦即擁有一個滿是錯誤和迷思的大腦，他將會不斷碰上麻煩、浪費精力且舉止愚蠢。他將無法適應世界，不適應的話將引致嚴重後果。

依據想像、錯誤傳達、錯誤推論，我們也能使用語言來製造與外在世界不相干的「地圖」。

語彙（內在世界） 外向世界	記載 經驗	地圖 疆土

　　腦中有幅錯誤地圖會使我們做出蠢事而不以為意。有佩戴兔子腳來趨吉避凶的人；也有人拒絕住宿旅館的十三樓——由於情形太過普遍，因此當今的科學文明時代仍有許多旅館在為樓層及房間編號時跳過十三。有些人期待替換牙膏品牌可以讓牙齒更白些，還有些人依據星座運勢預言來計畫人生，這些人都生活在比外向世界相對狹小且差距甚大的語彙世界中。

　　無論地圖有多美麗，若它無法提供旅客各地點的精確位置及地區架構，沒有任何用處。比如說，若我們為了藝術性，在湖泊的位置畫上一抹凹痕，地圖就毫無價值。如果我們只為了個人興趣而描繪地圖，完全不顧地區架構，世上也沒人可以阻止我們在湖泊、河流和道路加上多餘的花飾和曲線。這對別人來說全無害處，除非他想根據這張地圖去旅行。

　　同樣地，依據想像、錯誤傳達，或對於正確傳達所做的錯誤推論，我們也能使用語言來製造與外向世界全不相干的「地圖」。這對別人來說全無害處，除非有人誤以為這樣的「地圖」代表現實的疆土。

本書將不斷提及以地圖譬喻語彙世界的概念。

　　我們都承繼大量無用知識、錯誤資訊及謬論，因此我們接收到的資訊總有部分必須捨棄。必須留意我們的大腦可能會透過三種途徑建構錯誤地圖：一，直接獲致。二，誤判正確地圖。其三，誤判疆土。但我們始終認定我們所繼承的文化遺產（社會知識的累積）是主流價值，包括科學和人文，因為我們相信它能提供精準的經驗地圖。以地圖譬喻語彙世界這概念至關重要，本書也將不斷提及。

注釋

1　蘇珊・K・朗格，Susanne K. Langer，一八九五～一九八五，美國哲學家、教育家、美學家。藝術符號學的主要代表人物之一，以符號學探討藝術。

2　托斯丹・范伯倫，Thorstein Bunde Veblen，一八五七年～一九二九年，挪威裔美國經濟學者，為制度經濟學創始者。《有閒階級論》（*Theory of the Leisure Class*）於一八九九年出版，「有閒階級」意指十九世紀末期躋身上流社會的美國暴發戶。

3　又稱羊肚雜碎布丁，蘇格蘭傳統美食，是慶祝蘇格蘭詩人節的代表性美食。

4　分別為法文、德文、義大利文及日文的「我餓了」。

5　八〇年代當紅的美國電視影集，小傑・尤鷹（J. R. Ewing）為其中反派人物。賴瑞・哈格曼（Larry Hagman），美國老牌演員。

6　六〇年代的美國醫療影集。

7　賀伯特・喬治・威爾斯，Herbert George Wells，一八六六～一九四六，英國小說家，其科幻小說《世界大戰》（*The War of the Worlds*）於一九三八年改編成廣播劇播出時，由於形式模仿新聞播報，且適逢二次大戰期間，引發全美騷動恐慌，許多聽眾信以為真，為傳播學上經典案例。

8　猶太教派之一，以嚴守摩西律法及傳統聞名，耶穌曾指正其部分成員矯枉過正的態度。

9　斯圖特・切斯，Stuart Chase，一八八八～一九八五，美國經濟學家、社會理論家。

[10] 德斯蒙德‧杜圖 ，Desmond Tutu，一九三一年生，南非聖公會首位
非裔大主教，致力於廢除種族政策。一九八四年諾貝爾和平獎得主。

[11] 此書副標《非亞里斯多德學說暨通用語意學》，被視為通用語意學
聖經。

第三章 報導、推論、判斷
Reports, Inferences, Judgements

簡而言之，人類話語中不同聲音有不同意義。研究語言正是研究特定聲音與特定意義間的對應關係。這種對應關係能讓人類精確互動。比如，告訴別人他未曾到訪的某處地址，這等於做了件動物做不到的事情。

——倫納德·布盧姆菲爾德[1]

人類一直以來認為模糊不清、無關緊要的話語以及語言濫用是語言科學奧祕之處，將無甚意義的難字或詞彙誤用當作深度學習和高深學問的特權。很難說服說者或聽者，那種語言不過是對無知的掩飾以及阻擋真正知識的障礙物罷了。

——約翰·洛克[2]

本章關鍵字

可驗證性
報導禁得起驗證。比如說，五金行裡某樣商品或許已漲價，打個電話去那間店就能驗證價格。

推論
報導是某些思辨領域的基礎，如地質學、古生物學和核子物理學。然而推論和根據推論所生之推論才是形塑科學的主體。

判斷
「傑克對我們說謊」是判斷，而「傑克說他沒有車鑰匙，但後來他從口袋掏手帕時，鑰匙掉了出來」則是報導。

判斷性陳述如何阻礙思考
過早的判斷往往使我們對擺在面前的事實視而不見。

「咆哮詞彙」與「咕嚕詞彙」
我們不經意地傳達了自己的內心世界。這類陳述在人類行為中就等同於動物的咆哮聲與呼嚕聲。

偏頗
片面或帶偏見的偏頗常見於隱私八卦和誹謗言論中，更不曾缺席於報章雜誌上的「演繹性報導」，可說是不使用任何假話的說謊技巧。

發現偏見
我們的興趣和背景已影響我們選擇、摘要資訊的方式，我們所體驗的一切，本就已是「偏頗」的。

為了交換訊息，基礎的象徵行為即報導（report）我們所見、所聞、所感：「下雨了。」「你可以用二塊七五毛在五金行買到那些。」「該溶液含有百分之零點零二的碘。」「十二月的毛利為二十五萬三千八百七十六元九八毛。」我們也常依據其他報導來進行報導：「美國國家氣象局表示，熱帶風暴正成形於墨西哥海灣。」「根據汀布萊克報告，該公司今年第一季損失百分之二十三銷售額。」「報紙上說四十一號公路接近埃文斯維爾路段發生四車追撞連環車禍。」報導遵循以下規則：第一，可驗證、第二，盡可能排除推論、判斷、或給人「貼標籤」的詞彙（後文將詳述）。

可驗證性

報導禁得起驗證。比如說，五金行裡某樣商品或許已漲價，打個電話去那間店就能驗證價格。我們可以自行分析溶液成分來驗證碘所占的百分比。我們也能夠審閱公司帳冊。當然，我們有時無法自己來驗證報導內容。我們或許無法開車到埃文斯維爾親眼確認車禍的實際物證，也可能無法實際讀到汀布萊克報告。然而，報導的本質即是能夠透過適當資訊來驗證，或反之證明其有誤。

即使身處現今人人相爭度日的社會，我們仍驚人地深信著彼此的報導。即便形式粗略，我們已有共識同意許多事物的命名方式，好比如何構成「公尺」、「碼」、「蒲式耳」[3]，以及如何測量時間等，因之能避免許多在日常生活中產生誤解的風險，於是我們驚人地深信著彼此的說法。旅行時我們向全然陌生的人問路，我們根據

路標行走，毫不懷疑放置路標的人。我們閱讀關於科學、數學、汽車工程、旅遊、地理、服裝史，和其他諸如此類有關具體事實的書籍時，往往假定作者盡其所知絕無虛言，而通常做此假設不會有任何問題。今時今日大家對報導和宣傳中的偏見產生關心，並開始質疑接收到的某些訊息，但我們似乎忘了身邊仍有大量可靠訊息，蓄意誤導通常是例外而非常規，戰時除外。自我保護的欲望使得訊息交流方式進化，也使人類認定提供虛假訊息應受譴責。

報導語言發展到極致即為科學。「發展到極致」意謂發揮其最大通用效力。長老會教徒和天主教教徒、工人和資本家、德國和英國人，全都同意下列符碼所代表含意：$2 \times 2 = 4$、100°C、HNO_3[4]、*Quercus agrifolia*[5]。或許有人會問，世上千百種人對事事各有其意見，如何才能夠達成共識？

答案是「形勢比人強」，他們不得不同意。舉例來說，美國若有數十種不同教派，每種都堅持自己為每日時刻和年中時日命名的方式，勢必就得有數十種日曆、數十種手錶和數十套營業時程、火車時刻表、電視節目表，更別說得耗在各種術語轉譯上的人力，我們不可能維持這樣的生活。

因而包括科學上精確報告的報告語言，是「地圖」語言，因為它準確表述「疆土」，使我們能順利完成工作。人往往稱此類語言為沉悶無趣的讀物，且通常不會以閱讀對數表或電話簿為樂，但這些仍不可或缺。日常生活中有無數說話和書寫的場合必須使用眾人具共識的方式來表述事物。

推論

撰寫報導是增進語言學意識的有效手段。實際書寫報導將可使人持續獲知當前討論中的語言原則與解讀之實例。報導內容應為第一手資訊，如親眼所見、親身參與的會議或社交活動，或本身確實認識的人。報導據此本質應為可驗證且為共識之內容，為達成此目的必須排除推論。

推論並非不重要。日常生活和科學中，除了報導，我們同樣也倚賴推論。然而，有能力區別兩者是很重要的。

使用「推論」一詞，須留意那是基於已知針對未知進行陳述。照理報導與推論的差異有所差異。

使用「推論」一詞，須留意那是基於已知針對未知進行陳述。照理報導與推論的差異可藉此陳述加以辨別：「他怕女人。」此陳述並非報導，而是由某些觀察資訊所得之推論：「女人跟他說話時他總是臉紅結巴。他在宴會中從不對女人說話。」

報導是某些思辨領域的基礎，如地質學、古生物學和核子物理學。然而推論和根據推論所生之推論才是形塑科學的主體。舉例來

推論樂無窮

說，地質學家可依據從報告得知的事實向石油公司建議是否應在某定點探鑽。地質學家根據報告來推論該處有石油。醫師檢驗病人症狀做出初步診斷，然後推斷未曾親眼目睹的腸道狀態。

簡而言之，推論極為重要。我們能從女人的衣裝材質和剪裁推論她的財產或社會地位，能從殘墟的特徵推斷燒毀建築那場大火的起火點，能從蘇聯在世界各地的行動推論出其地緣政治戰略，能從地貌推論史前冰河的路徑，也能從未曝光底片上顯現的光暈推論出它曾置於放射物質附近。

有些推論經過仔細推斷，有些則馬虎而為。有些依據與主題相關的經驗做為基礎推論而成，有些則毫無經驗根據。例如聆聽引擎聲來判斷機械狀態是否良好通常準確驚人，然而若由外行人來判斷恐怕就不是這麼回事。

所有推論的共同特徵是：推論並非直陳已知事物，而是以觀察事物做為基礎衍生而成。一般來說，推論優劣直接取決於報導內容或觀察來源優劣，以及推論者能力。

> 推論並非直陳已知事物，而是以觀察事物做為基礎衍生而成。

判斷

另一個阻撓清晰思辨的障礙物是將報導和判斷兩相混淆。「判斷」用以表達說話者是否贊同其所描述事件、人物或物品。「這台車超棒」不是報導，「這台車開五萬英里都沒進廠維修過」才是報導。「傑克對我們說謊」是判斷，而「傑克說他沒有車鑰匙，但後來他從口袋掏手帕時，鑰匙掉了出來」則是報導。同樣地，當報

紙上說「參議員頑固、不合作且目中無人」或「參議員勇敢信守原則」，該報內容僅是判斷和評價，而非報導。

很多人會把「瑪莉對我們說謊」、「傑瑞是賊」、「羅賓很聰明」這類陳述視為「事實」。然而按理說，「說謊」這詞首先涉及推論（瑪莉知道真相，然而刻意誤報事實），再者涉及判斷（即說話者不贊同他推論中瑪莉所為）。「傑瑞遭裁定盜竊罪名成立，於聖昆汀監獄服刑二年」是可驗證的報告，我們能查詢法庭和監獄紀錄求證。稱別人「竊賊」亦即指稱「他偷過東西且會再犯」，與其說是報導更該說是預測。甚至連說「他偷過東西」也只是在推論同時表達對於該行為的判斷，而根據當時所本的證據也有可能導出不同結論。

可驗證性仰賴外在觀察到的事實，而非累積判斷可得致。如果有人說「彼得是飯桶」而另一人說「我也這麼認為」，該論述並未因此得到驗證。法庭審理案件時，證人無法辨別自己的發言是判斷而非事實，也將造成相當程度的麻煩。此狀況下交互詰問會變成這樣：

證　　　人：這人渣敲了我一筆！

被告律師：庭上，我方有異議。

法　　　官：異議成立。（法庭紀錄刪除證人說法。）請如實告訴本席發生什麼事。

證　　　人：他敲了我一筆，骯髒敗類。

被告律師：庭上，我方有異議。（證人說法再次遭到刪除。）

法　　官：成立。證人是否能明確陳述事實？

證　　人：可我就一直告訴你事實啊，法官大人，他真的敲了
　　　　　我一筆。

　　除非交互詰問者詢問有技巧，從判斷性陳述背後得知事實，
否則這會沒完沒了。對證人來說，「事實」就是被告「敲了他一
筆」。通常需要長時間耐心詢問，才能從判斷性陳述中得到事實真
相。

　　當然，有很多字詞同時代表報導和判斷。如要做出本書所謂
的嚴格報導，得避免這些字眼。該說「安靜進入」而非「偷溜
進去」、「候選人」而非「政客」、「公職人員」而非「官僚」、
「無家可歸者」而非「遊民」、「看法超脫傳統的人」而非「神經
病」。報社記者不該寫「一群冤大頭昨晚跑來搖搖晃晃容易失火、
原罪犯巢穴、毀了本鎮南區的地方聽參議員史密斯說話」，他該說
「昨晚約有七十五至一百人到靠近本市南端常青園聽參議員史密斯
演講」。

判斷性陳述如何阻礙思考

　　判斷性陳述（如「他是好男孩」、「那是很美的儀式」、「棒球
是健康的運動」、「她是可怕的討厭鬼」）是「結論」，根據先前觀
察到的事實做出評價。讀者可能也很清楚，如果要求學生依照「主
題」寫文章，許多人往往寫個一兩段就沒了靈感，很難寫到指定長

度。通常都是因為前幾個段落包含過多判斷性陳述，以至於沒有空間繼續發揮。然而只要小心排除結論，改以提供觀察到的事實，文章長度通常就不會有問題。其實若要缺乏經驗的寫作者提供事實，他們往往會寫出過多不必要事實，導致文章有過長傾向。

前期寫作課程中，判斷性陳述可能導致的另一後果（也適用於日常思考中的粗略判斷）是引致暫時性盲目。例如，當討論以此類詞句開場：「他是真正的華爾街高階主管」、「她是典型雅痞」或「海明威有性別歧視，不太知道如何在小說中描繪女性」，寫作者必須使其後所有陳述與這些判斷具有一致性。其結果是徹底失去所謂「高階主管」、「雅痞」的個人特質、甚或海明威身為對女性有獨特立場的獨特作家特性，文章其餘部分缺少可佐證的觀察事實，只充斥寫作者（根據先前讀過的故事、電影、圖片等）對於何謂「華爾街高階主管」或「雅痞」之流的個人意見。過早的判斷往往使我們對擺在面前的事實視而不見。即使寫作者一開始寫文章就肯定筆下的人是「鄉巴佬」或場景是「美麗的郊外住宅區」，仍須先將這些概念確實摒棄腦後，以免他的視野受到阻礙。

過早的判斷往往使我們對擺在面前的事實視而不見。

「咆哮詞彙」與「呼嚕詞彙」

語言並非孤立現象。我們關切人類行為中的語言，即那些作為完整語言環境的背景、不具語言性的活動。如同別的肌肉運作，有時製造聲音也是無意識而為的。我們以複雜的肌肉和生理活動回應強烈的刺激（例如令人震怒之事）：打鬥肌肉收縮、血壓上升、

功用如咕嚕聲的稱讚

體內化學變化，以及發出諸如吼叫和咆哮等聲音。我們或許太過慎重，不像狗兒那樣憤怒吠叫，但我們退而求其次，以一系列字詞代之，如「你這下流告密者！」「骯髒人渣！」同樣地，如果我們開心而激動，我們不會發出呼嚕聲或搖尾巴，但或許會說出諸如「她是世上最甜美可人的小女孩！」之類的話。

　　這些陳述與其說是我們對外在世界的報導，更該說是我們不經意地傳達了自己的內心世界。這類陳述在人類行為中就等同於動物的咆哮聲與呼嚕聲。若聽見「她是世上最甜美可人的小女孩」，聽者最好能明辨語意，將之視為說話者內心想法，而非關於那女孩的事實。

　　雖然這點顯而易見，但令人驚訝的是，若有人做出這類陳述，說者與聽者往往認定女孩就是話中所說的那樣。這錯誤特別常見於解讀演說家和社論作家較為激憤的發言指控諸如「左派分子」、「法西斯」、「華爾街」、「右翼人士」，或熱情擁護「我們的生活方式」。接著，因為字詞鏗鏘令人印象深刻、句子結構精巧完美、

話語聽來先進有思想，我們便認為這些話語言之有物。然而仔細想想，我們會發現這些言論其實在說「我所厭惡（「自由主義者」、「華爾街」），我非常非常厭惡」以及「我所喜愛（「我們的生活方式」），我非常非常喜愛」。這類字眼或可命名為「咆哮詞彙」與「呼嚕詞彙」[6]。

另一方面，如果咆哮詞彙和呼嚕詞彙都有可供驗證的報導資料（這意味我們先前也已經對於這些詞彙代表的特殊意義有所共識），我們或許就能找到理由接受說話者或寫作者以個人情感做基礎的立場。但正因為可驗證的報導資料沒有伴隨咆哮詞彙和呼嚕詞彙出現，除非有人問：「為什麼你這樣認為？」否則不會有可供進一步討論的材料。

諸如槍枝管制、墮胎、死刑和選舉議題常使我們訴諸於咆哮詞彙和呼嚕詞彙，通常那只會淪為徒勞爭論此類陳述：「雷根可是一位很在行的不沾鍋總統──萬事不沾身」、「她是反生命傾向者」、「華格納的音樂只是歇斯底里的尖叫構成的不協調音程」、「反對控管手槍買賣的人肯定是瘋子」。在如此措詞的評論性陳述中如選邊站，使溝通淪落頑固愚昧的層次。但若進一步詢問與這些陳述有關的問題（你為何喜歡或討厭雷根總統？你為何贊成或反對槍枝管制？）則能進一步認識對方內心的信仰。聽取他們的意見和理由之後，或許就能讓討論更明智些、得到更豐富的資訊，也或許不會像討論剛開始那樣偏頗於某一方。

諸如槍枝管制、墮胎、死刑和選舉議題常使我們訴諸於咆哮詞彙和呼嚕詞彙，通常那只會淪為徒勞爭論。

偏頗

並非所有判斷性陳述都像前文舉例那樣直接。就算撰寫報導的過程中竭力避免摻入判斷性陳述，仍不免混入一二。舉例來說，關於某人的記述可以是這樣的：

「他顯然好幾天沒剃過鬍子，臉上和手上沾滿污垢。他的鞋子破損，外套顯然小好幾個尺碼且沾滿乾掉的土垢。」

雖然沒有做出直接判斷性陳述，但已含有明顯暗示。若針對同一人改用下列描述作為對比：

「雖然他臉上有鬍碴且疏於整理，但他雙眼澄明，且目不斜視，迅速地走在路上。也許因為大衣尺寸太小，顯得他特別高大。他左手夾一本書，一頭小獵犬跟在他腳後奔跑。」

前例中，只不過是簡單增加新的細節和負面因素的補充說明，帶給人的印象就產生極大變化。即使寫作時避免加入判斷性陳述，卻還是會滲入隱含判斷的陳述。那麼，我們如何確保自己能提供公正報導？答案是，用我們日常生活使用的語言當然無法達到完全公正。就算使用科學上極度客觀的語言，往往還是難以達成任務。不過若能藉由留意某些字詞和事實可能會引致的好壞感受，就有可能在實際應用時達到足夠的公正。這種意識使我們能夠平衡內心隱含

我們如何確保自己能提供公正報導？藉由留意某些字詞和事實可能會引致的好壞感受，就有可能在實際應用時達到足夠的公正。

的善惡判斷。要學會做到這點，嘗試針對同一主題寫兩篇文章不失為一個好方法。兩篇都得是純粹報導，但由不同角度閱讀：其一含有引導讀者對該主題產生正面印象的事實和細節，其二包含那些可能引導讀者產生負面印象的內容。例如：

正面	負面
他牙齒潔白。	他齒列不均。
他雙眼湛藍、金髮且髮量茂密。	他很少正眼看人。
他穿著一件乾淨的藍色上衣。	他的上衣袖口磨破了。
他經常幫妻子洗碗。	他擦乾碗盤時總會打破一、兩個。
他的牧師對他評價很高。	雜貨店老闆說他總是拖延付帳單的時間。
他喜歡狗。	他討厭小孩。

選擇描述主題正面或負面細節的過程，或可稱為「偏頗」。偏頗論述並未提出明確判斷，但它有意無意間使結論不可避免地偏向某些判斷，因之有別於報告。片面或帶偏見的偏頗常見於隱私八卦和誹謗言論中，更不曾缺席於報章雜誌上的「演繹性報導」，可說是不使用任何假話的說謊技巧。

發現偏見

一則新聞記事以我們不喜歡的方式敘事，略過我們認為重要的事實並以令人感到不公的方式加油添醋，我們會忍不住說：「看看

他們這什麼偏頗報導！」當然這陳述也是針對撰寫報導的記者和編輯所做的推論。我們假設了他們認定孰重孰輕的標準和我們相同，並基於此假設推斷作者和編輯「故意」誤導報導重點。但確實如此嗎？身為局外人，讀者能否判定報導的呈現方式是因為編輯「刻意」以該種方式偏頗傳達？或者該事件對他們來說，本就應當如此呈現？

重點在於，我們的興趣和背景已影響我們選擇、摘要資訊的方式，我們（包括那些編輯）所體驗的一切，本就已是「偏頗」的。對五十歲住郊區的律師和二十歲失業住市內的家長來說，「何者為重」絕不會相同。

我們的興趣和背景已影響我們選擇、摘要資訊的方式。我們所體驗的一切，本就已是「偏頗」的。

寫作者除非是為尋求特殊文學效果，否則既非偏頗論述的提倡者，也並非趨避偏頗論述的反對者。避免偏頗並不只為保持公正，更重要的是使所陳述地圖能確實畫出經驗疆土。帶有強烈偏見的人無法提供良好地圖，因為她眼中敵人就只是敵人，朋友就只是朋

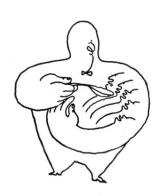

新聞發言人餵養媒體

友。擁有真正寫作與思考技巧的人，能以其想像力和洞察力從許多不同角度看待同一主題。下面的例子或許能闡明該如何寫出完整且穩健的描述：

> 　　亞當轉頭看他。某種程度上這彷彿是他第一次正眼看他。他看見那紅色格紋布下強壯、黝黑的肩膀，輕輕垂下的修長手臂，往前放膝上的強壯雙手拿著韁繩，滿是裂痕和老繭。他看著那張臉。顎骨看起來強勁有力，但噘著厚嘴唇且一側唧著一段嚼過的麥管。眼瞼下垂、看上去微腫，且雙眼布滿血絲。亞當知道那雙眼睛能夠銳利地給人迅速、精確、流滿懷疑的一瞥。但看著那張如今呆滯、昏昏欲睡的臉龐，他根本無法置信。
>
> 　　　　　　　　　　　　──羅伯特‧潘‧華倫，《荒野》[7]

> 　　矮小的公爵夫人身後，緊跟著大塊頭、戴眼鏡剃短髮的壯碩小伙子，穿著時髦淺色五分褲、高領綴縐褶邊，以及淺褐色大衣。這壯碩小伙子（皮耶爾）是凱瑟琳女皇在位時著名花花公子（目前在莫斯科等死的柏左霍夫伯爵）的私生子。他還沒入伍任職，才剛從國外深造回來，這是他初次在社交場合上亮相。安娜‧帕夫洛夫娜夫人對他輕輕點頭致意，這是專屬於她沙龍最低階訪客的招呼方式……

　　皮耶爾笨拙、壯碩且異常高大，雙手又紅又粗大，就像他們說的，他不知道該如何在沙龍之間進退自如，也就是說，他不知道該如何在退場時得體地說幾句話。更有甚者，他心不在焉。他站起身，不拿自己的帽子卻拿起綴著將軍羽飾的三角帽。他緊抓那頂帽子，拔著帽上羽毛直到將軍要求他歸還帽子。但他心不在焉和無能進入沙龍談笑自若這一切缺陷，因其純樸謙虛的良善天性得到原諒。

　　　　　　　　　——托爾斯泰，《戰爭與和平》（英譯者康斯坦斯·加內特）

注釋

[1]   倫納德・布盧姆菲爾德，Leonard Bloomfield，一八八七～一九四
    九，美國語言學家，結構主義語言學派創立者。

[2]   約翰・洛克，John Locke，一六三二～一七〇四，著名英國哲學家，
    英國經驗主義的代表人物之一，對社會契約理論的貢獻影響後代政
    治哲學甚鉅。

[3]   英制容量及重量單位，用於量度乾貨，一蒲式耳等於八加侖（約三
    十六・三七公升）。

[4]   硝酸的化學式。

[5]   海岸橡樹（Coast Live Oak）之學名。

[6]   「咆哮詞彙」與「呼嚕詞彙」原文為snarl-words及purr-words，原指
    動物表達「敵意、威脅」以及「高興、好感」的聲響。

[7]   羅伯特・潘・華倫，Robert Penn Warren，一九〇五～一九八九，
    美國著名詩人、小說家、評論家，美國第一任桂冠詩人。《荒野》
    （*Wilderness: A Tale Of The Civil War*）是以美國南北戰爭作為背景的
    小說。

第四章　語境
Contexts

「拜託，如果開口詢問那是什麼，你將永遠得不到答案。」（在答覆應如何定義紐奧良爵士時）

——路易斯·阿姆斯壯[1]

字典上的定義往往只提供未知詞彙字面上的替代用語，而那僅能用以掩飾真正理解的匱乏。因此，有人查找外文詞彙時，得到「紅腹灰雀」[2]這類對於辨識或描述這種鳥類絲毫沒有幫助的答案後就已感到滿意。然而所謂理解並非僅獲致詞彙，必須能夠真正了解其所代表事物。字典中的定義只讓我們能夠隱匿彼此的無知。

——H. R. 休斯[3]

本章關鍵字

字詞如何產生意義

人們普遍認為每個字都有一個無可爭辯的正確意義，而教師和書籍提供的意義和用法具有最高權威。很少有人會質疑字典編纂者和文法書作者究竟權威何在。

文本語境與實體語境

若聽見「餅乾」時，就有人同時送餅乾到狗兒鼻子前，連狗兒也能學會「單字」。

外延意義與內涵意義

詞語可能同時具有外延和內涵意義。若字詞缺乏內涵意義，亦即字詞無法在我們腦海中引發任何想法，這些字詞就如同我們無法理解的外語，僅是無意義的聲響。

一字一義的悖論

每個留意字詞涵義的人想當然耳都會發覺，字義總是不停遷移變化。

忽略語境

我們往往輕易做出自動反應或信號式反應，並對他人的無心之意進行解讀……然而他們唯一原罪是以不同的方式使用語言，這其實身不由己，尤其當他們的背景與我們大不相同。

字詞的相互作用

所有字詞在同一語境中都彼此互動著。

字詞如何產生意義

我曾和一名英國女子爭論某字彙發音，並提議查字典。但那位女子堅定地說：「有何必要？我是英國人，土生土長的英國人，我說的就是英語。」這種對母語的自信最常在英國人身上見到。但在美國，若有人想質疑字典，不是被當成怪人就是瘋子。

人們普遍認為每個字都有一個無可爭辯的正確意義，而教師和書籍提供的意義和用法具有最高權威。很少有人會質疑字典編纂者和文法書作者究竟權威何在。

編纂字典的首要任務是大量閱讀當代書籍，或與字典主題領域相關的書籍。編輯者閱讀時，他們在卡片上抄寫有趣或生僻單字、少見單字或常見單字的冷僻用法、常見單字的一般用法，以及出現這些單字的所有句子，如：

> 桶
> 這些乳品**桶**提高家中牛乳產量
>
> 濟慈《恩迪米翁》[4]
> 第一輯，第四十四～四十五行

也就是說，收集每個單字的同時也收集其上下文。比如編纂《牛津英語辭典》（通常約須裝訂為二十五輯）這類龐大字典的編纂工程，須收集這類卡片達數百萬張，且費時數十年。收集卡片同時，也以字母順序分類排列卡片。分類排序完成後，每個單字會有兩到三張甚或數百張解釋引述詞句的卡片。

定義一個字，然後，字典編纂者用這些卡片解釋單字，每張卡片分別代表文學或歷史上重要作家實際使用單字的例子。編纂者仔細閱讀卡片，捨棄其中一部分，再重讀其餘卡片，並根據單字語意分門別類。編纂者不能自行認定單字應該具有什麼含意，必須以收集到詞句所揭示含意為準。

因此，編纂字典並非訂立關於「真實字義」的權威陳述，而是盡一己所能，記錄各個不同單字在古往今來作者筆下曾經具備的意義。字典編纂者是歷史學家，不是立法者。例如說，若在一八九〇年或遲至一九一九年編寫字典，我們會說「broadcast」意謂「播撒」（如播撒種子），但自一九二一年起，我們不能硬是如此頒布，因為這單字最常見的意思成為「透過廣播或電視等傳輸方式傳遞訊息」。因此，若視字典為「絕對權威」就等於視字典編纂者為預言家，但實情並非如此。為言語或書寫選擇字詞時，字典可根據歷史記錄引領我們，但不能讓它束縛我們，因為新情況、新經驗、新發明與新感受總迫使我們賦予舊詞嶄新用法。如果查找「hood」[5]，五百年前會指向僧侶，而今日則指向汽車引擎。

為言語或書寫選擇字詞時，字典可根據歷史記錄引領我們，但不能讓它束縛我們。

文本語境與實體語境

字典編纂者界定定義的方式，和我們自小到大學習字義的方式相同，只不過較為系統化。如果我們從未聽過「雙簧管」，然後無意在下列句子中聽見這詞：

我們藉由「文本語境」、「實體」、「社會語境」學習詞意。

他曾是鎮上最頂尖的雙簧管演奏家……每進行到第三樂章的雙簧管部分，他總是非常興奮。……有一天我看到他在樂器行為他的雙簧管買新簧片。……自從他開始吹奏雙簧管，就再也無法回頭吹單簧管。他說那太容易，不怎麼有趣。

雖然這詞聽來陌生，但聽著聽著它的意義逐漸清晰起來。聽完第一句我們就知道「雙簧管」是拿來「play」（英語中同時代表玩耍或演奏）的，所以它必得是符合該動詞的「遊戲」或「樂器」，第二句則去除它是遊戲的可能性。每個接續句子都再次縮小了「雙簧管」的範圍，最後終於能使人大略搞懂它代表的意義。我們就是藉這種方式從「文本語境」（verbal context）中學習，藉由字詞與其他周邊字詞的關係理解它並得到合適定義。

但除此之外，我們還藉由「實體」（physical）和「社會語境」（social context）學習詞意。這麼說吧，我們打高爾夫球時用某種方式擊球，結果不佳，因而同伴對我們說：「這是一記糟糕的右曲球。」只要球無法直線前進他就會這麼說。如果我們有一般智商，自然很快就能學會在遇到同樣狀況時說：「這是一記糟糕的右曲球。」然而在某個狀況，朋友或許會回說：「這次不是右曲球，是左曲球。」

這時我們開始思考發生了什麼事，並想弄清楚最後一擊跟之前那幾下有什麼不同。一旦我們弄清楚，就多學了個詞彙。打了九洞高爾夫球後，我們已能在沒人確實告知字義的狀況下精確使用這兩個或更多詞彙，如「草皮、草痕」、「五號鐵桿」及「上果嶺一擊」

等等。我們可能打了多年高爾夫球但仍未能說出「右曲球」在字典上的定義：「打擊（球），使球桿面觸及球的內側，（右撇子球員）使球在擊出過程中向右屈斜」（《新韋氏國際字典》）。即使說不出這種定義，我們仍能適時且精確使用這詞彙。

我們使用詞彙的意義（僅以複合聲響的形式記憶詞彙）並非由字典習得，也非由定義習得，而是因為聽到這些聲響應用於實際生活中，進而了解某些聲響與某些情況的對應關係。若聽見「餅乾」時，就有人同時送餅乾到狗兒鼻子前，連狗兒也能學會「單字」。我們也因為意識到身邊發生的事件與他人對我們發出的聲響進而學會解讀語言，簡而言之，意識到語境。

就學中的孩子提供的「定義」能清楚顯示他們如何將詞彙和環境做出關聯。他們幾乎都是由實體語境和社會語境來定義詞彙：「『處罰』就是你不乖的時候必須坐在樓梯上枯等時間過去。」「『報紙』就是報童帶來的東西。」這些都是絕佳定義。這些定義無法用於字典上的主要原因是太過具體，不可能將每個字千變萬化的用法逐一列出。也因此字典提供的定義往往較為抽象，也就是說，為了簡明起見必須省略細目。所以若將字典定義認定為該單字的一切，可就大錯特錯了。

意識到「語境」，從而解讀語言。

外延意義與內涵意義

先介紹幾個有助於探討字義的專有名詞。其一是「外延意義」（extensional meaning）。話語的外延意義是其所指涉的外向（實體）

世界。外延意義無法用詞彙表達,因為那就是詞彙所代表的事物,是疆土,而非地圖。換個簡單好記的說法,若有人要求你提供外延意義,伸手搗住嘴,並指向那個事物就可以了。

當然,我們無法老是伸手去指詞彙表達的事物。因此討論字義時,我們應指涉言語的「明義」(denotation [6])。談論溫尼伯市時我們未必能次次都伸手指向它,但大家都能理解「溫尼伯」的明義為曼尼托巴省[7]南部草原裡的都市。如果四周沒有狗兒,就無法伸手指出「狗」的外延意義,但「狗」這個詞的明義為該類別動物,包括狗$_1$(菲多)、狗$_2$(雷克斯)、狗$_3$(羅孚)…乃至於狗$_n$。

而單字或詞語的「內涵意義」（intensional meaning）是人腦海中暗示（隱含）的意義。粗略地說，若使用其他詞語來解釋詞彙表達的意思，我們所提出的就是涵義（connotation [8]），或曰內涵意義。

當然，詞語可能同時具有外延和內涵意義。若字詞缺乏內涵意義，亦即字詞無法在我們腦海中引發任何想法，這些字詞就如同我們無法理解的外語，僅是無意義的聲響。

然而有些詞語可能在我們腦海中引發無數想法，卻沒有外延意義。「天使在夜裡看顧我床榻」這陳述就不具任何外延意義，但不表示夜裡沒有天使在我床邊看顧。我們說那陳述沒有外延意義，只是因為我們無法看見、觸摸、攝影，或用任何科學方法檢測出天使存在。其結果是，如果開始爭論是否有天使在我在床榻看顧，無法得致雙方（基督徒和非基督徒、虔誠信眾和不可知論者、神祕學信徒和科學信徒）都滿意的結論。因此無論我們是否相信天使存在，只要事先知道，關於此議題的任何爭論都會沒完沒了且徒勞無功，就可以避免陷入爭吵。

另一方面，若論述具有外延性質，例如「房間有十五呎長」，就不存有爭論空間。不管對房間長度有多少猜測，只要拿出捲尺就能平息所有討論。這就是外延意義和內涵意義的重要區別。意即，若話語有外延意義，就不須再討論且立即達成共識，若話語只有內涵意義，不具外延意義，爭論往往隨之而起且沒完沒了。這類爭論只會導致衝突。在個人之間，可能會導致友誼破裂；在社會上，可能會將組織分化為立場相對的團體；而在國家之間，可能會嚴重加

若論述具有外延性質，就不存有爭論空間。若話語只有內涵意義，不具外延意義，爭論往往隨之而起且沒完沒了。

劇現有緊張局勢，而成為和平解決爭端的實際障礙。

這類爭論可稱為「無意義爭論」，因為所爭論話語毫無可供收集佐證的資料。（更不用說有時根本就廢話連篇，這取決於個人考量後對特定爭論的感受。）儘管上述關於天使的例子其實沒有試圖否定或肯定天使的存在，但也很有可能冒犯某些人。那麼，我們更能想像，從神學、政治、法律、藝術、經濟學、文學批評及其他領域中能找出多少尚未清楚明辨的概念，能夠引發爭論。

一字一義的悖論

每個留意字詞涵義的人想當然耳都會發覺，字義總是不停遷移變化。一般人通常認為這不是好現象，因為它會導致「草率思想」和「混淆」。為糾正這情況，他們通常認為大家都該對於每個字義有所共識，且只准使用那個字義。然而即使我們成立字典編纂委員會，以鋼鐵獨裁統治在每個報社安置稽查員，於每個家庭設置錄音機，我們仍無法在產生歧義時強迫大家對字詞保持共識，這是無計可施的。

換個新前提就可避免這僵局，亦即現代語言學思維基礎：一詞絕不同義二次。有許多方式可證明這前提合乎事實。首先，假設話語所處語境決定其意義。既然不可能有兩個完全相同的語境，自然也不可能有兩個完全相同的字義。即使詞彙簡單如「相信」，我們該如何根據下列句子確立其意義？

我相信你（我對你有信心）。

我相信民主（我接受民主一詞所隱含之原則）。

我相信聖誕老人（我個人認為聖誕老人確實存在）。

再者，以字義「簡單」的詞彙「水壺」為例。琳恩說「水壺」時，其內涵意義是琳恩印象中所有水壺的共同特徵。然而彼得說「水壺」時，其內涵意義是他印象中所有水壺的共同特徵。不管琳恩的「水壺」和彼得的「水壺」間差異有多微小或微不足道，差異確實存在。

最後，讓我們透過外延意義來檢證話語。若帕特、克莉絲蒂、唐娜和傑夫每個人都說「我的個人電腦」，我們必得指向四台不同個人電腦才能確實獲得每個狀況下的外延意義：帕特的新蘋果電腦，克莉絲蒂的老 IBM 電腦，唐娜的麥金塔電腦和傑夫那台不知在哪但總有一天會買的個人電腦：「我的個人電腦，等我買了以後，一定具備圖像處理能力。」此外，若派特今天說「我的個人電腦」，明天又說「我的個人電腦」，兩個狀況下的外延意義並不相同，因為那台個人電腦每隔一天都和前一天完全不同（甚至從前一分鐘到下一分鐘）：磨損、變化和衰變隨時都緩慢進行中。雖然能說字詞隨場合與時間改變的程度微不足道，但仍不能說那些意義完全相同。

我們無法在字詞說出口之前預先得知其涵義。我們事先能預知的只有它大約會產生的意義。話語說出來後，我們根據其文本語境和實體語境揭露的曙光解讀那些話語，然後以我們的解讀採取

我們無法在字詞說出口之前預先得知其涵義。我們根據其文本語境和實體語境揭露的曙光解讀那些話語，然後以我們的解讀採取行動或理解文義。

行動或理解文義。這也就是為什麼，若朋友讀著書然後抬頭問：「complimentary [9]是什麼意思？」我們通常會要求他唸一下那個字是出現在什麼樣的文句中，接著就能根據文句語境來判定使用「complimentary」的哪個涵義最為恰當。

驗證詞語的文字語境如同驗證詞語本身，將引領我們至其內涵意義。而驗證實體語境則將我們引領至其外延意義。若大衛對詹姆斯說：「幫我拿那本書過來好嗎？」詹姆斯順著大衛食指所指方向（實體語境）望去，看見一整疊書（實體語境）。他回想一下之前對話（文本語境），就能知道大衛指的是哪本書了。

由此得知，解讀必須基於所有語境，否則，我們就無法正確了解狀況。但有時就算無法正確表達我們的意思，抑或我們使用錯誤或不適當的詞彙，別人往往還是能了解我們的意思。例如說：

甲：老天！看看那二壘手！

乙（看了一下）：你是說那個游擊手？

甲：對，我就是說他。

甲：應該是機油管有問題，發動不了引擎。

乙：你是說汽油管嗎？

甲：對呀，我說的不就是汽油管嗎？

語境能幫我們將語意表達得如此清楚，就算語焉不詳別人也聽得懂。

忽略語境

　　論證過程中，人們常抱怨字義因人而異，然而他們應接受這理所當然的現實，而非有所抱怨。舉例來說，若「正義」一詞對美國最高法院九名大法官來說都具有相同意義，想必世上事事都會有共識，這也未免太過驚人。如果「正義」對盜賊和其受害者來說意義都相同，那就更驚人了。如果能將「一字絕不同義二次」這原則深入意識並有所自覺，就能培養出自動檢查語境的習慣，並更能了解他人言語。然而若遇到特定詞彙，我們往往輕易做出自動反應或信號式反應，並對他人的無心之意進行解讀，接著浪費精力憤怒指責別人刻意造假或濫用詞語，然而他們唯一原罪是以不同的方式使用語言，這其實身不由己，尤其當他們的背景與我們大不相同。當然，還是有人會刻意造假或濫用詞語，但其實沒有多數人認定的那麼頻繁。

　　研究其他文化的歷史時，語境更為重要。「屋子裡沒自來水也沒電」對一五七〇年的房子來說不帶有譴責意味，但對現今位於芝加哥的房子來說是非常嚴重的指控。同樣地，歷史學家告訴我們，如果想了解美國憲法，只從字典裡查詢字義並研讀最高法院大法官撰寫的釋憲內容並不足夠。我們必須著眼於憲法的「歷史語境」：起草憲法者的生活狀況、當代思想、時代偏見及利益考量。畢竟「美國」這詞在一七九〇年所代表的國家在國境大小和實質文化上都與今日大不相同。若涉及重大議題，須驗證的語境（包括文本語境、社會語境、和歷史語境）確實會變得十分龐大。

> 研究其他文化的歷史時，語境更為重要。

字詞的相互作用

　　也不是說既然語境這麼重要，字典就可以扔了。文句中任何字詞（段落中任何句子、文章中任何段落）透過語境來揭示其意義，但字詞本身也是其餘詞句的語境。因此用字典查單字，往往在解釋詞彙的同時解釋了那個句子、段落、對話，或文章其餘部分。所有字詞在同一語境中都彼此互動著。

　　既然明白字典是歷史著作，就該以這方式解讀字典。當「過去講英文的人常用mother指稱雙親中的女性」，根據這個句子我們便可合理推斷：「既然以前那樣用，我想搞懂的這個句子裡應該也是這樣用。」我們通常都是這麼做的。而從字典查找單字之後，我們也會重新審視語境看看字義是否符合。如果該句語境為：「瓶子裡的mother成形了」，那麼就得再仔細推敲語境和字典，看看這個問題詞彙是否有多重字義 [10]。

注釋

1 路易斯‧阿姆斯壯，Louis Armstrong，一九〇一～一九七一，美國爵士樂音樂家，被譽為爵士樂之父。

2 紅腹灰雀原文為Bullfinch，英文字面意義看似野牛與雀鳥的組合，不似中譯名提到其外在特徵。

3 H. R.休斯，Howard Russell Huse，拉丁語系教授，譯者，作家，曾英譯《神曲》。

4 恩迪米翁（Endymion），為希臘神話中受到月神垂青的美少年，濟慈以此為主題之詩作。

5 該字舊意僧侶兜帽，現指引擎蓋。

6 或譯明示意義、表面意義、指涉等。

7 溫尼伯市為加拿大曼尼托巴省首府。

8 或譯隱含意義、衍伸意義等。

9 complimentary可能意指：恭維的、讚美的、問候的、善於辭令的或免費贈送的。

10 原注：mother這名詞有個比較晦澀的字義：「一層黏滑的薄膜…產生於含酒精液體的表面……發酵……」《新韋氏大學字典》。

第五章 語言的雙重任務
The Double Task of Language

距我們甩掉尾巴已經過了數萬年，但我們賴以溝通的媒介仍是住樹上的老祖宗為了自己的需求發展出來的……我們或許會對原始人的語言錯覺一笑置之，但我們豈能遺忘我們如此依賴，且玄學家用以探討存在本質的言語機制，正是由老祖宗所創設，而且，或許其他不可信且不易根除的錯覺亦源於此？

——C. K. 奧格登[1]、I. A. 理查茲[2]

本章關鍵字

涵義

若由聽者的角度考量語言,可以說旨在報導的話語提供了資訊,但旨在表述的話語(如判斷論述及前符號功能語言)在情感上則影響我們,亦即觸動我們的感受。

信息涵義

在談到「豬」時,除非剛好有頭豬在旁邊讓我們伸手直指,否則我們說不出這個字的外延意義,但我們可以賦予它信息涵義。

情感涵義

波耳戰爭中,英國媒體形容波耳人「偷偷摸摸躲在岩石和灌木叢後」。等英國軍隊終於從波耳人那裡學會如何利用南非大草原的地勢作戰,媒體則形容為「巧妙利用地形掩護」。

言語禁忌

每種語言似乎都有些「不可說」的字眼,這些詞彙的情感涵義強烈到無法在文雅談吐中使用。

預設判斷的字詞

「貼標籤」所使用的名稱往往會影響人們對待被貼標籤者的方式。

日常用語

所有的日常談話、演說、論說文寫作和文學,都面臨這項雙重任務:這任務大多數時候都是憑藉直覺進行,我們無意識地選擇聲調、節奏,並為發言選擇適當的情感涵義。

涵義

　　如我們所見，報導語言的特質在於其完成特定任務的功能性，但語言也能用於直接表達說話者的情感。若由聽者的角度考量語言，可以說旨在報導的話語提供了資訊，但旨在表述的話語（如判斷論述及前符號[3]功能語言）在情感上則影響我們，亦即觸動我們的感受，影響情感的語言特質即其影響力。

　　例如，口頭侮辱可能引致回罵，如同毆打可能引發回擊。言語之響亮蠻橫如同實際扭打能迫使別人行動，言語叫囂與敲擊胸膛一樣都是展示精力的方式。言語的情感要素首推聲音的聲調變化（tone）——話語宏亮或輕軟、口氣愉快或不悅、聲量和音調的多樣變化。

言語的情感要素：聲調、節奏，以及信息涵義和情感涵義。

　　言語的另一要情感要素是節奏（rhythm）。我們稱呼規律而重複性的聽覺（或動覺）刺激為節奏。從鼕鼕鼓聲到孕育詩詞和音樂的細微之處，人類不斷培養對節奏的反應。製造節奏是為了引起注意力並引發興趣，節奏如此富有情感渲染力，就算我們不想分心，也會不由自主地注意到它。韻腳（rhyme）和頭韻[4]有規律地重複類似聲音，自然也是語言中強調節奏的方式。因此政治口號撰寫者和廣告商對韻腳和頭韻情有獨鍾：「蒂珀卡努和泰勒（Tippecanoe and Tyler Too）[5]」、「不占五十四度四十分便戰（Fifty-Four Forty or Fight）[6]」、「柯立茲、可冷靜（Keep Cool with Coolidge）[7]」、「必敗別克（Better Buy Buick）[8]」、「我愛艾克（I like Ike）[9]」、「永遠站在詹森這邊（All the Way with L.B.J.）[10]」、「麥克蔬鮮堡

（McDLT）[11]」。就內容而言，這些詞句相當荒唐，但其發音成了迴盪人們腦海的小小節奏回聲，使聽者難以或忘。

　　除了聲調和節奏，語言另一個極重要的情感要素是詞語予人的感受，幾乎所有詞語都含有令人愉快或不快的成分。請參照第四章所述關於明義（指向事物的外延意義）和涵義（關乎心中想法、理念、概念、和感受的隱含意義）間之不同，這些涵義可區分為兩種：信息涵義與情感涵義。

信息涵義

　　字詞的信息涵義是社會上共識的「一般客觀」意義，可以用其他詞彙來解釋其意義。例如在談到「豬」時，除非剛好有頭豬在旁邊讓我們伸手直指，否則我們說不出它的外延意義，但我們可以賦予它信息涵義。「豬」對英語使用者來說，意謂「農家豢養、可以生產豬肉、培根、火腿、豬油的畜養四足哺乳動物……」

　　信息涵義可包含詞彙的「定義」（「豬」為「畜養哺乳動物」）及「明義」（豬$_1$、豬$_2$、豬$_3$…等等）。但有些詞彙只有定義，缺乏明義。比如「美人魚」就只有定義（「半女人半魚的生物」）。因為外在世界找不到美人魚，所以這個詞彙沒有明義。用數學名詞來說，它「邏輯上存在」，但沒有外在參考資料可供佐證作為其信息涵義，故沒有明義。

　　解讀字義時明義看似沒什麼問題，因為它並非以字詞引發的個人感受作為出發點。但實情並非如此，因為對不同職業或來自

不同地方的人來說，同一詞彙可能會代表不同事物。英國「知更鳥（robin）[12]」和美國同名的鳥兒是完全不同的物種。而許多相異且種屬不同的魚類都以bream [13]（在南方發音同brim）表示。據說比利時野兔（Belgian hare）「其實是兔子（rabbit）」，但美國長耳兔子（jackrabbit）「其實是野兔（hare）」。常見字彙「番紅花（crocus）」，其實在全國各地指稱不同的花。英國麻雀（English sparrow）並非麻雀，而是梅花雀（weaver finch）。家燕雀（house finch）往往被稱為朱頂雀（linnet），而朱頂雀是歐洲鳥類，北美沒有[14]。

　　常用名詞和地域性專有名詞差異如此之多，因而必須為植物和動物取學名，即整個科學界都認同的名稱。

情感涵義

　　另一方面，詞彙的情感涵義是它激起的個人情感氛圍，比如「豬」引人聯想「噁！又髒又臭的生物，在骯髒的豬舍裡打滾」等等。雖然沒必要與這種感受達成共識（有些人喜歡豬有些人則不），但我們選用詞彙時還是會受到既存感受的影響，某些情況下甚至只考量字彙的情感涵義，不考慮其信息涵義。也就是說，強烈感動時，我們根據自己的感受使用與情感涵義相符的詞彙來表達，毫不在意詞彙的信息涵義。我們憤怒地說別人是「豬」、「鼠」、「狼」、「臭鼬」[15]，又或者親暱地用「蜂蜜」、「糖」、「鴨子」或「甜派」[16]等詞彙稱呼別人。其實幾乎所有表達感受的詞彙都具有

一定程度的情感涵義。

　　所有詞彙都依照其用途獲致情感影響上的特徵，有許多詞彙的情感影響價值遠高於信息傳遞價值。例如，我們可以稱別人「那位紳士」、「那一位」、「那個人」、「那先生」、「那傢伙」、「那男人」、「那小伙子」或「那呆子」，而這些詞彙也可以都指向同一個人，只是分別揭示了我們對他的不同感受。專賣小擺飾的店家可能會在招牌上寫「逸品堂」，希望因此帶來古色古香的氣氛（就算商品可能名不副實）。暗含英格蘭和蘇格蘭氣氛情感涵義的詞彙常用於男裝品牌名稱，如「攝政公園」、「邦特街」、「倫敦霧」，也常用於房地產建案，如「西科芬特里」、「海德公園」。香水商為商品選用帶有法國風情的名稱，如「蒙迪歇爾」[17]、「安迪斯荷」[18]、「夜巴黎」，且昂貴的品牌用「芙列昆」[19]盛裝，而非瓶子。看看下列陳述形式產生的差異吧：

> 我很榮幸秉告閣下……
>
> 在此為您提供資訊……
>
> 我想告訴您的是，先生……
>
> 我告訴你，先生……
>
> 天哪，老大，拜託注意一下……
>
> 聽著，你這龐克……

　　而下列表格說明如何維持外延意義但改變情感涵義：

有許多詞彙的情感影響價值遠高於信息傳遞價值。只是分別揭示了我們對他的不同感受。

最高級的菲力牛排	一塊死牛的上等肉
小熊隊以5比3痛擊巨人隊	得分：小熊隊五分，巨人隊三分
參議院壓倒性通過麥考密克法案。	參議院在強烈反對下仍通過麥考密克法案。
日本部隊推近五英里。	日本佬前進五英里後停下。
法國軍隊拔腿就溜！	法國軍隊在完善準備下迅捷而有效率地撤退。
州長似乎十分關切，並表示將在數日內仔細檢驗事實並發表聲明。	州長在現場。

　　波耳戰爭[20]中，英國媒體形容波耳人「偷偷摸摸躲在岩石和灌木叢後」。等英國軍隊終於從波耳人那裡學會如何利用南非大草原的地勢作戰，媒體則形容為「巧妙利用地形掩護」。越戰期間，美軍退守有時被稱為「戰略性撤退」。

言語禁忌

　　每種語言似乎都有些「不可說」的字眼，這些詞彙的情感涵義強烈到無法在文雅談吐中使用。英語中若提到這類詞彙，首先浮現的當然是那些關乎排泄和性行為的詞彙。我們往往不是為了休憩或休息而詢問服務生或櫃姐哪裡有「休憩處」或「休息室」[21]。「化妝室」也是同一設施（即「廁所」）的另一委婉說法，不過「廁所」本身早期也是個委婉說法。其實上流社會中，除非跟寶寶說話或牽扯到醫學詞彙，否則根本不會有人直言「休息室」的用途。

（那裡是「洗手的地方」。）

　　關乎身體部位或性行為的詞彙甚或隱約暗示身體部位及性行為的詞彙都具有更強烈的情感涵義，特別美國、英國文化。十九世紀的上流仕女和紳士絕不能開口說「胸部」、「腳」、「大腿」。就算說的是雞肉也不行，必須改用「白肉」、「紅肉」這類詞彙。「上床睡覺」不雅，所以改說「退場」。D. H. 勞倫斯的第一部小說《白孔雀》發表後，作者因為用了「種馬」一詞廣受抨擊，即使其語境並無不妥。當然，禁忌詞彙和我們使用的委婉用語一直在變化，亨利・詹姆斯[22]或伊迪絲・華頓[23]作品使用「make love」[24]的方式跟現代的我們截然不同。對十九、二十世紀之交的美國人來說，「make love」意謂「求愛」或「求偶」，然而現代也沒人用這兩個詞了。如今我們使用比較浪漫且廣為人知的「make love」取代醫學名詞或粗鄙說法作為性行為的替代用語。

　　言語禁忌的有趣之處是，有時反而會因為迴避直接討論性行為或身體議題而產生嚴重問題。尋求不夠精確的字眼來取代太過粗俗或嚇人的性學詞彙，使人對醫學或專業詞彙不甚了了，許多人因此難以獲得或應用關於這些敏感議題的資訊。

　　例如，科學家們初次接觸愛滋病時，選用模糊隱晦的詞彙來解釋這種疾病的傳播方式，不少人因之困惑不已。爾後報章雜誌逐漸開始使用稍微專業、常用的詞彙以便將關鍵事實傳達給此疾病的高風險族群。然而，對於使用性學相關文字以確保所有年齡層的人都了解愛滋病以遏制其蔓延的方式，有些人反對或感到驚恐。

　　金錢是另一個眾人諱莫如深的話題。提金額沒問題，比如一萬

五或兩塊半,但直接詢問別人的財務狀況是很沒教養的,除非這是基於公事需要的調查。債主寫催帳信往往都不提錢字,儘管那正是他們寫信的目的。人們使用許多拐彎抹角的說法:「或許您沒有注意到,我們謹此提醒您。」「若您能撥冗及早處理此事,我們將不勝感激。」「請允許我們靜候匯款早日送達。」

死亡、金錢、宗教等領域的禁忌詞彙需小心使用。

鑑於人們普遍混淆符號與象徵事物之間的關係,對死亡的恐懼使得人們恐懼和死亡相關的詞彙也是理所當然的。也因此許多人不會說別人「死了」,改以這些詞彙代替:「過世」、「仙逝」、「走了」、「回老家」或「歸西」。日語中「死(し,shi)」恰好和「四」讀音相同,這巧合造成語言上的尷尬局面,日本人因此避免在算數和算錢時使用「し(shi)」這發音,而挪用「よん(yon)」這個發音來代表四。

然而強烈的語言禁忌有其重要社會價值。當我們怒不可遏,只想將憤怒之情訴諸暴力時,使用禁忌詞彙提供了傷害度較低的發洩方式,替代抓狂或亂摔家具,在我們面臨此類危機時作為我們的安全閥。

很難解釋為何有些詞語具有如此強大的情感涵義,但其他具有同樣信息涵義的詞彙卻沒有。某些避諱用語(特別是宗教用語)有《聖經》權威背書:「不可妄稱耶和華神的名,因為妄稱耶和華名的,耶和華必不以他為無罪。」〈出埃及記21:7〉人們使用「天哪」、「老天哪」、「該死的」來避開「耶穌基督啊」、「全能的上帝啊」、「遭天譴的」[25]。更進一步遵循聖經禁令,我們也避免提及魔鬼之名,改以「災殃」、「狄肯思」、「老尼克」[26]等詞彙代

之。無論文明社會或原始社會，顯然世上所有人都認為神的名諱太過神聖，邪靈的名字則太過可怖，兩者均不宜輕易宣諸於口。

遠古人類往往混淆詞彙與事物、混淆象徵及其所代表事物。例如深信一個人的姓名就是那個人的一部分。因此，得知一個人的名字，就有能力支配那個人。本著這樣的信仰，也有人遵循習俗，在孩子出生時取個只有父母知道，不會對外使用的「真名」，另外再取個暱稱或別名在社會上公開使用，藉以保護孩子免於受到他人支配。流傳於歐洲的精靈小矮人傳說[27]即是深信姓名具有支配力量的故事。

湯瑪斯·曼，在《約瑟和他的兄弟們》[28]中，根據古猶太人的信仰對於姓名的力量寫出以下戲劇性的內容：

（約瑟談論一頭獅子）「但如果牠來了，甩著尾巴對牠的獵物嘶吼，聲如六翼天使，但您的孩子在憤怒的牠面前僅會略為驚嚇甚或毫不畏懼……我的父親不知那猛獸將恐懼並避開人類，神賜人智慧並教導人萬物應循之理，我父豈能不知世上人類習知命名藉以主宰並框限創造物時，薩麥爾大天使[29]是何等不滿而怒號……？因吾人識得猛獸且有力量支配牠們的名字，猛獸也因羞慚而將尾巴垂於腿間，吾人能藉由命名使那頭猛獸再無力咆哮。如今倘若牠拖著長長步伐潛行而來，可憎的鼻子發出貓樣嘶吼聲，我也不會讓恐懼主宰，更不會因為不知牠底細而面容蒼白。『汝名嗜血？』我將嘲弄地問牠。『抑或躍殺者？』但同時我會坐直並高喊：『獅！看哪！汝即獅，以

自然和萬物之名，汝之真身已伏於吾前，何其平淡、吾在此笑
語之。』牠聽見自己的名字僅能眨眨眼並溫馴走開，無力回應
我。因牠胸無點墨且對書寫文字一無所知。」

預設判斷的字詞

有些詞彙同時包
括信息涵義與情
感涵義，在溝通
時同時提供事實
和針對該事實的
價值判斷。這類
用語可稱為「貼
標籤」，也就是
說，這些詞彙的
情感涵義會強烈
影響他人的想法。

　　有些詞彙同時包括信息涵義與情感涵義，使得涉及宗教、種
族、國家和政治團體的討論更形複雜。對很多人來說，「共產主義
者」一詞同時具有信息涵義「信奉共產主義的人」，以及情感涵義
「所抱持的理想和目標令人厭惡的人」。有些詞彙用來稱呼自己反
感的職業（「扒手」、「騙徒」、「妓女」），有些詞彙用來稱呼自己
不以為然的哲學思想信奉者（「無神論者」、「激進份子」、「異教
徒」、「唯物論者」、「基本教義派」），這往往在溝通時同時提供
事實和針對該事實的價值判斷。這類用語可稱為「貼標籤」，也就
是說，這些詞彙的情感涵義會強烈影響他人的想法。

　　在美國某些地區，人們對於特定族裔帶有強烈偏見，比如墨
西哥裔美國人（無論他們是移民或出生於美國）。文雅的人與記者
為避免負面涵義，現已不再使用「墨西哥裔」一詞而改用「西班
牙裔」，偏見之嚴重性可見一斑。有些墨西哥裔美國人也選擇自稱
「墨美人」[30]或「拉丁裔」。

　　「貼標籤」所使用的名稱往往會影響人們對待被貼標籤者的方
式。現今美國商店門口和高架橋下遍布數以萬計無家可歸的失業
者，這些人過去被稱為「遊民」，這個字眼不但代表他們失業，還

影射他們沒有工作意願、懶惰、不求上進、不願意加入中產階級主流社會也不認同其價值。因此認定這些人是「遊民」等於認定他們活該。藉由為這些人找到「街友」、「無家可歸者」、「流離失所者」之類新稱呼，我們或許也能夠以新思維考量這些人的處境並找到新方法幫助他們。同樣地，「問題酗酒者」已取代「酒鬼」，「藥物濫用者」也已取代「毒蟲」，而「發展障礙」用以取代曾經取代「白癡」的「智障」。

　　詞彙的負面涵義有時會因為刻意變更其習慣用法而改變。美國的社會主義者麥克爾・哈靈頓[31]曾說，三〇年代和四〇年代由於立場相左的政治人物和媒體不斷重複將「社會主義」和「共產主義」連結，刻意不提兩種思想的追隨者都認為兩者不同，使得「社會主義者」成為一個政治上的骯髒詞彙。一九六四年的總統競選中，參議員貝利・高華德的對手指稱他當總統會「太過保守」。然而「保守」一詞的負面涵義在一九八八年已然淡去，當時的總統競選中，副總統喬治・布希重複強調「自由主義」的負面涵義，並指控他的對手麥克・杜卡吉斯正是自由主義者。

　　字義也從說者和說者之間、聽者和聽者之間、十年又十年之間不停改變。一位我認識的日本女性長者聽見「日本佬（Jap）」一詞會侷促不安。她曾說：「一聽到這詞，我就覺得自己好污穢。」二次大戰期間及更早之前人們使用這詞彙帶有的負面涵義讓她有所反應。不過近來「JAP」做為「猶太裔美國公主（Jewish-American princess）[32]」的縮寫，成為對另一個全然相異族群的侮辱。

　　我一位黑人朋友憶起一九三〇年代的年輕往事，他曾在少有黑

人居住的地區找便車搭，一對白人夫婦載了他一程，還請他吃了一頓飯並讓他在家中借宿一晚。然而他們不停稱呼他「小黑鬼（litter nigger）」，讓他十分難受。最後他終於請那對夫婦不要用那個「侮辱用語」稱呼他，但他們難以理解，因為他們根本無意冒犯。我的朋友或許可以這樣進一步解釋他的想法：「不好意思，但在本國我住的地方，藐視我種族的白人才會叫我『黑鬼』。我想這絕非你的本意。」

近來「黑鬼」一詞的負面涵義已更廣為理解，這有部分可歸功於美國黑人和其他人努力教育大眾。一九四二年，我在芝加哥居住並任教於伊利諾理工大學時，獲邀成為當時最激進的黑佬報紙《芝加哥捍衛者報》（Chicago Defender）的專欄作家。我用「黑佬（Negro）」一詞而非「黑人（black）」，因為當時還是一九四二年，而那家報紙的使命就是讓黑人以「黑佬」為榮。當時使用「黑佬」一詞是充滿尊嚴和令人驕傲的。這也是《捍衛者報》編輯方針中使用此詞的方式，同時以全大寫強調它。稍後五、六〇年代的民權運動，終於使美國普遍大眾有所共識，初次讓「黑佬」取代「有色人種」、「黑鬼」、「老黑（nigrah）」，之後又改以「黑人」取代「黑佬」。如今「黑人」是非裔美國人自稱時最常選用的詞彙，而「黑佬」已然過時且人們普遍認為那是老派且自以為是的說法。最近，又有人提出用「非裔美人（African-American）」來代替「黑人」。深信詞彙意義與生俱來的人，等於甘冒以言語得罪人或遭得罪的風險，因為他們忽略了語境或現況的差異性。

字詞引發的衝突必然會成為社會上考量字詞實際指涉的指引。

深信詞彙意義與生俱來的人，等於甘冒以言語得罪人或遭得罪的風險，因為他們忽略了語境或現況的差異性。

語言中的性別歧視也曾引發許多爭議。許多人質疑用「man」（人類／男人）這個詞代表人類，同時指稱男性和女性，公平嗎？既有一半的選民是女性，我們該說「每個人都該投他那一票」嗎？是否英語本身已內建男女不平等的偏見？若果真如此，我們能做什麼？是否該做什麼？

看看爭議性詞語出現的語境，就更能了解問題所在。在某些語境，「man」的外延意義是「人類」這個物種，涵蓋兩種性別，並未暗含任何針對男人女人小孩、英國人、中國人、愛斯基摩人、原住民、隔壁鄰居等的歧視。而其他語境中，「man」僅指涉男子，如「門口有個男人（man）。」下述語境會產生涵義問題：「本工作團隊還缺十個『men』。」在此狀況下就算女人也能勝任這工作，雇主或許還是會傾向雇用十個男人。

中文的字符「人」代表一般所指稱的「人」或「人類」，日文也是如此。另有一字符「男」用以表示「雄性人類」。然而中國文化和日本文化傳統上都將女人視為附屬角色，可見不能推論女人遭受歧視當完全歸咎於語言。

對於不覺得分辨「man」的涵義有何難處的人，或是喜好通用詞彙偏向男性化的人來說，這語言不需要任何調整。但對於「man」的雄性涵義不滿的人呢？如果壘球隊中有女人堅持得稱自己為「第一baseperson」，或委員會的領導自稱chairperson[33]？而叫做庫珀曼（Cooperman）的女人想改名為「Cooperperson」並訴請法院准其更名又如何呢？（她的申請被駁回[34]。）語言是否能夠接納她們？

幸而語言有足夠彈性讓人們自行調整以滿足自己的標準。
儘管有時修辭上聽來有些問題，我們通常可以用「人類（human
beings）」、「人（humans）」、或「人們（people）」來取代「man」。
不再說「『Man』是使用工具的動物」改說「人類是使用工具的動
物」。

　　一旦確定我們能夠不帶任何性別成見來構築想說的句子，進一
步問題在於：是否該要求所有作家接受「非性別歧視（nonsexist）」
詞彙（例如中性複數）並使用這些詞彙？歷史在這方面提供了一些
指引。

　　大多數想將活生生的語言變成教條化程序的企圖都一敗塗
地。強納森・綏夫特[35]曾刻薄地表示「人群（mob）」只是將拉丁
文名詞「移動人群（mobile vulgus）」縮短的失敗嘗試。而「文明
（civilization）」一詞雖然有可敬的拉丁字根，但塞繆爾・詹森博
士[36]認為那是個野蠻字眼而拒絕收錄到他的字典中，然而最後徒勞
無功[37]。墨索里尼曾想消滅義大利文中非正式的「tu」（第二人稱單
數代名詞，其對應之英語詞彙「thou」已在日常英語中消失）他在
義大利大肆張貼海報，命令義大利人使用「voi」[38]來代替，最後他
的宣傳失敗了。創建語言的社會力量不會受到邏輯、法條或任何計
畫改變，證實了語言比個人更強大。

　　絕不能忘記數世紀之前創造並隨著文化繼承至今的語言，並沒
有暴虐地強制我們統一語言使用方式。辛克萊・路易斯[39]反對種族
偏見的小說《王孫夢》[40]中，中心人物雖然是一位惡劣偏執的種族
歧視者，但他從未不小心說出「黑鬼」一詞。

同樣地，一個不加批判使用「性別歧視」詞彙的人可能對女人極盡一切歧視之道，然而他或她，也有可能毫不歧視女人。是否使用這類詞彙和是否具備這種態度沒有必然關聯。

這並不表示對語言性別偏見敏感的作家應該無視於他們認為有問題的狀況，他們仍能夠以自己的方式演講和寫作。不過這些努力有可能出乎意料地帶來兩性平等之外的結果。例如聖公會教堂修改讚美詩時，將「信奉基督的人們（Christian Men），你們要喜樂！」改為「信奉基督的朋友們（Christian Friends），你們要喜樂！」然而，如同莎拉・默斯勒（Sara Mosle）在《新共和》[41]雜誌中所指出，在神學意義上若只將喜樂傳遞給「朋友」，那麼同樣信奉基督教的敵人或陌生人又該如何？這以讚美詩來說十分不恰當。「那麼我們何時會在聖誕卡上看到『世上平安喜樂，只歸於朋友』[42]？那和兄弟般友愛地（或說「姐妹般友愛地」）祝福全人類全然相異。」[43]

如同過去曾經成功讓「黑佬」及稍後的「黑人」取代「有色人種」，重視語言中包含的性別歧視即使尚未能改變語言，也提升了社會對於語言內涵偏見的意識。即使無法藉此改變語言中的性別偏見，卻能實際改善性別問題，這已十分值得。正如詩人約翰・西爾第[44]觀察到的：

　　從長遠來看，那些對語言用法沒想法的人占上風。而我抗拒的用法會為人所接受，它不會對人們的抗拒毫不妥協，然而關切此議題的人都有責任抗拒。與阻力對抗的改變是測試過的

變革，語言會因為測試過的變革和其阻力變得更好。

關於我們運用在種族、宗教、政治異端、經濟異議等高爭議性議題上的語言，還有一個值得一提的奇特現象。每位讀者想必都認識那種自吹自擂說自己「誠實至上」且「愛說真話」的人。這種人所謂的「愛說真話」往往是用情感涵義最強烈且最令人不快的詞彙來形容事物或他人。為何有人會將此等可惡舉止美其名曰「坦率」？這總讓我匪夷所思。有時違反言語禁忌可作為使人思路清晰的輔助手段，但更多時候，堅持「愛說真話」反而使我們的心智程度下滑，價值評斷和行為上重新陷入渾渾噩噩和直覺反應的模式。

日常用語

日常生活中使用的語言，並非第三章所說的「報導」。報導必須準確選用具有正確信息涵義的詞彙，否則讀者或聽者不會知道我們在說什麼。但除此之外，還必須選用具備適當情感涵義的詞彙來使讀者、聽眾感興趣，或對我們說的話感同身受。所有的日常談話、演說、論說文寫作和文學都面臨這項雙重任務。然而這任務大多數時候都是憑藉直覺進行，我們無意識地選擇聲調、節奏，並為發言選擇適當的情感涵義。

我們對於發言中的信息涵義較為用心。因此，為了改善我們理解並使用語言的能力，不僅要磨練我們對於詞彙信息涵義的感受，同時也須透過社會經驗、接觸形形色色的人及文本研究，來磨練我

們對於語言中情感要素的洞察力。

　　最後，任何語言活動（包括書寫、說話、聆聽、閱讀）中都可能發生下列狀況：

一、信息涵義不足或具有誤導性，但情感涵義足以讓我們正確解讀。例如當某人說：「猜猜我今天看到誰！老……他叫什麼名字啊，反正你知道我說誰，那傢伙就住在……哪條街來著啊！」雖然詳實訊息明顯不足，但還是有辦法猜到他在說誰。

二、信息涵義正確、外延意義清楚，但卻有不合適、具誤導性或荒謬的情感涵義。這在人們試圖咬文嚼字時特別容易發生，如「吉姆今天看球賽時吃了這麼多袋蝶形花亞科落花生屬落花生[45]，俗稱花生，所以晚上才無法好好吃飯。」

三、信息涵義和情感涵義「聽起來都沒錯」，但「地圖」卻不一定有對應的「疆土」。例如：「他在芝加哥南部的美麗山丘地帶居住多年。」芝加哥南部沒有山丘。

四、刻意使用信息涵義和情感涵義來創造虛擬「疆土」的「地圖」。讓人這麼做的理由有許多，不過下面只需要提到兩種。其一，用以計畫未來。例如我們可以說：「假設這街尾有一座橋，新橋將有助於疏運高街上部分繁忙車潮，而在高街購物就不會那麼擁擠了……」我們能根據具象化之後的可能結果來決定贊成或反對興建橋樑。其二，藉以得到舞文弄墨之樂：

為了改善我們理解並使用語言的能力，不僅要磨練我們對於詞彙信息涵義的感受，同時也須透過社會經驗、接觸形形色色的人及文本研究，來磨練我們對於語言中情感要素的洞察力。

但我看見邱比特的神箭墜落

落在西邊一朵小花兒上

花兒原本純白無瑕，卻因愛情之傷轉為菫紫

少女們稱之為「相思花」

為我摘來那朵花吧，我曾讓你見過那花的模樣

將它的汁液滴在沉睡的眼睫上

就可使那男人或女人

醒來後對第一眼看到的活物戀之若狂

——莎士比亞，《仲夏夜之夢》

注釋

1　C. K.奧格登，Charles Kay Ogden，一八八九～一九五七，英國語言學家、哲學家、作家，被視為語言心理學家，基礎英語的發明者和推廣者。

2　I. A.理查茲，Ivor Armstrong Richards，一八九三～一九七九，英國文學評論家、辯論家，被認為是現代文學批評及當代英語文學研究的創始者。

3　前符號，原文為Presymbolic，或譯「象徵前期」，指尚未學會符號語言，僅用動作、眼神或製造某些聲音來溝通之方式。

4　頭韻，反覆使用字首聲母相同或相近的字詞，類似中文裡的「雙聲」，相對於用於字尾的「疊韻」。

5　一八四〇年美國總統大選時，由輝格黨（Whig Party）發表的極富影響力的競選宣傳曲，歌詞內容推崇蒂珀卡努之役英雄，也是輝格黨總統候選人威廉・亨利・哈里森（William Henry Harrison）及其副手約翰・泰勒（John Tyler），並貶低其對手。

6　針對英國與美國於奧勒岡州是否以北緯五十四度四十分為界之處理，美國第十一任總統民主黨的詹姆斯・諾克斯・波爾克（James Knox Polk）出爾反爾所引發的抗議口號。亦有人認為這是一八四四年美國總統大選時波爾克針對此議題提出的競選口號。

7　第二十九任總統沃倫・哈定（Warren Gamaliel Harding）病故後，民主黨分裂，哈定時期政治醜聞仍餘波蕩漾，共和黨籍副總統小約翰・卡爾文・柯立茲（John Calvin Coolidge, Jr.）繼任總統，並於競選第三十任總統時提出此口號來穩定人心，後成功當選。

8　別克（Buick）為美國通用汽車（General Motors）旗下副牌。

9　美國陸軍五星上將德懷特‧大衛‧艾森豪（Dwight David Eisenhower），於一九五二年競選美國總統時之宣傳口號，艾克（Ike）為其暱稱。

10　L.B.J指第三十六任美國總統林登‧貝恩斯‧詹森（Lyndon Baines Johns），詹森積極介入越戰，當時的澳洲總理哈羅德‧霍特（Harold Holt）支持澳洲加入越戰，該口號即其於此議題表態之名言。

11　The McDLT（McDonald's Lettuce and Tomato）為麥當勞大美味牛肉堡（Big N' Tasty）的前身，八〇年代結合強勢廣告推出。

12　英國俗稱知更鳥（robin）的鳥又稱歐亞鴝、鶇、紅襟鳥，學名 *Erithacus rubecula*，美國的知更鳥又稱旅鶇，學名 *Turdus migratorius*，二鳥係不同物種。

13　多種不同的鯛、魴或鯿魚都被稱為 bream。

14　麻雀為雀形目鳥類，梅花雀則為燕雀目。家燕雀（house finch）為北美種鳥類。

15　前述四種動物均用以罵人。

16　原文 honey、sugar、duck、sweetie pie 在英文中均可為親近者的暱稱。

17　原文 Mon Désir，法文意為「我的欲望」。

18　原文 Indiscret，法文意為「輕佻」。

19　原文 Flacons，法文意為「瓶子」。

20　英國殖民南非後，稱使用南非語的歐洲舊移民為波耳人（Boer），波耳戰爭即為當時波耳人反抗英國統治爭奪領土之戰，又稱南非戰爭。

21　原文 lounge 及 rest room 的 rest 字面上均有休息之意，但實際上均指廁所。

22 亨利‧詹姆斯，Henry James，一八四三～一九一六，長期旅居歐洲的美國作家。

23 伊迪絲‧華頓，Edith Wharton，一八六二～一九三七，美國女作家，代表作《純真年代》。

24 現代意指性行為，過去意指調情、談情說愛。

25 前述驚嘆詞之原文Gee、Gosh Almighty、Gosh Darn分別為「耶穌基督」（Jesus）、「全能的上帝啊」（God Almighty）、「遭天譴的」（God damn）之轉音。

26 據說英文中「災殃」（the deuce）、「迪肯思」（the dickens）因發音近似惡魔（devil）而轉借為惡魔之替代用語。莎士比亞作品中已有使用迪肯斯取代惡魔的紀錄。而以「老尼克」（Old Nick）取代惡魔據說源於德語中的惡魔「nikken」。

27 童話故事中的小矮人Rumpelstiltskin，要求對方猜出其名字，因對方遲遲未能猜出而過於得意，在夜裡自己唱歌洩漏名字，因之輸給對方。

28 湯瑪斯‧曼，Thomas Man，一八七五～一九五五，德國作家，曾獲諾貝爾文學獎，參考聖經故事創作了《約瑟和他的兄弟們》四部曲。

29 猶太教中六翼天使，基督教視其為墮天使，他擔憂人類知道如何命名後將主宰世界，抱怨「火之子（天使）焉可拜土之子（人類）？」因而受罰。此處似亦呼應前文描述獅子聲如六翼天使。

30 墨美人，原文Chicano，音譯奇卡諾，語源眾說紛紜，據說為早期墨西哥移民自稱mexhicano之縮寫。

31 麥克爾‧哈靈頓，Michael Harrington，一九二八～一九八九，美國民主社會主義者、作家、政治活動家、政治理論家、廣播評論員等。「新保守主義」（Neoconservatism）一詞的發明者。

32　貶稱富裕猶太裔美國家庭中的富家女。通常認為她們具有勢利眼、自我中心、嬌生慣養，自以為是公主等特質。

33　前文 baseperson 及 chairperson 是將壘手（baseman）及主席（chairman）中的 man 代換為 person。

34　係指一九七六年發生在紐約的著名更名案。女權主義者多娜艾倫・庫珀曼（Donna Ellen Cooperman，一九四六～）向法院訴請要求更名為 Cooperperson，初時遭駁回，不過長達兩年的訴訟之後紐約高等法院准其所請，她在一九七八年正式更名。

35　強納森・綏夫特，Jonathan Swift，一六六七～一七四五，愛爾蘭諷刺文學作家，著有《格列佛遊記》。

36　塞繆爾・詹森博士，Dr. Samuel Johnson，一七〇九～一七八四，英國文學評論家、詩人、散文家、傳記家，獨立編纂《英語字典》（the Dictionary of the English Language）（又稱詹森字典）得到博士頭銜。一般咸認為牛津英語辭典完成之前重要英語字典傑作。

37　前文所提 mob 與 civilization 即使不為強納森・綏夫特或塞繆爾・詹森所喜，但仍留存於現代英文中。

38　義大利文第二人稱複數代名詞。

39　辛克萊・路易斯，Sinclair Lewis，一八八五～一九五一，美國小說家、短篇故事作家、劇作家，首位獲得諾貝爾文學獎的美國人。

40　《王孫夢》講述一位黑人醫生不被允許在白人居住區域買房子的故事，該書對於民權運動饒富貢獻。

41　《新共和》，美國社論雜誌，一九一四年發行至今，以政治和藝術為主題。

42　原文 Peace on Earth, good will towards friends 改自彌賽亞「在至高之處榮耀歸於上帝，在地上平安歸於祂所喜悅的人。」（Glory to God in the highest, and peace on earth, goodwill towards men.）

43　原注：〈華盛頓日記專欄〉（Washington Diarist），《新共和》雜誌，
　　一九八八年十一月二十一日。

44　約翰・西爾第，John Ciardi，一九一六～一九八六，美國詩人、語源
　　學家、翻譯家，曾譯但丁的《神曲》。

45　原文為 Arachis hypogaea，花生之學名。

第六章 凝聚社會的語言
The Language of Social Cohesion

兩隻小狗兒，坐在火爐旁，靠在圍欄上。

一隻狗兒說：「你都不出聲，只好聽我說。」

——鵝媽媽童謠

寒暄（意指僅以交換詞語來維繫關係的言語類型）用的詞語是否傳達他們的象徵意義？當然沒有！這些詞語只履行他們的社會功能，那就是其主要目標。那既非反應個人心智，也不會在聽眾心中激起迴響。

——馬凌諾斯基[1]

本章關鍵字

發聲表義
即使已發展出符號語言，我們仍保有以聲響抒發內在狀態的習慣。

為發聲而發聲
有時我們說話只是為了聽自己說話，就和我們想打高爾夫球或想跳舞一樣。

外來語的價值
我的論點絕非原創也沒提供什麼新資訊，但只因為這些論點聽來熟悉又站對邊，所以容易得到認同。

維繫溝通人脈
語言的這種前符號用途不僅能建立新的溝通人脈，還能維持舊有人脈。就算沒什麼特別話題，大家仍喜愛和老朋友聊天。

儀式中的前符號語言
不能說這類言語毫無意義，因為從我們身上確實能看到效果。例如我們走出教堂時或許不記得講道內容，但確實感到那讓我們變得更好。

給拘泥詞義的書呆子建議
微笑和手勢可以取代「早安」或「天氣真好，可不是嗎？」來表達善意，而動物則用磨蹭、嗅聞來取代。

發聲表義

話語聲調本身已充分具有表達情緒的效果，幾乎可獨立為表義符號。

　　語言傳遞訊息的用途與其更古早深刻的功能密切結合，使傳譯問題更複雜。我們深信發出聲響作為表意符碼是近期演化過程中才出現的。遠在我們發展語言且有所知覺之前，或許是如低等動物般用獸性嚎叫表達諸如飢餓、恐懼、歡欣及性欲等內在狀態。我們能以內在的獸性本能辨識不同聲響及其所反映的狀態。對人類來說，這些聲響的可辨識性越來越強，自我意識逐漸擴展，呼嚕與呢喃聲化為語言。即使已發展出符號語言，我們仍保有以聲響抒發內在狀態的習慣。以前符號[2]的方式使用語言，意即我們對語言和尖叫、嚎叫、咕嚕或呢喃聲一視同仁。而我們在日常對話中仍十分依賴與符號系統[3]共存的前符號用法。

　　充斥於我們言談中的前符號字符中最簡明易懂的是種種強烈情緒產生的喊叫聲。比如說，我們走上馬路卻沒注意到迎面而來的車子，不管別人大叫「小心！」「気をつけ！」[4]「喂！」「Trends garde!」[5]或單純的尖叫，聲音夠響亮就足以警告我們。表達語意的是音量及聲調中蘊含的恐懼而非字詞本身。同樣地，語氣尖銳而憤怒的命令，成效往往比平鋪直敘的命令來得快。話語聲調本身已充分具有表達情緒的效果，幾乎可獨立為表義符號。我們能藉由語氣把「下次再來玩哦！」說得像是希望訪客永遠別再上門。或者，跟年輕女孩散步時，如果她說「今晚的月色真亮」，我們也能從語氣判斷她只是單純在播報氣象或想要一個吻。

　　嬰兒遠在了解母親的話語之前就已了解母親聲音中的愛、溫

暖，或不耐。大多數孩子都能保留這份認知，並加以轉為語言中的前符號要素。有些人成年之後也還保有這一切，他們相信「直覺」或「心有靈犀」。他們的天賦是根據聲調、臉部表情、肢體語言和其他蛛絲馬跡來解讀說話者的能力。他們不僅傾聽對方說了什麼，還包括觀察對方是如何說的。另一方面，把人生花在研讀書寫符號的人（科學家、知識分子、會計師）往往除了詞彙的表面意義外其他一律充耳不聞。如果一名年輕女子希望這樣的人吻她，她就得照字面告訴他或直接付諸行動。

為發聲而發聲

有時我們說話只是為了聽自己說話，就和我們想打高爾夫球或想跳舞一樣。我們藉此感受到生之喜悅，正如同孩子吱喳吵鬧、成人在澡盆中高歌般，只是在享受自己的聲音。而有時人們會基於類似的前符號理由一起發聲，如合唱、朗讀，或誦經。用於這一切行為的所有詞彙意義根本無關緊要。比如我們常悲傷地唱著歌渴望能夠回到舊維吉尼亞的老家[6]，但事實上我們根本沒去過也絲毫沒有去那裡的打算。

而我們所謂社交對話其實也深具前符號特質。例如參加酒會或晚宴時，人人都得無所不談，包括天氣、綠灣包裝工隊[7]的表現，約翰・厄普代克[8]的新作或雪兒[9]的新電影。除非親密好友間的對談，否則這類對話內容幾乎都無足輕重，不具任何信息價值。然而，保持沉默卻是無禮的表現，就算沒那個意思，但如果在問候

慌亂逃離沉默重擔

每個社群都有特定的寒暄模式。防止沉默本身就是談話的重要功能。

和告別時不說下面這些話就是在社交上犯錯:「早安。」「日安。」「你家人最近還好吧?」「很高興見到你。」「下次回來要來看我們唷!」「祝你有愉快的一天。」數不盡的日常情況中,我們說話只因不說就很沒禮貌。每個社群都有特定的寒暄模式,關乎談話、閒聊、相互開美國式玩笑的說話藝術。從這些社會實例可以斷言的一項通用原則是,防止沉默本身就是談話的重要功能。

為談而談的前符號談話就像動物的嚎聲一樣,只是活動的形式。我們從空談中建立友誼。雖然使用的符碼看似在傳遞訊息(「我看見道奇隊又領先了」),然而談話目的並不在此,而在於套交情。人類有許多方式可以套交情打好關係,如互相分享、一起玩遊戲、一同工作,但一起談話是集體活動中最容易安排的形式。因而一同參與談話才是社交對話中最吃重的要素,談話題材反而是次要的。

因此,工作上選擇談話主題有個原則,既然此類談話的目的是套交情,我們必須小心選擇必能立刻達成共識的話題。舉例來說,試想,若兩個陌生人感到有必要或想要互相交談時:

「天氣真好，不是嗎？」

「可不是嗎。」**（這一點已達成共識，所以對話能夠繼續進行。）**

「總而言之，今年夏天天氣都不錯。」

「確是如此，今年春天也不錯。」**（再度達成共識，於是談話第二方提出第三度共識要求。）**

「對呀，是個美好的春天。」**（達成三度共識。）**

　　一致性不僅在談話本身，也在於其所表達之意見。先是天氣，然後才繼續對其他事物達成共識，如這裡真適合農業、物價漲得真是太難看了、紐約絕對是旅遊的好選擇但住在那裡真可怕等等。無論內容有多普通或顯而易見，每達成一項新共識，對陌生人的恐懼和猜疑就減少一分，而培養友誼可能性則大增。若在進一步交談後發現，彼此有共同友人或相同的政治觀點、藝術品味或嗜好，如此便交上朋友，並能開始真正的溝通與合作。

外來語的價值

　　一九四二年，二次世界大戰才剛開始的那幾個禮拜，關於日本間諜的謠傳甚囂塵上，我那時必須在完全陌生、威斯康辛州奧旭寇旭的火車站等兩三個小時的火車。隨時間過去，我意識到其他等車的人狐疑地盯著我，且對我的存在感到不安。一對帶著孩子的夫婦似乎特別不安且交頭接耳。我逮著個機會便對那位先生說，這麼冷的夜裡，火車還誤點真是太糟糕了。他同意了。我接著說，火車時

刻這麼不準確又在冬天帶著這麼小的孩子旅行，一定加倍艱難。他又同意了。我接著詢問孩子的年齡，然後說以孩子的年齡來看他長得特別高壯。再度得到共識，這次還伴隨著淺淺微笑，緊張情勢已然化解。

經過兩三輪談話，那男子問道：「希望你不介意我提起此事，但你是日本人對吧？你覺得日本佬有機會打贏這場戰爭嗎？」

「這個嘛，」我答道：「你怎麼猜我就怎麼猜，我知道的也只有報紙上寫的那麼多（這是實情）。但依我之見，我不知道日本這樣缺乏煤炭、鋼鐵、石油，且工業能力有限的國家，要如何與美國這樣強大的工業化國家抗衡。」

我的論點絕非原創也沒提供什麼新資訊，同樣的內容已在幾週內被數以百計的廣播評論員和編輯作家說了又說。但只因為這些論點聽來熟悉又站對邊，容易得到認同。這名男子再次同意，且看起來鬆了口氣。從他的下個問句可看出猜疑之牆已崩解了多少：「我說，現在正在打仗，希望你的家人不在那邊。」

「是的，他們在那邊，我的父母和兩個妹妹都還在那邊。」

「你有他們的消息嗎？」

「我哪有辦法呢？」

「你是說除非戰爭結束，否則你無法見到他們或聽到他們的消息嗎？」他和他的妻子面露困惑和同情之色。

後面還有些對話，但總之對話開始十分鐘之內，他們已邀請我去他們住的城市探訪並在他們家共進晚餐。而車站裡其他人見我與看起來不可疑的人聊開了，就不再注意我，看報紙的看報紙，盯著

天花板發呆的繼續發呆。

　　這可說提早實踐後來的理論。應該說，在該事件中，我不自覺地運用了本章提到的原則。其實我也只是在那個狀況下摸索能夠緩解自己的孤立與不適的方法，其他人或許也曾這麼做。

維繫溝通人脈

　　語言的前符號用途不僅能建立新的溝通人脈，還能維持舊有人脈。就算沒什麼特別話題，大家仍喜愛和老朋友聊天。沒有正式訊息須傳遞時，長途電話接線生、船舶無線電報員和軍隊通信兵也用同樣方式和彼此聊天。同住的家人和在同一辦公室工作的人在無話可說時也是如此。這麼做的目的看似緩解無聊，但更重要的是保持聯繫暢通。

　　也因此以下狀況常發生在已婚人士身上。

　　妻：親愛的，你為什麼都不跟我說話了？

　　夫（正在讀叔本華或賽馬報卻被打斷）：妳在說什麼？

　　妻：你為什麼不跟我說話？

　　夫：又沒什麼好說的。

　　妻：你不愛我了。

　　夫（完全被打斷，而且有些惱怒）：噢，別蠢了好嗎，妳知道
　　　　我愛妳啊（忽然想好好辯一場）！我出去鬼混了嗎？我沒
　　　　把薪水拿回家嗎？我不是為了妳和孩子拚命工作嗎？

語言的前符號用途不僅能建立新的溝通人脈，還能維持舊有人脈。

妻：可是我希望你能說說話。

夫：為什麼？

妻：這個嘛，因為……

當然，從某個角度上來說丈夫是對的。他的行為是愛的外在展現，且他認為事實勝於雄辯。但換個角度來說，妻子是對的。如果不持續溝通，你怎能知道溝通管道是否還暢通呢？音控師對麥克風說：「一……二……三……四……測試……」雖不具任何意義，但有時說這些話卻十分重要。

儀式中的前符號語言

布道會、政治黨團、黨代會議、誓師大會和其他儀式型集會所展現出的事實是，所有群體（包括宗教、政治、愛國者、科學和各職業）都喜歡定時為了某個目的聚集起來分享慣例活動、穿著特殊服裝（宗教團體的法衣、兄弟會所的會服、愛國會的制服）、一同吃飯（宴會）、展示屬於他們集團的旗幟、絲帶、徽章並四下遊行。這些儀式活動免不了大量演講，不管內容陳舊或專為這場盛會另外撰稿，主要功能都不是提供聽眾新信息，也不會帶來新的感受，完全不是這麼回事。

我們會在第七章〈控制社會的語言〉更深入分析究竟是怎麼回事，然而我們現在只分析儀式性演講顯現的語言層面之一。來瞧瞧大學足球賽前的「誓師大會」中會發生什麼事。「本校隊伍」成

員會被「介紹」給一大群早知道他們是誰的人。而被要求發表演說的球員隨意嘟嚷了幾個前言不對後語且文法錯誤的句子，獲得熱烈的掌聲。而誓師大會的總召將天花亂墜地承諾隔天會對敵手球隊做出暴亂行為，接著眾人往往以異常原始的節奏發出獸性聲響來「喝采」。沒人會在其中增長智慧或得到任何訊息。

　　宗教儀式從某種程度上來說乍看也同樣令人費解。負責講道的牧師或神職人員通常會使用信眾難以理解的語言（正統猶太教會堂使用希伯來語、近代羅馬天主教會使用拉丁文、中國和日本的寺廟使用梵文），結果在那當下幾乎沒傳遞任何信息給出席者。

　　若作為語言學習者來接觸這些語言學議題並企圖搞懂它，或根據自身的心靈體驗來審視自己的反應，我們必然會發現不論儀式語言使用的詞彙涵義為何，儀式過程中往往沒人在意。例如說大部分人往往不斷重複主禱文、唱著《星條旗》[10]、背誦《效忠宣誓》[11]，但卻從未思考內容為何。從小我們在理解之前就被要求複誦一組組詞彙，而大部分人這輩子就這樣重複念誦，從未想過去理解其意義。但也不能說這類言語毫無意義，因為從我們身上確實能看到效果。例如我們走出教堂時或許不記得講道內容，但確實感到那讓我們變得更好。

　　儀式性言語對我們有什麼好處？它重新確認社會凝聚力，儀式使基督教徒感到和其他基督徒更接近、兄弟會會員感覺和其他兄弟會同伴更團結、美國人覺得自己更像美國人，而法國人覺得自己更像法國人。社會透過一組組語言刺激引致的共通反應，使得眾人更為團結一致。

儀式性言語對我們有什麼好處？它重新確認社會凝聚力，使得眾人更為團結一致。

因此，無論儀式性語言是由其他時代創制的象徵詞彙、外語、陳腐方言，或無意義的音節所組成，都可被視為語言前符號用途的一大部分，亦即慣於那一套套未傳達任何信息、只附加了情感（在此為群體情感）的語言。不屬於該團體的人往往認為這類語言毫無意義。兄弟會聚會時所用那些嘰哩呱啦咒語，不屬於兄弟會的人聽來十分荒謬。具有儀式性的語言相當程度上已脫離該詞彙原本曾具有的任何意義。

給拘泥詞義的書呆子建議

前符號溝通方式有個特點：其效力並不拘泥於詞彙，甚至不需使用正常言語方式來進行。例如動物一同吠叫、人類在大學裡歡呼、團體合唱，和其他集體發出聲響的活動都能建構集體感受。微笑和手勢可以取代「早安」或「天氣真好，可不是嗎？」來表達善意，而動物則用磨蹭、嗅聞來取代。只要皺眉、大笑、微笑，上下跳動，無須使用語言符號就可以滿足表達需求。但人類比較習慣使用語言符號，我們會口頭咒罵他下地獄來取代揍他一頓的衝動。我們不像狗兒形成的社群那樣擠成一堆，而以撰寫憲法和其他章程作為凝聚力的表現。

了解我們日常語言中的前符號要素非常重要。我們不能只在詢問或給予事實信息時使用語言，也不能嚴格侷限自己只使用字面確實的陳述，否則我們會連該說「很高興見到你」的時候都說不出口。小家子氣的知識分子總不斷要求我們「詞必達義」、「意有所

指」、「言之有物」。這根本是不可能的任務。

　　沒有受教育的人往往較不會忽略語言中的前符號用法（他們通常憑直覺就能了解），因為那是教育造成的後果。受過教育的人往往聽著宴會和酒會裡的閒話，根據那些瑣碎言論來推斷所有客人（除了自己之外）都是傻瓜。他們發現人們離開教堂時往往對於講道內容沒什麼印象，於是斷定去教堂的人不是傻瓜就是偽君子。他們聽到反對黨的政治演講後，會懷疑「怎麼有人會相信這種腐敗言論」，因此斷定人民如此愚蠢，民主是行不通的。關於我們朋友鄰居如此愚蠢或虛偽的負面結論幾乎都來自不公平的證據，因為這些推論都誤把用於符號語言的標準部分或整體套用到前符號語言活動上。

　　再進一步說明可以表達得更清楚。假設我們正在路邊和漏氣的輪胎奮鬥。一名年輕人靠過來問：「輪胎漏氣了嗎？」如果堅持從字面上解讀，我們會認為這問題蠢到不行，然後回答：「你看不出來哦？你是豬嗎？」然而如果我們不去計較字面上說了什麼並正確理解他的意思，我們將回應他友善關切的姿態，或許他稍候就會幫我們換輪胎了。同理可證，生活及文學中的許多情況，我們都不能拘泥於詞彙，因為其涵義往往比文字表面的意涵顯得更有智慧且易於理解。

　　本書的一九四一年版本《行為中的語言》就已提過爆胎的例子。卡爾・門寧格博士[12]在《以愛制恨》中評論並闡述此例。他將「輪胎漏氣了嗎？」在心理學上的意義轉譯如下：

生活及文學中的許多情況，我們都不能拘泥於詞彙，因為其涵義往往比文字表面的意涵顯得更有智慧。

　　「哈囉，看你好像遇到了一點麻煩。對你來說我是陌生人，但現在也有機會成為你的朋友，如果你願意的話我很樂意成為你的朋友。你好相處嗎？你為人正派嗎？幫你忙的話你會感謝嗎？我想幫你忙，但不想被斷然拒絕，這就是我的心聲。你怎麼想呢？」為何這年輕人不直接說「我很樂意幫助你？」門寧格解釋道：「但人們都太過膽怯且互不信任，不敢直接表達。**他們希望聽到彼此的心聲，人們需要別人保證他們喜愛自己。**」（粗體字為作者附加）

注釋

1　馬凌諾斯基，Bronislaw Malinowski，一八八四～一九四二，發跡於英國的波蘭人類學家，被稱為「民族誌之父」，其父為語言學教授，是斯拉夫語言研究先驅。

2　前符號，原文 presymbolic，或譯「象徵前期」，指尚未學會符號語言，僅用動作、眼神或製造聲音來溝通之語言認知／成長階段。

3　凡可書寫的自然語言即可稱為符號系統，此處與前符號對應，指符號表徵可完整對應的語言系統。

4　日語的「小心」。

5　法語的「小心」。

6　指〈帶我回舊維吉尼亞〉（*Carry Me Back to Old Virginny*），美國黑人作曲家詹姆斯·布蘭德（James A. Bland）作品，南北大戰時廣受南軍將士傳唱而知名。

7　位於威斯康辛州綠灣的美式足球職業球隊。

8　約翰·厄普代克，John Updike，一九三二～二〇〇九，美國小說家、詩人，兩度獲得普利茲獎。

9　雪兒，Cher，一九四六～，美國女歌手、演員，六〇年代起活躍至今。

10　美國國歌。

11　向美國國歌及美國表達忠誠的誓詞，國會開會前會進行宣誓，某些地方政府、私人機構開會前，某些學校也會要求學生每日宣誓。

12　卡爾·門寧格，Dr. Karl Menninger，一八九三～一九九〇，美國心理學家，《以愛制恨》（*Love Against Hate*）為其一九四二年的著作。

第七章 控制社會的語言

The Language of Social Control

一連串鏗鏘有力的詞語對人類的影響尚未得到充分研究。

——賽曼・W・阿諾德[1]

本章關鍵字

促使事件發生
若我們說「來這裡嘛！」那既非描述外在世界，也非表達感受，我們只是想讓某件事發生。

指令語言中隱含的承諾
除了單純引人注意或創造愉悅感受，指令言語旨在許諾未來。無論明示或暗示，這些都是關於未來「疆土」的「地圖」。

社會的基礎
為了活得像個人，我們必須彼此都依循固定的行為模式。我們必須是遵循社會和公民習俗的公民、對配偶忠實、做個勇敢士兵、公正法官、虔誠牧師，和熱心為學生謀福利的老師。

集體制裁的指令
為了集團利益而透過集體制裁，強壓個人遵守行為模式的指令言語，是最有趣的語言活動之一。

何謂「正確」？
「這是我的」不正意謂「我要用這個東西，把你的手拿開」？「每個孩子都有受教育的權利」不正可轉譯為「讓每個孩子都受教育」？

指令與破滅
如果一個人對政治人物的行為感到失望，有時可以責怪政治人物，但有時得歸咎於選民自己混淆不同的抽象層級所製造出的幻覺。

促使事件發生

字詞和事物之間的關係中，最有趣但或許是最少人理解的，是字詞和未來事件之間的關係。比如若我們說「來這裡嘛！」那既非描述外在世界，也非表達感受，我們只是想讓某件事發生。

所謂「指令」、「懇求」、「要求」和「命令」即是我們使用詞彙企圖催生某些事情，然而也有更迂迴的方式。例如我們說：「我們的候選人是了不起的美國人」，這當然是對候選人吐露熱情的「呼嚕聲」，但同時也企圖影響別人投票。同樣地，若我們說「我們這場抗敵戰爭是神的戰爭。神說我們必勝。」這些話無法獲得科學證實，但卻可以在作戰時影響他人。又或者我們簡單陳述事實「牛奶富含鈣質」，於是便影響別人去買牛奶。

也請試想這種陳述：「明天兩點聯合車站前見。」這種對未來事件的陳述，只存在於一個符號獨立於其所代表事物之外的系統裡。未來和過去一樣，是人類專屬的領域。對狗兒來說，「明天吃漢堡」沒有意義，牠頂多就是心懷期待地看你，希望那個漢堡現在就出現。我們肯定松鼠會為了下個冬天儲存食物，但牠們儲存食物並未考量自身是否還有需要，如此證明這樣的行為（通常稱為「本能」）既非由符號也非由其他可解讀的刺激來控制。人類特別之處在於能夠確實表達「下星期六」或「我答應你二十年後一定還錢」這類意思。也就是說，地圖能夠描述尚未實體化的疆土。根據這類地圖描繪出的未來疆土，我們對將來的事件便具備一定程度的預測能力。

地圖能夠描述尚未實體化的疆土。根據這類地圖描繪出的未來疆土，我們對將來的事件便具備一定程度的預測能力。

因此，我們可用文字來影響並強力控制未來事件。這就是為何作家要書寫，牧師要講道，老闆、家長和老師要罵人，公關人員發出新聞稿，政治人物發表演講。所有人基於各種原因試圖影響我們的行為，有時是為了我們好，有時是為了他們自己的利益。企圖使用語言來控制、指揮或影響其他人未來行為，可稱之為語言的指令用途。

如果想有效使用指令語言，就不能太過沉悶或無趣。如果要影響我們的行為，就必須利用語言中的情感要素：戲劇性的變化聲調、韻腳和節奏、呼嚕詞彙或咆哮詞彙、具有強烈情感涵義的詞彙、不斷重複等等。如果毫無意義的聲響能打動觀眾，就必須使用毫無意義的聲響。如果事實可以觸動他們，就必須提供事實。如果崇高的理念能使他們感動，就必須使我們的提議聽來崇高。如果他們只對恐懼有反應，就必須嚇唬他們。

當然，指令語言中的情感手段是受限的，限於目標的性質。如果我們試圖引導人們對彼此更親切，顯然不能引發殘暴或怨恨情感。如果我們試圖讓人們明智地思考和行動，顯然不該使用不理性的訴求。如果我們試圖引導人們過更好的生活，就必須使用能引發最佳情感的情感訴求。因此，指令言語包括那些最偉大、最珍貴的作品：基督教和佛教典籍、孔子的著作、彌爾頓的《論出版自由》[2]，和林肯的〈蓋茲堡宣言〉[3]。

然而，有時語言裡具備的情感不足以引致所希冀之結果。因而，我們透過非語言的情感訴求來補強指令語言。我們用手勢來補強「來這裡」這句話。廣告商不以口頭說說他們的產品會讓我們覺

有時語言裡具備的情感不足以引致所希冀之結果。因而，我們透過非語言的情感訴求來補強指令語言。

得多美好而滿足，他們運用顏色、聲音或動態來補強言語。補強講道和宗教傳道的情感訴求可透過服飾、薰香、遊行、唱詩班和教堂鐘聲等作法。政治公職候選人可使用下列非語言情感訴求來補強他的演說：銅管樂隊、旗幟、遊行、烤肉大會和正式晚宴。

如果我們希望他人能夠做某些事情且不在乎做這些事的理由，那麼所有情感訴求都至關重要。有些政治候選人希望我們不管怎樣投給他就對了。因此，若我們討厭有錢人，他們就為了我們怒罵有錢人；若我們不喜歡工會，他們就怒罵工會成員。

有些公司希望我們不管怎樣買他們的商品就對了。因此，若錯覺和幻想可以誘使我們購買商品，他們研發產品時就會力求製造錯覺和幻想。若我們希望在異性眼裡充滿吸引力，他們便保證商品能瞬間誘惑人；若我們欣賞俊男美女，他們就把商品和俊男美女扯上關係──不管賣的是刮鬍泡、汽車、避暑度假飯店或五金雜貨。

指令語言中隱含的承諾

除了單純引人注意或創造愉悅感受，指令言語旨在許諾未來。無論明示或暗示，這些都是關於未來「疆土」的「地圖」。他們透過明示或暗示的承諾指示我們只要做某些事，就能得到某些結果。「如果你堅持人權法案，就能保護你的公民權」、「如果你投我一票、我會幫你減稅」、「來片巧克蕾，享受規律（解放）[4]帶來的美好」、「遵循宗教戒律生活，你就能得到內心平靜」、「讀這本雜誌，你就能跟上當前重要事件」不用說，有些承諾兌現了，但有些

沒有。其實我們每天都會碰上跳票的承諾。

照理說沒有必要像某些人那樣針對基於情感訴求所做的商品廣告和政治宣傳（他們也只關切這兩種指令言語）嗤之以鼻；除非指令語言具有某種情感力量，否則它毫無用處。「捐款給公益金，使窮困孩子得到更好的照顧」這樣的宣傳詞雖然訴諸「情感訴求」，但我們也不會反對。若有人對我們提出道德或愛國指令，我們也不會因為遭提醒要愛家、愛朋友、愛國而反感。對任何指令言語來說，重要問題是：「如果我照指令做，承諾會兌現嗎？如果我接受你的哲學，是否真能得到心靈的平靜？如果我投你一票，我的稅真的會減少嗎？如果我使用多芬香皂，我愛的人會回到我身邊嗎？」

我們當然有權抵制做出錯誤或誤導聲明的廣告商及輕忽其承諾的政治人物。生活總是充滿不確定性，也無法預測未來，我們總是不斷嘗試找出未來可能發生的事，以便做好準備。指令言語則擔下這一切，告訴我們如何得致所欲，避免不欲。若能仰賴指令言語告訴我們的未來，就能降低生活的不確定性。然而，指令言語的特色就是未必能得償所願。我們照指令行動但卻沒得到心靈平靜、稅也沒減少、所愛的人沒有回頭，這時我們只得到失望。這類失望或輕或重，過於普遍，我們根本懶得抱怨。然而那其實影響深遠，這一切或大或小地破壞促使人們團結並彼此融合為社會的基礎互信。

所有使用那些伴隨承諾、明示或暗示性指令語言的人，都有盡其所能避免引致錯誤期待的道德責任。政治人物許諾會立刻改善貧窮、遍布全國的廣告暗示只要改變家中用的洗衣粉品牌，就能讓搖搖欲墜的婚姻立刻變回美滿家庭、報紙威脅人們不選擇他們傾向

指令言語的特色就是未必能得償所願。我們照指令行動但卻沒得到心靈平靜、稅也沒減少、所愛的人沒有回頭，這時我們只得到失望。

的政黨國家就會傾覆，這一切立論不穩的謬論，對社會秩序傷害甚巨。無論誤導式的指令言語是因無知或蓄意欺瞞而致，其引發的失望都一樣傷害人類互信。

所有使用那些伴隨承諾、明示或暗示性指令語言的人，都有盡其所能避免引致錯誤期待的道德責任。

社會的基礎

所謂社會是由共識組成的龐大網絡。我們同意將車輛開在道路右側，其他人也有此共識；我們同意交付特定商品，而其他人同意為此支付金錢；我們同意遵守組織的規則，而組織同意我們享受它的特權。我們人生中幾乎每個細節都編織在這複雜的共識網絡中，且我們對人生的期待也本於此，主要包含所有我們應該努力去獲致的未來事件。沒有這樣的共識就沒有所謂的社會，我們都將躲在山洞裡，不敢相信任何人，而且人生會像英國哲學家湯瑪斯·霍布斯[5]說的那樣：「骯髒、野蠻、短暫。」有了這樣的共識及大多數人願意遵循其為生的意願，人類行為開始遵守可預測的模式，才有可能互助合作並建構和平與自由。

因此，為了活得像個人，我們必須彼此都依循固定的行為模式。我們必須是遵循社會和公民習俗的公民、必須對配偶忠實、作為勇敢士兵、公正法官、虔誠牧師，和熱心為學生謀福利的老師。在文明早期階段，當然得透過人身強制來實踐這些行為模式的主要原則。但人類在歷史上想必很早就發現這類控制可以透過詞彙來執行，亦即使用指令語言。因此對於社會整體安全來說十分重要的事務，其相關指令會受到特別強力的執行，社會上沒人會對此感到不

服。以防萬一，社會更進一步對不合作的人執行包括監禁和死亡在內的刑罰，來確保指令能確實執行。

集體制裁的指令

　　為了集團利益而透過集體制裁，強迫個人遵守行為模式的指令言語，是最有趣的語言活動之一。這些指令語言不僅伴隨儀式而生，往往還是儀式的主要目的。這是我們最為重視且最能影響我們生活的語言。國家和組織的憲章、法律契約、就職宣誓都屬此類語言。此類語言也是結婚誓約、入學典禮、入會儀式及入教活動不可缺少的要素。那些稱作「法律」的嚇人言語叢林，只是幾世紀以來累積並修改後系統化的指令語言。社會憑藉法律透過最大集體力量，迫使人類以可預測的行為模式行動。

　　集體制裁下進行的指令言語會具有下列任一或全部特質：

一、此類語言措辭深富情感涵義，令人印象深刻並敬畏有加。用詞古老陳舊或措辭做作，完全異於日常生活用語。例如說「約翰，汝可願待此女如汝之合法妻子？」、「本約由山謬・史密斯（以下簡稱出租人）及耶米安・強納森（以下簡稱承租人）立於公元壹仟玖佰九拾年柒月拾日，出租人鑒於本約所載與承租人間之承諾及協議，茲租賃房屋予承租人為住家使用，租賃標的及使用範圍如下，即……」
二、此類指令語言往往以超自然力量做訴求，呼求神靈協助履

行誓約，或在我們無法信守誓約時加以懲罰。比如說以「神啊請幫助我」作結的誓言。從最原始到最文明的文化中，誓約之詞總伴隨禱文，咒文，祈文而生。

三、其內容無論明示或暗示皆已陳明就算上帝不因我們毀約而懲罰我們，社會也會。比如我們都知道，逃兵、不履行撫養義務、重婚會入獄，「毀約」會被告，「不守戒律」會遭「剝奪神職」，「官員瀆職」會遭「革職」、「背叛公眾信任」會遭「彈劾」，「謀殺」會遭處決或入獄。

四、進行正式且公開的誓約言語前，可能需要進行各式各樣的前置作業。如關於誓言涵義的訓練課程、就任神職前須先禁食禁欲、無論原始文化中的戰士或某些大學兄弟會的會員都必須接受包括肉體折磨在內的入會儀式。

五、指令語言會伴隨其他企圖打動人心的行為和姿態。比如說，法官要開庭時法庭內所有人都會起立、加冕儀式伴隨盛大遊行和華美服裝、畢業典禮上人們穿學士袍、舉辦婚禮便聘請風琴手和女高音並穿專屬服裝。

六、立誓之後會緊接舉辦宴會、舞蹈或其他歡慶活動，其目的似乎是使誓言的效力更堅固。比如婚禮宴會和招待會、畢業舞會、官員就職宴會。就算是最樸實的社交圈，其成員進入社會時也必然會有某種形式的「慶祝活動」。原始文化中，酋長的就任儀式後會有維持數天到數週的舞蹈飲宴。

七、如果立誓後沒有特別舉辦慶祝活動，就會藉由不斷重複來

加強記憶。有些學校每天都重複升旗儀式（「我宣誓效忠美國國旗……」），以及處處可見的箴言，即簡短陳述的通用指令。有時印在盤子上，有時鐫刻在戰士的劍上，有時銘刻於顯眼如大門、牆上、門廊等人們可見之處，以提醒人們其職責所在。

立誓之後會緊接舉辦宴會、舞蹈或其他歡慶活動，其目的似乎是使誓言的效力更堅固。

　　伴隨指令言語的活動及指令言語具有的情感要素，其共同特點是深刻影響記憶。從入會儀式的劇痛到宴會的歡愉能引發種種感官印象，採用的音樂、華服和四處的裝飾、對神譴的恐懼到成為眾人目光中心的驕傲等種種情緒會被激發出來。這些都是為了讓進入緊密社會的個體，為尚未存在的「疆土」而描繪「地圖」的人，永不忘懷自己必得將那「疆土」化為現實。

　　故而，軍校生就職、猶太男孩經歷成年禮、牧師就任宣誓、警官授勳、外國公民宣誓成為美國公民，或總統宣讀就職宣誓等場面，當事人往往永不或忘。即使後來有人發覺自己沒有履行誓言，他也無法擺脫自己必得踐諾的感受。當然，所有人都使用此類儀式指令且對其有所反應。這些使我們有所反應的用語和言論，比我們的身分證、口袋裡的會員卡或外套上的勳章更能準確顯露我們最深切的宗教熱誠、愛國心、愛社會、專業熱誠，和政治忠誠。成年後改變宗教信仰的人往往因為聽見幼時常接觸的儀式詞語，衝動地想回歸舊時信仰，而這種狀況正是人類使用字詞控制對方未來行為的表現。

　　許多社會指令的儀式說來不但陳舊，且對成年人來說有些看不

起人。對於有社會責任感的人來說，旨在嚇唬人為善的儀式毫無必要。舉例而言，一對成熟且有責任感的情侶在市政府花個五分鐘舉行結婚儀式，或許遠比一對不成熟的情侶在教堂裡盛裝舉行婚禮更能為婚姻負責。儘管社會指令的強度顯然必須仰賴收受指令者的意願、成熟度及智慧，然而大眾仍普遍傾向仰賴儀式本身的效果。當然，這種傾向導因於人類對文字魔法的信賴揮之不去，即只要重複念誦，或透過特定儀式來「說」某件事，就能對未來施展咒語，讓事物依照我們的想法改變。（「英倫永在！」[6]）迷信語言和儀式的有趣表現之一是：人們相信較頻繁的升旗儀式，會比增加實際民主體制的教育並日日練習民主實踐的方式更能教育小學生產生公民意識。

何謂「正確」？

「我的房產」、「我的書」、「我的車」這類說法，「我的」外延意義究竟為何？這詞彙顯然並未描述指名對象。一張支票轉手便可讓「你的」汽車變成「我的」汽車，但所指涉的汽車本身並沒有改變。究竟是什麼變了？

當然，其變化在於我們對待這台車的方式取決於我們的社會共識。之前它是「你的」車，你可以自由使用它，但我不行。現在它是「我的」車，我可以自由使用但你不行。「你的」和「我的」其涵義並不在於外延世界，而在於我們應如何行動。整個社會都認同我的「所有權應享權利」（比如發給我證明文件），同意保護我使

用該汽車的意圖，並阻止（必要時由警方出面）其他人未經我准許企圖使用該汽車時，即社會在此事與我達成共識，藉以換取我服從其法律並支付我分內的政府開銷。

那麼何不把所有關於所有權及「權利」的陳述理解為指令？「這是我的」不正意謂「我要用這個東西，把你的手拿開」？「每個孩子都有受教育的權利」不正可轉譯為「讓每個孩子都受教育」？「道德／人權」和「合法／公民權利」之間的區別不正是人們認為「其所應為」及透過集體法律制裁人們「不得不為」之間的區別？

既然話語不能「説盡」事物，指令語言所暗示的承諾絕不會多於描述「未來疆土」的「地圖輪廓」。未來往往會以意料之外的方式填滿這些輪廓。

指令與破滅

結束指令語言的主題之前，應該再提幾點注意事項。首先我們應記住：既然話語不能「說盡」事物，指令語言所暗示的承諾絕不會多於描述「未來疆土」的「地圖輪廓」。未來往往會以意料之外的方式填滿這些輪廓。就算我們竭力信守承諾，但有時未來仍與當初的「地圖」毫不相干。我們誓言永為好公民並善盡責任，諸如此類，但實際人生中並不會每天都當好公民且善盡所有責任。只要理解指令無論如何都不可能在未來完全實現，我們就不會對它抱持過度期待並苦於不必要的失望。

其次，必須能夠區別指令言語與信息言語。「童子軍正派、俠義、勇敢」或「警察保衛弱者」等陳述僅為目標設定，未必可作為現況之描述。這非常重要，因為人們往往將那些詞語理解為描述性定義，若遇見不夠俠義的童子軍或殘暴的警察，往往因此驚愕、震

驚並幻滅。他們因而決定「放棄童子軍」或「厭惡所有警察」，這
當然毫無道理。

　　而第三種對於誤解指令而生的失望和幻滅源於過度解讀，認定
指令已經給予承諾。常見的例子就是人們往往因為成藥廣告帶給他
們能夠治療或預防感冒的印象而購買成藥。在聯邦貿易委員會[7]的
監督下，廣告編撰者仔細避免陳述商品可以預防或治療任何事物。
他們改說這些商品「有助於降低感染的嚴重程度」、「有助於緩解
感冒症狀」或「有助於對抗鼻涕等不適狀況」。如果你看完這些廣
告覺得對方已做出預防感冒或治癒感冒的承諾，你正是他們要找的
那種傻瓜。（當然，如果你購買產品時清楚了解它允諾什麼，沒允
諾什麼，那就是另一回事。）

　　另一種過度解讀指令的方式是深信那些諾言的具體及真實程
度。例如，政治候選人承諾「幫助農民」，所以你投他一票，然後
你發現他只幫助種棉花的農民，沒有幫助種馬鈴薯的農民（你正
是其中之一），你不能當真去指責政治人物背棄承諾。又或者，如
果另一位候選人承諾「保護工會的勞工」，選後立法卻激怒你工會
的幹部（他們認為那是「立法藉由敲詐工會領導者來保護工會成
員」），如此你還是不能當真去抱怨對方不踐諾，因為那行為確實
基於政治人物的真誠理念：「幫助工會勞工。」模稜兩可的競選演
說可能導致惡名昭彰。

　　政治人物常遭指責未能信守諾言，毫無疑問其中許多人的確如
此，雖然有時是現實情況妨礙他們信守承諾。但仍須注意選民認
定政治人物的承諾往往比實際的數量來得多。主要政黨的政綱幾乎

都以高度抽象的方式措辭（憤世嫉俗地說，他們「八面玲瓏、一網
打盡」），但選民往往會自行賦予較具體的解讀（以較不抽象的方
式）。如果一個人對政治人物的行為感到失望，有時可以責怪政治
人物，但有時得歸咎於選民自己混淆不同的抽象層級所製造出的幻
覺。

注釋

1 賽曼・W・阿諾德，Thurman W. Arnold，一八九一～一九六九，美國律師，身為反托辣斯法案的推手而聞名。

2 《論出版自由》（*Areopa-gitica*），約翰・彌爾頓於一六四四年出版，一部反對審查制度的散文集，咸認為是捍衛言論自由深具影響力的著作。

3 一八六三年美國第十六任總統亞伯拉罕・林肯於蓋茲堡國家公墓揭幕式中發表，為林肯最著名的演說，也是美國歷史上最常被引用之政治演說，重述「凡人生而平等」之原則。

4 巧克力口味的瀉藥咀嚼片。

5 湯瑪斯・霍布斯，Thomas Hobbes，一五八八～一六七九，英國政治哲學家，著重社會契約論與絕對君主制，人性本惡論者。

6 〈英倫永在〉為英國愛國歌曲，原名「There'll always be an England」。

7 聯邦貿易委員會，成立於一九一四年的美國政府獨立機構，主要任務是保護消費者及消除強迫性壟斷等反競爭性商業行為。

Part II

語言與思想
Language and Thought

　　他（政治學學生）也必須對舊有詞彙有所警惕，詞彙不會變但詞彙背後的現實卻會改變。我們總任憑心智活動將現實牢牢地禁錮在我們對它的描述中。我們總在自己有所意識之前，很快成為描述之詞的囚徒。如此一來，思想便淪為口耳相傳的民間傳說，而我們還熱切地以為自己討論的是現實。

　　於是我們議論自由企業、資本主義社會、自由結社權、議會制政府，彷彿這些詞彙代表的意義從未改變過。所謂社會制度乃是他們怎麼做，而非我們怎麼說。動詞才是重點，名詞不是。

　　若無法了解這點，就只是符號的盲信者。我們為了與現實交流發展出這些分類，但這些分類無可救藥地鈍化。在這狀況下，我們應該努力應對社會和政治現實的變化，並以有別於集體影響的概念來重塑之。我們成為生物，不再是社會現實的同夥。我們還在摸索陳腐的分類時，政治生命力已被吸乾，而我們蹣跚地從一個狀況跳到另一個，沒有航海圖、沒有羅盤，方向盤被轉到一個我們永遠跟不上的方向。

　　對一個政黨、其領導者，和激發政黨理念的思想家來說，這才是真正危險的事。他們與現實脫節，大眾可沒有。

——安奈林・貝文[1]《免於恐懼》

注釋 ——————————————————————————————————————

1 安奈林・貝文，Aneurin Bevan，一八九七～一九六〇，英國工黨政
　治家，一九五二年編著《免於恐懼》（*In Place of Fear*）。

前言

語意學寓言：甲鎮與乙城的故事

教授說，從前從前有兩個小社群，不管精神上或地理上都有著相當距離。然而他們有個共同問題：兩者都受到經濟衰退的嚴重打擊，雙方都有大約一百個失業家庭。

甲鎮（第一個社群）的領導人物都是殷實且思想健全的商人。失業的人就像一般失業人口一樣，非常拚命找工作，但情況並沒有改善。市鎮的領導人物從小就相信只要夠認真，所有人都能找到工作。領導人物大可用這理論安慰自己，聳聳肩轉身背對問題，但他們卻如此真誠善良，不忍見到失業的人和他們的家庭挨餓。為了改善狀況，他們認為必須提供這些人維持生計的方式。然而原則告訴他們，不勞而獲會讓人喪失志氣。因此上層人士自然更為憂愁，因為他們面臨兩種可怕的選擇：一，讓失業者挨餓、二，毀壞他們的品德。

　　經過反覆辯論和思辨反省後，他們終於得出解決方案，決定提供每個月五百元的「福利金」給失業家庭（他們曾考慮使用英式用語「救濟金」，但美國人愛好委婉的特質讓他們決定改用較溫和的詞彙）。然而，為了確保失業者不會認為這些不勞而獲的收入是理所當然，他們決定「福利金」必須伴隨著道德教訓，換句話說，獲得援助的過程必須艱難、屈辱且讓人不快，如此一來除非真正有需要，否則不會有人來申請。而整個社群的道德譴責會使領取福利金的人竭力「脫離福利金」，以便「重拾自尊」。有些人甚至提議領取福利金的人不該擁有投票權，如此他們會對道德教訓印象更深刻，還有人認為應該定期將這些人的名字刊登在報紙上。城市的領導人物深信人性本善，這些受贈者未曾付出、不勞而獲，必然會心存感激。

　　然而計畫付諸實行後，卻證明了接受福利金救濟的是一群忘恩負義、面目醜陋的人。他們看起來十分怨恨「福利調查員」的盤問和檢查，他們說，調查員趁人之危，窺探他們隱私生活所有細節。儘管甲鎮《論壇報》激憤的社論呼籲福利金受贈者應當報以何

詞彙形塑思想，反之，思想亦形塑詞彙

等感激，受贈者仍拒絕那一切道德教訓，宣稱他們「沒有不如人之處」。舉例來說，若他們難得允許自己奢侈一下，看個電影、買一手啤酒或打一晚上的牌，他們的鄰居就會酸溜溜地看著他們，彷彿在說「我努力工作繳稅就是為了養你這種遊手好閒安於逸樂的懶骨頭」。該社群中未失業的成員往往都帶有這種態度，讓福利金受贈者更難受，而本就薄弱的感激之情日益減少，對於他人的侮辱越見敏感。不管真有其事或純屬幻想，總覺得他人認定自己不如人。許多人終日悶悶不樂，甚至有一、兩個自殺了。而其他人覺得自己無法養家，難以面對家人。父母接受「福利資助」的孩子覺得自己不如一般家庭、沒有「收大家錢」的同學。有些孩子困於自卑情節，不僅影響學校成績，還影響他們離校後的人生及自我認同。吸毒和酗酒的案例隨之增加。直到最後，有些福利金受贈者即使已非常努力卻仍找不到正當工作，他們再也無法忍受自尊受到踐踏，最後決定就算得去搶也要自己賺錢。他們這樣做了，然後鋃鐺入獄。

　　因此經濟衰退對甲鎮帶來了很大的打擊。福利政策毫無疑問地避免了飢餓問題，但卻增加了自殺率、口角之爭、家庭失和、社會組織弱化、孩子行為偏差，最後是犯罪率。在這樣的社會文化中，福利金受贈者覺得自己毫無價值、對自己人生無法負責也無法控制。甲鎮因此一分為二，「擁有者」和「一無所有者」之間產生了階級仇恨。人們默然搖頭，並宣布這一切再次證明了他們一開始的理論，讓人們不勞而獲不可避免地使他們人格墮落。甲鎮鎮民沮喪地等待著景氣回春，但希望隨著時間日漸稀薄。

　　然而在另一個社群，乙城，則完全不是這樣發展。乙城是個比

較孤立的小鎮，遠到不見扶輪社演講者或其他傳統智慧推廣者的足跡。乙城有一位市委員也算是個經濟學家，他向其他委員解釋失業就像疾病、事故、火災、龍捲風或死亡，總是無法預期地襲擊現代社會，和受害者能力優劣無關。他接著說，乙城引以為傲的一切住家、公園、街道、工業等建設，也是由這些目前失業者的貢獻與稅收所建成的。然後他提出保險申請理論：如果將這些失業人士之前對社會的貢獻，看作為了預防將來遇到不幸「預付」給社會的保險金，現在提供金援以免他們餓死就可視為「保險理賠」。他因此建議所有曾在實業中工作且聲譽良好的人，無論是機械師、辦事員或銀行經理，都可被視為「公民投保人」，在失業期間有權向政府申請每月五百元的「理賠」，直到他們再次找到工作為止。當然，這想法對他的委員同僚們來說如此新穎，他必得緩慢而耐心地解釋。但他將自己的計畫描述為「純粹商業提案」，最後說服了他們。他們研擬細則直到人人都滿意，規定所有公民均應被視為該地社會保險計畫的被保人，並決定每個月給予每個乙城清貧家庭的戶長五百元。

　　乙城的「理賠專員」（負責「被保人」村民的理賠申請）比「福利調查員」受歡迎得多。後者被憤恨地視為狗仔隊，而前者不以道德訓人，公事公辦，對待客戶彬彬有禮，不若福利調查員那樣受到百般刁難就能得到同樣足夠的資訊，完全不傷感情。更幸運的是，關於乙城此計畫的消息，進一步傳到國家另一端大城市自由派報社編輯耳中，那位編輯計畫來個名為「乙城向前看——上谷社群推出社會創舉」的頭版專題報導。計畫一公開，來自各地的詢問信

函蜂擁而至，此時甚至連第一張理賠金支票都還沒寄出。自然而然，這導致委員都以身為此計畫助力的一部分而自豪，也認為這是向世人宣傳乙城的大好機會。

因此委員決定改變計畫，不郵寄那些理賠支票，改而在盛大市民儀式中公開呈送。他們邀請州長（為提升在該地區不怎麼高的支持率欣然應邀前來）、州立大學校長、該區的州參議員和其他官員。他們用旗幟裝飾國軍軍械庫，並請出美國退伍軍人協會軍樂隊、童子軍和其他民間組織。

在盛大的慶典中，每個領取「社會保險金支票」的家庭都在台上列隊受贈，他們成群盛裝而來，州長及市長一一和他們握手。在場有很棒的演講、許多歡呼和叫喊聲。而理賠金收受人和市長握手及州長輕拍孩子頭的活動照片不僅刊登在當地報紙上，還在晚間新聞播出。

保險金支票的收受人對於乙城如此美好甚感光榮，也因為整個社群如此支持他們而更有勇氣面對失業。無論是男是女都發覺因為自己「上台大出風頭」、「和州長握過手」，成為朋友善意調侃的對象。孩子在學校發現因為自己上過電視讓別人羨慕不已。總而言之，乙城的失業者沒有為了每個月那五百元而自殺、沒有困於挫敗感、沒有轉向犯罪或毒品、沒有表現出個人偏差行為、更沒有發展出階級仇恨……

教授說完這個故事後大家開始討論。「這只是表示，」有位人所周知的現實主義者，也是名廣告企畫，開口說：「好的宣傳能呈現什麼效果。乙城的市議會很懂真正的廣告，市民儀式真是傑

作……皆大歡喜……大張旗鼓完成這個計畫。讓我想起我們廣告商怎麼做生意的：把竹筴魚改叫「鮪魚」，立刻大賣特賣！我敢說只要把福利金改叫做「保險」，每個人都會喜歡的呀，可不是嗎？」

「你說『叫做』保險是什麼意思？」另一位社工問道，「乙城的方案根本不是福利金，那就是保險。」

「天哪！你真的知道自己在說什麼嗎？」廣告企畫驚呼出聲。「你該不會想說那些人本來就有權拿那筆錢吧？我只不過想表達，如果能讓大家開心一點，把福利金偽裝成保險是個好主意，但不管你怎麼稱呼，它仍是福利金，哄騙大眾、減少民怨完全沒問題，但我們不需要這樣欺騙自己！」

「但他們確實有權利拿那筆錢！他們不是不勞而獲，那是保險。他們為了社群有所貢獻，而那是他們的預……」

「拜託，你瘋了哦？」

「是誰瘋了啊？」

「是你瘋了。福利金就是福利金，可不是嗎？如果你能正確說出他們的名字……」

「少亂說了，那保險就是保險，可不是嗎？」

若你認為這個故事的重點在於社工和廣告企畫「只不過是為了同一樣東西的不同名字爭論」，請重讀這個故事，並解釋一下什麼叫「只不過是」和「同一樣東西」。

第八章　如何得知、何為所知
How We Know What We Know

　　研究語言行為首要考慮的關鍵問題是語言和現實間的關係，即詞彙和非詞彙之間的關係。除非我們理解這種關係，否則若強行連接字詞和事實之間的微妙關係就冒了嚴重風險，等於我們允許詞彙亂竄，並自行捏造出幻覺和妄想。

——溫德爾・約翰遜[1]

本章關鍵字

母牛貝絲

貝絲是活生生、不斷改變的有機體，不斷攝取、改造並排出食物和空氣。她的血液不停循環，神經系統不斷傳遞訊息。顯微世界中她是混雜血球、細胞和細菌的一團微粒，而由現代物理學的角度來看，她是一團不停舞動的電子⋯⋯

抽象化過程

學習語言不只是學習詞彙那麼簡單，這關乎於如何正確連結我們的詞彙與詞彙代表的事物。我們藉由打棒球或看棒球比賽習得棒球詞彙，也同時學到那是怎麼一回事。

為何必須抽象

抽象化過程將某些特徵排除在外，其便利性不可或缺。

定義

相悖於大眾認知，定義並沒有告訴我們任何事情。定義只不過描述了大眾的語言習慣，也就是告訴我們其他人在什麼情況下用什麼詞彙。應該將定義理解為「關於語言的陳述」。

「來定義我們的詞彙吧」

人們往往認為定義詞彙就等於理解概念，卻忽略了這些定義其實往往比詞彙本身隱含更嚴重的混亂和曖昧。

操作性定義

我們有權反問：「你的意思是？實際上想表達的是？」經常如此自問或反問他人，就可以盡一己之力，在人多嘴雜到難以置信的世界裡，得以減少大量書寫、言說、喊叫出來的無意義陳述。

在詞語循環中追逐自我

「你說的民主是什麼意思？」「民主就是維護公民權利。」「那麼你說的權利又是什麼意思？」「我說的權利是神賦予我們的特權，我是說人類與生俱有的特權。」

不信任抽象化

層級高的抽象言辭太過氾濫，總在意無意間混淆視聽……剝奪黑人的投票權違反美國憲法，然而當時卻被稱為「維護國家權利」。

「僵化抽象」

高明小說家和詩人的作品也呈現出抽象層級在高低之間持續互動的結果。「傑出」小說家或詩人筆下有洞察人生的高層級通用資訊，他透過觀察描繪實際上的社會狀況和人類心理，使他的通論既富影響力又有說服力。

母牛貝絲

宇宙變化永不停歇，星星也持續移動、成長、冷卻、爆炸。地球本身並非一成不變，山脈逐漸風化，河流改變渠道，山谷不斷加深。一切生命都是出生、成長、衰老、死亡的變化過程。即使是我們慣稱為「靜物」的桌椅石頭，也不是恆定靜止的。如我們現在所知，它們在微觀層面是不停旋轉的電子和質子。一張桌子在今日、昨日甚或一百年前看來都無甚區別，但它並非毫無改變，只是改變太過細微，不是我們的肉眼所能看出的。

現代科學中沒有所謂「固態物質」。我們看來像「固態」的東西只是因為它動得太快或太細微，我們感覺不出來。把它視為固態，就好比快速旋轉的色表會呈現「白色」，或快速旋轉的陀螺看起來像「靜立著」。我們的感官極度有限，所以必須使用顯微鏡、望遠鏡、測速器、聽診器及地震儀等儀器來檢測、記錄事件，感官無法直接記錄這一切。神經系統的特殊性造就我們觀看並感受事物的方式。某些「景色」我們看不到，而現在連孩子都知道我們聽不見某些「聲音」，如高頻率的狗哨音。這麼一來，我們若認定任何事物「就是那樣」便十分荒謬。

儀器告訴我們許多事，彌補了感官的不足之處。使用顯微鏡發現微生物使我們得以控制細菌，我們看不見、聽不到也感受不到無線電波，但卻可以製造並改造無線電波為我們所用。我們在工程、化學、醫藥等方面之所以能夠進展，往往由於使用某些機械裝置來提高我們神經系統的能力。在現代生活中，肉身感官能接觸到的世

現在連孩子都知道我們聽不見某些「聲音」，如高頻率的狗哨音。這麼一來，我們若認定任何事物「就是那樣」便十分荒謬。

界不到一半。要是沒有機械設備加強我們的感知能力，我們根本無法遵守速限法規，也無法計算瓦斯和電費帳單。

言歸正傳，在談詞語和其所代表事物之間的關係前，不如先來說說母牛「貝絲」的故事。貝絲是活生生、不斷改變的有機體，不斷攝取、改造並排出食物和空氣。她的血液不停循環，神經系統不斷傳遞訊息。顯微世界中她是混雜血球、細胞和細菌的一團微粒，而由現代物理學的角度來看，她是一團不停舞動的電子。我們永遠無法徹底了解她整體來說究竟是什麼，就算某個時刻精確捕捉到她，但下一刻她的改變又足以使我們的描述不再準確。根本不可能以言語道盡關於貝絲或任何其他事物的一切。貝絲不是靜態「物品」，她是一組動態「過程」。

然而我們體驗到的貝絲又是另一回事。我們只體驗到整體貝絲的一小部分，包括她外表的光影、她的動作、她的一般結構、她發出的聲響和我們觸摸她時感受到的觸覺。我們根據先前經驗，觀察到她與我們之前看過的動物有相似之處，而那種動物已在過去命名為「母牛」。

我們體驗到的「物品」並非「事物本身」，而是我們（不夠完善精準）的神經系統與外物之間的相互作用。

抽象化過程

如此可知我們體驗到的「物品」並非「事物本身」，而是我們（不夠完善精準）的神經系統與外物之間的相互作用。貝絲是獨一無二的，世上不存在跟她一模一樣的事物。但我們的神經系統，自動加以抽象化，或說自動選擇了動態貝絲那些類似於其他動物的形

狀、功能及習慣等特徵，將她抽象化為「母牛」。

　　說「貝絲是母牛」就是只注意其他母牛和「貝絲過程」的相似處並忽略其相異處。更重要的是我們跨越了巨大鴻溝，從一大串流轉的電化學神經活動「動態貝絲過程」，轉到相對靜態的「想法」、「概念」、或曰詞彙「母牛」。請參考第一六二頁的插圖「抽象化階梯」[2]。

　　如該圖所示，我們所見「物體」抽象層級最低，但它仍是抽象概念，因為它已忽略真正貝絲過程中具有的某些特徵。抽象化的文字層級中最低階的是「貝絲」（母牛$_1$）一詞，更進一步省略了貝絲的特性（昨日貝絲與今日貝絲之間的差異性，今日貝絲與明日貝絲之間的差異性），只留下相似處。而「母牛」一詞只選擇貝絲（母牛$_1$）、黛西（母牛$_2$）、羅茜（母牛$_3$）等等之間的相似性，省略了更多貝絲特質。「家畜」一詞僅選擇、抽象出貝絲和豬、雞、山羊和綿羊的共同特徵。而「農場資產」一詞只抽象出貝絲和穀倉、柵欄、家畜、家具、發電機、拖拉機等事物之間的共同特徵，因而抽象層級很高。

　　在此關注語言的抽象層級或許看來有些奇怪，因為語言研究往往侷限於發音、拼寫、詞彙、文法諸如此類途徑。許多學校教育系統整合講授這類途徑作為語文教育，導致大眾普遍相信學習語言應只關注詞彙本身。

　　但誠如我們從日常經驗中所得知，學習語言不只是學習詞彙那麼簡單，這關乎於如何正確連結我們的詞彙與詞彙代表的事物。我們藉由打棒球或看棒球比賽習得棒球詞彙，也同時學到那是怎麼一

抽象化階梯

八、財富

八、「財富」一詞抽象層級極高，幾乎省略了貝絲所有特徵。

七、資產

七、指涉貝絲為「資產」省略了更多貝絲的特徵。

六、農產

六、將貝絲列入「農場資產」只指涉她和其他農場內可販售品項之共同點。

五、家畜

五、稱貝絲為「家畜」則指涉那些她和豬、雞、羊等共有的特徵。

四、母牛

四、「母牛」一詞代表我們從母牛$_1$、母牛$_2$、母牛$_3$乃至於母牛$_N$所抽象出的共同特徵。已排除特定牛隻各自具備的特徵。

三、貝絲

三、詞彙貝絲（母牛）是我們賦予第二層級概念中那個物體的名稱。名稱並非那個物體，它只不過代表那個物體且省略了物體本身的許多特性。

二、

二、我們所感知的並非這個詞彙，而是體驗的對象，即神經系統從整體「母牛過程」中抽象（選擇）出的部分。忽略母牛過程的許多特徵。

一、母牛是由無數原子、電子等所構成，根據現今科學推論出的特徵（以圖中小圈圈表示）在此層級數量無限且不斷改變。此為過程層級（process level）。

回事。孩子學會說「餅乾」或「狗」是不夠的，必須能夠將這些詞彙正確應用在現實中非文字的餅乾及真正的狗身上，才能說他們是在學語言。正如溫德爾‧約翰遜所說：「研究語言得從學習何謂語言開始。」

　　一旦開始關切何謂語言，我們才會開始關切人類的神經系統如何運作。若把大小、體型、外表和行為上全然相異的阿布（波士頓㹴犬）、沛德羅（吉娃娃），斯納福（英國鬥牛犬）、和尚恩（愛爾蘭獵狼犬）都稱作同一個名字「狗」，我們的神經系統顯然已抽象出狗兒的共同特徵，忽略了狗兒之間的差異。

為何必須抽象

　　抽象化過程將某些特徵排除在外，其便利性不可或缺。再一個例子來說明，假設我們生活在與世隔絕的村莊，村裡共有四戶人家，每戶人家各自有房子。且稱甲的房子為「馬加」，乙的房子為「皮悠」，丙的房子為「卡塔」，丁的房子為「沛爾」。在村裡用這方式來溝通已非常足夠，除非大伙兒開始討論興建一棟備用的新房子。我們不能拿現有四個名字之一來為計畫中的新屋取名，因為每個名字意義都已太過具體。我們必須往上一階抽象層級找個通用名詞，意謂「與『馬加』、『皮悠』、『卡塔』、『沛爾』有某些相似特徵，但不屬於甲、乙、丙，或丁的東西」。每次都得說這段話實在太麻煩，所以必得發明一個簡稱，於是我們選擇「房子」這組聲響來代替。詞彙以縮寫型態因應此類需求而生。每發明一個新的抽

每發明一個新的抽象化詞彙就是一大進步，因為人們藉此便可進行討論。

以詞彙定義詞彙

象化詞彙就是一大進步，因為人們藉此便可進行討論。不但可以用以討論第五棟房子，還包括將來或許會興建的其他房子、旅行中看到的房子，甚或夢中的房子。

教育影片的製作人曾告訴我，無法以「工作」為主題拍一部片子。可以拍攝喬伊耕田種馬鈴薯、蘇珊幫她的車打蠟、比爾為穀倉噴漆，但就是拍不出「工作」。「工作」也是個位於高階抽象層級的縮寫詞彙，對應許多活動的共同特徵，從洗碗、航海、經營廣告公司到治理國家的共通之處。「工作」特有的意義顯然是從許多不同類型的工作中所抽象出的共同特點（「能量從主體轉移，朝作用力方向和阻力對抗，因而產生動作或導致主體移動。」定義出自芬克與華格納《標準大學字典》）。

我們也可以用「計算」來說明抽象化過程之不可或缺。「計算」（calculate）一詞源自拉丁文「calculus」，原意「小石子」，由於古代放牧時會依羊隻數量將等量石子放置箱中，待夜間羊隻歸欄後對照石子數量，便可得知當日放牧是否有羊隻走失，由此衍生出現今字義。前例中原始的計算方式有助於說明為何數學有用。此

例中每顆石子是每隻羊「單一性」的抽象象徵，即羊隻的數值。由於我們從外在事件抽象出特徵的方式明確且一致，除非有無法預測之變數，否則石子的數值事實必然是羊隻的數值事實。XY代數和其他數學符號都是數字抽象化之後的抽象化產物，因此抽象層級更高。因為一開始就適當地統一將外在世界抽象化，故有助於預測未來狀況並完成工作。除非有無法預測的變數，否則符號揭示的關係將是其與外在世界之間的關係。

定義

相悖於大眾認知，定義並沒有告訴我們任何事情。定義只不過描述了大眾的語言習慣，也就是告訴我們其他人在什麼情況下用什麼詞彙。應該將定義理解為「關於語言的陳述」。

房屋：此詞位於較高抽象層級，可取代一連串累贅表述：「跟比爾的平房、喬丹的小別墅、史密斯太太的度假屋、瓊斯博士的豪宅等具有共同特徵的事物……」

紅：從紅寶石、玫瑰、熟番茄、知更鳥前胸、生牛肉和口紅抽象出共同特徵，以這個詞彙表達此抽象概念。

袋鼠：生物學家稱之為「草食哺乳動物，袋鼠科的有袋類動物」，一般人稱之為「袋鼠」。

提供定義時若停
留在同一個抽象
層級就等於沒有
提供任何資訊，
除非聽者或讀者
對該詞彙已相當
熟悉，可以自行
爬下抽象階梯。

綜上可以看出「房屋」和「紅」的定義都往下落在抽象化階梯（請參照第一六二頁的圖表）中較低的抽象層級，但「袋鼠」的定義則維持在同一抽象層級。也就是說，關於「房屋」，必要時我們可以看看比爾的平房、喬丹的小別墅、史密斯太太的度假屋和瓊斯博士的豪宅，並找出這些屋子的共同特徵。我們能夠藉此了解什麼狀況下可以使用「房屋」這個詞。但關於「袋鼠」，我們只看出有些人這樣稱呼，有些人那樣稱呼。也就是說，提供定義時若停留在同一個抽象層級就等於沒有提供任何資訊，除非聽者或讀者對該詞彙已相當熟悉，可以自行爬下抽象階梯。為了節省篇幅，字典往往假設讀者已對語言十分熟悉。但這假設毫無根據，提供同一個抽象層級的定義比什麼都不提供還糟糕。在小字典裡查詢「漠視」會發現其定義是「淡漠」，而查詢「淡漠」則會發現其定義是「漠視」。

然而，若往上查找抽象化階梯的較高層級更是沒用（但大多數人往往自然而然就這麼做了）。試試對不知情的朋友做以下實驗：

「紅是什麼意思？」
「一種顏色。」
「顏色是什麼？」
「幹嘛這樣問？那是東西會有的特質。」
「什麼又是特質？」
「我說，你到底想幹嘛啊？」

你讓他一頭霧水。另一方面，若有人問我們詞彙的意思，而我

們習慣性地順著抽象化階梯往下到較低的抽象層級，我們就不太
會迷失在詞彙迷宮裡，往往比較能「腳踏實地」知道自己在說些什
麼。以這習慣會得到的答案是：

> 「紅是什麼意思？」
> 「哦，你等等如果看到路口有車停下，看看那些車前面紅
> 綠燈的模樣。或者去找消防隊，看看他們的消防車漆成什麼樣
> 子。」

　　由此可知，有用的定義必須包含讀者或聽者熟悉的例子。寫作
者提供細節（言語意象、實例、插圖）使讀者更能透徹理解，如此
一來讀者就更能連結個人經驗與所讀的內容。

「來定義我們的詞彙吧」

　　在一般學術言論中常見到某個極度廣布而不切實際（根本可說
是迷信）態度的實例，即「來定義我們的詞彙吧，這樣大家就都知
道我們在說什麼了。」正如第四章所述，一個高爾夫球員就算不知
道怎麼定義高爾夫術語，也完全無礙於理解和使用這些術語。反之
事實也證明我們就算能夠定義大量詞彙，也無法保證自己確實知道
詞彙代表的物體或操作程序。人們往往認為定義詞彙就等於理解概
念，卻忽略了定義其實往往比詞彙本身隱含更嚴重的混亂和曖昧。
如果好死不死我們發現了，然後嘗試定義那些定義來解決問題，卻

避免混亂的方式
是盡量不要提供
定義，盡量提供
實例。

發現自己依舊困惑不已，只好繼續定義用來定義的定義，很快就會發現這一切剪不斷理還亂。避免混亂的唯一方法就是盡量不要提供定義，如有必要則盡量指向外延意義層次，亦即在書寫或談論事物時盡量提供實例。

操作性定義

尋求定義時，另一種將思考維持在外延意義層級的方式就是物理學家P.W.布里奇曼[3]所說的「操作性定義」。據他所說：

> 丈量物品長度必得進行實體操作。既然測量長度的操作方式是固定的，「長度」的概念也因此固定下來。一般狀況下，我們所謂概念無非就是一組操作行為，而一組操作行為即概念的同義詞[4]。

正如阿納托．拉波波特[5]解釋，操作性定義告訴你「該做什麼、該觀察什麼來獲得事物定義，或人受到事物影響所體驗的範疇。」他以定義「重量」的方式為簡例：去火車站或藥局，找磅秤，站上去，投銅板，讀取指針停留處的數字。那就是你的重量。但如果不同磅秤給出不同讀數呢？如此一來或許就該說你的重量介於一百四十到一百四十五磅之間。如果磅秤精確一點，或許讀數就會更接近，好比一百四十二磅上下。但如果不去測量操作，沒有一種稱為重量的「屬性」能夠單獨存在。誠如拉波波特所說：「如果

必得使用磅秤來獲知重量，重量的定義也必得端賴磅秤決定。」[6]

如此一來以科學、或曰「操作」角度來定義，遂等於意欲嚴格排除「非外延」意義及無意義陳述。我們可以將這個概念從科學延伸到日常生活和思想上會遇到的問題。正如同「長度」的概念必得仰賴測量長度的操作，「民主」的概念也必得仰賴民主實踐的總和（諸如公民普選、言論自由、法律之前人人平等）。同樣地，如果沒有兄弟般友愛的行為就沒有所謂「兄弟情誼」，沒有慈善活動就沒有所謂「慈善」存在。

操作觀點大有益於保持詞彙意義。若有人說：「我們學校不要再玩進步[7]那一套了」、「讓縣府運作回歸穩健經營原則」、「來做點基督徒的事吧」、「讓我們重建家庭價值」，我們有權反問：「你的意思是？實際上想表達的是？」經常如此自問或反問他人，就可以盡一己之力，在人多嘴雜到難以置信的世界裡，得以減少大量書寫、言說、喊叫出來的無意義陳述。

食譜是日常生活中操作性定義的絕佳範例，它描述了能夠以外在體驗定義實體的操作程序。於是，「奶油白蘭地牛排」（Steak Diane）：將菲力牛排薄切，以肉錘敲得更薄，撒上鹽和胡椒調味，高溫熱鍋……」（《日落食譜》，*The Sunset Cook Book*）。偶爾研讀一下食譜，應該能夠幫助書寫者和說話者大增其話語的清晰度和可驗證性。

食譜是日常生活中操作性定義的絕佳範例，它描述了能夠以外在體驗定義實體的操作程序。

在詞語循環中追逐自我

　　換言之我們必須警惕自己，極力避免思考時停留在同一抽象層級，又不往文字抽象層級高處走，也不往抽象化階梯的低處指涉外部世界：

　　　「你說的民主是什麼意思？」

　　　「民主就是維護公民權利。」

　　　「你說的權利又是什麼意思？」

　　　「我說的權利是神賦予我們的特權，我是說人類與生俱有的特權。」

　　　「比如說？」

　　　「舉例來說，自由。」

　　　「你說的自由又是什麼意思？」

　　　「宗教與政治上放任自主。」

　　　「那些又是什麼意思？」

　　　「只要有民主我們就能享有宗教與政治上放任自主。」

　　談論民主當然也能言之有物，傑佛遜[8]與林肯都辦到了、菲德烈克・傑克森・特納[9]在《美國歷史上的邊疆開拓》中辦到了，卡爾・波普[10]在《開放社會及其敵人》中辦到了、羅伯・道爾[11]在《美國的多元民主：衝突與同意》中也辦到了，而這些不過是浮現我腦海眾多名字中寥寥數例。然而說話者若從不離開高層次抽象層

級，或許根本無從判別自己是否言之有物。

但這絕不意謂我們只能發出那些代表外延意義的聲響。我們會使用指令語言、談論未來、使用儀式語言或參與社交談話、表達情感，我們經常說那些無法由外延世界驗證的言論。不可忽視我們最高的推理和想像力都源於能夠理解象徵符號自立於其象徵事物之外，我們才能夠從低抽象層級自由跳階到高抽象層級（從「罐裝豌豆」到「雜貨」到「商品」到「國家財富」），且就算符號代表的事物其實無法操控，我們仍能操控符號（「如果把全國所有的貨運車連在一起成為一長列⋯⋯」），就算是外延世界中不存在的抽象事物，我們也能夠任意創制符號來代表其抽象概念。比如數學家經常擺弄那些不具外延性質的符號和概念，就只為了搞清楚可以拿這些來做什麼，這就是所謂「純數學」。而純數學可萬萬不是無用的消遣，那些闡述起來不具任何外延世界應用意義的數學系統，最後往往證明可應用在實用和不可預見的地方。既然數學家埋首於不具外延意義的符號時，往往都清楚自己在做什麼。那麼，我們也一樣得搞清楚自己在做什麼。

儘管如此，所有人（包括數學家）在日常言談間往往還是會無意識地發出那些毫無意義的聲響，而我們已經知道這將導致什麼樣的混亂。本章與下一章都說明了抽象化階梯的基礎目的正是讓大家意識到抽象化過程。

就算是外延世界中不存在的抽象事物，我們也能夠任意創制符號來代表其抽象概念。

不信任抽象化

我們可以依照抽象化階梯，將陳述如同詞彙那樣區分為不同的抽象層級。「雷文太太薯餅做得很棒」可視為抽象層級較低的陳述，雖然其實它也忽略了許多要素，例如：一，「很棒」的薯餅是什麼意思？二，她做薯餅有時也會失敗。

耶穌著名的嚴令「你們願意人怎樣待你們、你們也要怎樣待人」，可說是許多特定指令的卓越通用化。

「雷文太太是個好廚師」是抽象層次較高的陳述。雷文太太的廚藝除了薯餅，還包括烤肉、醃菜、麵條、餡捲餅等等，不過陳述省略了她會做的特定菜色。「芝加哥人是好廚師」則是抽象層級更高的陳述，必得觀察過統計學上數量足夠的芝加哥人其烹飪能力（且結論確實如此）才能做此陳述。

「美國的烹飪藝術已臻化境」又是抽象層級更高的陳述。若要這麼說，就不能只觀察芝加哥、紐約、舊金山、丹佛、阿布奎基、和亞特蘭大的雷文太太，還需觀察旅館和餐廳的菜餚品質、高中及大學家政系的訓練水準、美國書籍雜誌上烹飪藝術文章的質量好壞，以及其他許多相關因素。

不幸然而可以理解的是，我們這時代總傾向輕蔑地說那「只不過是抽象名詞」。爬上高之又高的抽象層級是人類獨有的特點，如果沒有它就不可能有任何哲學或科學見解。要有化學這科學，就必須在想到「H_2O」[12]時遺忘水的濕潤、冰的堅硬、露珠圓潤，及其他 H_2O 在物體層級具有的外延特質。要有「倫理學」這學問，必須能想到不同狀況、不同文明下共通的倫理行為有何要素，必須能夠抽象出遵循倫理的木匠、政治家、商人與士兵之行為有何共同點，

還有佛教、東正教猶太人、儒家、基督教等宗教律法的共同點。最抽象的思想也可能是最通用的。由這個觀點來看，耶穌著名的嚴令「你們願意人怎樣待你們、你們也要怎樣待人」，可說是許多特定指令的卓越通用化，使它的抽象層級高到通用於所有文化中的全人類。

　　但層級高的抽象言辭太過氾濫，總在意無意間混淆視聽，這也頗為人所詬病。剝奪黑人的投票權違反美國憲法，然而當時卻被稱為「維護國家權利」。如此恣意且不負責任的在公眾爭議或詭辯時使用高層級抽象語言，正是大多數人對於所有抽象言辭抱持譏誚態度的主因。

　　但正如抽象化階梯已然表明，我們所知一切都是抽象的。我們對你坐的那張椅子所知一切都是從整體椅子抽象得來。吃白麵包的時候你吃不出來到底它是否如包裝上所說「富含維生素 B」，你只需相信確是如此（而「維生素 B」也是抽象的）。就算結婚三十年了，你所知關於你配偶的一切也還是抽象的。不信任所有抽象化產物根本不合理。

　　因此，驗證抽象並不只關乎那是「高層級」或「低層級」的抽象，而在於是否能夠降到較低的抽象層級。若有人對「美國烹飪藝術」做出陳述，他必須能夠往抽象化階梯的下一個層級指涉美國餐廳、國內科學、保存食品技術的特點，繼而往下到廚房裡的雷文太太。若有人陳述「威斯康辛州的公民權利」，他必得了解國家、州和地方法規，也必須了解威斯康辛州警察、官員、法官、學術權威、飯店經理和一般大眾的行為，他們的所有行動和決定影響了

一切都是抽象的。驗證抽象並不只關乎那是「高層級」或「低層級」的抽象，而在於其抽象層級是否能降低。

在法院、政治上和社會上最低限度的應有待遇，亦即所謂「公民權利」。牧師、教授、記者或政治人物使用的高層級抽象言論能夠有系統且明確指涉到低層級抽象言論，因之並非空談，確實言之有物。

「僵化抽象」

愛荷華大學已故溫德爾・約翰遜教授在《困境中的大眾》（*People in Quandaries*）中討論了他稱之為「僵化抽象」的語言現象。有些人或多或少持續停滯在抽象化階梯的某一層，有些人低些，有些人高些。例如說有些人保持「持續性低層級抽象」：

> 我們大概都認識一些人老是嘮叨不休但卻連普通結論也說不出來。比如說，街坊閒談往往是由他說到我說到她說到我說到他說，如此這般一個下午，最後以「嗯，這正是我跟他說的呀！」作結。許多描述旅途的書信也是如此寫成，詳細介紹看了什麼地方、到達和離開的時間、吃了什麼食物要價若干、床墊是軟是硬等等。

無法抽象化到更高層級與某些精神病患的病徵極為類似，如約翰遜所說：「抽象過程經常性滯塞。」他們沒完沒了重複微不足道的事實，無法將之組成一般化有意義的事實。

有些說話者則停滯在較高抽象層級，鮮少接觸較低層級。此類

話語總是不著邊際。如約翰遜所說：

> 它的特徵是話語格外含糊、模棱兩可，甚至完全沒有意義。只要留幾張傳單、廣告小冊，或贈閱的《新思維》（*New Thought*）雜誌等等……就能瞬間累積大量可闡述此類語言之範例。當然，在圖書館架上、書報攤，或廣播節目裡也能發現更多例子。日常會話、教室授課、政治演說、畢業生致詞、各類群組論壇、圓桌會議都提供了更豐富的脫軌詞彙。

（我曾聽說中西部一所大規模的大學有堂美術課，整學期都在討論藝術、美學與其原則。但授課期間就算學生提問，教授也堅不吐露適用於他美學原則的任何特定繪畫、交響樂、雕塑或具體物品。他會說：「我們應關切原則，而非細項。」）

也有些精神異常會導致抽象僵化在高層級，因為缺乏疆土參照的地圖瘋狂增生，結果只會產生妄想。然而如同約翰遜所說，無論層級是高是低，總之僵化層級的抽象沉悶至極：

顯然若要演講、著作有趣、思維清晰並維持良好心理狀態，抽象層級必得在高低之間不斷相互作用，詞彙與非詞彙（物體）層級之間也必得不斷相互作用。

> 層級低的說話者讓你挫敗，因為他給了你一籮筐訊息，當中卻毫無頭緒。而層級高的說話者讓你挫敗，因為他說了也等於什麼都沒說……如此受挫，但又礙於禮貌（或為了課堂表現）無法打斷對方，只能沉默靜坐到說話者講完為止。很少有人可以忍住不做白日夢、塗鴉，或者根本就睡著了。

顯然若要演講、著作有趣、思維清晰並維持良好心理狀態，抽象層級必得在高低之間不斷相互作用，詞彙與非詞彙（物體）層級之間也必得不斷相互作用。科學中這類相互作用不斷推移，經由觀察來核驗假設，客觀結果來檢核預測。（然而某些出現在科技刊物上的科學寫作，卻幾乎是和僵化抽象一樣死板嚇人的例子，也因而常常讓人難以下嚥。不過語言和非語言之間驗證層級仍有所互動，否則根本稱不上科學。）

高明小說家和詩人的作品也呈現出抽象層級在高低之間持續互動的結果。「傑出」小說家或詩人筆下有洞察人生的高層級通用資訊，他透過觀察描繪實際上的社會狀況和人類心理，使他的通論既富影響力又有說服力。

而令人難忘的文學人物，如辛克萊・路易斯筆下的喬治・F・巴比特[13]，在個人層面的描寫生動（低層級抽象），而在「典型」當代美國商人層面上的描摹也通用而生動。

偉大的政治領袖往往也擅於使用抽象層次高低之間的交互作用。政客的小跟班只懂抽象層次較低的政治，比如什麼樣的承諾或行為會吸引什麼樣的人來投票。他並不忠於原則（高層次抽象），只忠於人（比如政客老闆）和直接利益（低層次的抽象）。眾人皆謂不切實際的政治理論家往往只熟知高層次的抽象（「民主」、「民權」、「社會正義」），不怎麼熟悉能讓自己在某個郡當選的低抽象層次政治現實。但國家與民族常懷感佩的是那些同時實現高層級目標（「自由」、「民族團結」、「正義」）和低層級目標（「農民種馬鈴薯能多賣些錢」、「紡織工人工資提升」、「司法改革」、

引人入勝的寫作者、資訊翔實的演說者，思維精確的思想家及心靈健全的人都對抽象化階梯的所有層級駕馭自如。

「水土保持」）的政治領導人物。

　　引人入勝的寫作者、資訊翔實的演說者，思維精確的思想家及心靈健全的人都對抽象化階梯的所有層級駕馭自如，快速優雅地依序由高至低、由低至高移動，心緒輕盈靈巧優美如樹梢飛躍的猴子。

注釋

1　溫德爾・約翰遜，Wendell Johnson，一九〇六～一九六五，美國心
　理學家、演員和作家，通用語意學論者。

2　原注：本書根據科斯基所提出，用以解釋抽象化過程的圖表「結構
　差異」（Structural Differential）繪製而成「抽象化階梯」（Abstraction
　Ladder）。如想進一步了解該圖表及圖表所示的流程，請參考他一九
　三三年的著作《科學與心理健全：非亞里斯多德學說暨通用語意學》
　（*Science and Sanity: An Introduction to Non-Aristotelian Systems and
　General Semantics*），特別是第二十五章。

3　P.W.布里奇曼，Percy Williams Bridgman，一八八二～一九六一，美
　國物理學家，曾獲諾貝爾物理學獎。

4　原注：《現代物理學邏輯》（*The Logic of Modern Physics*），一九二
　七年。

5　阿納托・拉波波特，Anatol Rapoport，一九一一～二〇〇七，俄羅斯
　出生的美國數學心理學家，並由數學跨足社會學領域。

6　原注：《操作哲學》（*Operational Philosophy*），一九五三年，第二十
　五頁。

7　「進步」原文為Progressive，應指歐美風行的進步主義教育
　（Progressive Education），反對形式主義（Formalism）的嚴格訓練、
　被動學習、重複練習、教師為知識權威、以知識為中心的課程組織
　及成人價值的教育觀等等，改以兒童為教育重心。

8　湯瑪斯・傑佛遜，Thomas Jefferson，一七四三～一八二六，《美國
　獨立宣言》主要起草人。

9　菲德烈克·傑克森·特納，Frederick Jackson Turner，一八六一～一
　　九三二，美國歷史地理學家。著作《美國歷史上的邊疆開拓》（*The*
　　Frontier in American History）提出開拓論點（或譯「邊疆理論」），
　　認為美國精神在於拓荒西進邊疆，賦予開拓者獨立、反權威的特
　　質，引發愛國主義。

10　卡爾·波普，Karl R. Popper，一九〇二～一九九四，出生於奧地利
　　之猶太學術理論家、哲學家。提出「從實驗中證偽」來區別「科學」
　　與「非科學」。政治上擁護民主和自由主義。著作《開放社會及其
　　敵人》（*The Open Society and Its Enemies*）中批判了歷史主義及馬克
　　思主義。

11　羅伯·道爾，Robert Dahl，一九一五～二〇一四，美國當代政治學
　　家，主要研究民主理論。

12　氧化氫，水的化學式。

13　喬治·F·巴比特為《巴比特》（Babbit）之主角，此作批評美國中
　　產階級，為辛克萊·路易斯（參第五章注39）最知名作品。路易斯
　　因此作獲得諾貝爾獎，「巴比特」也成為英語中「不假思索迎合中
　　產階級標準價值觀的人（特別是商人／專業人士）」之代名詞。

第九章　不在那兒的小人
The Little Man Who Wasn't There

我朝梯上走去時

遇見一人本不在

今天他也不在那兒

我願、我願他走遠

——休斯·默恩斯 [1]

眾人皆知一般人看事物往往只看到特定外貌而忽略其本質……華特·席格先生 [2] 老是告訴學生，他們畫不出任何手臂，因為他們已認定那是一隻手臂。就因為他們認定那不過一隻手臂，心裡已先入為主有了手臂該有的模樣。

——T. E.休姆 [3]

本章關鍵字

如何不去找車子麻煩

這一切行為都導因於我們混淆了腦海內在抽象想法與外在事物，並將抽象想法當成外在事件而行動。我們腦海中假想椅子惡意絆倒我們，並「懲罰」外在世界那張對任何人皆無惡意的椅子。

混淆抽象化層級

我們總是不斷混淆抽象化層級，混淆腦中的抽象事物和外在事物。

偏見的本質

「米勒先生是猶太人。」一聽到這陳述，某些「非猶太人」立刻就產生顯著敵意。

「罪犯」張三

假設有位張三，有人如此介紹：「他被關了三年，才剛剛放出來。」這句話的抽象層級相當高，但依然是報導。然而許多人會根據這一點，不自覺地爬升到較高的抽象層級：「張三是個前科犯……他是罪犯。」

妄想世界

隨時留意抽象化能讓我們有心理準備，了解看似相同的事物並不相同，具有相同名稱的事物並不相同，判斷也不等於報導。

如何不去找車子麻煩

在此引述一則報紙報導，希望讀者和我一樣受到啟發，且同感沮喪：

> 山謬・理歐斯，三十歲，因昨日事件已遭提告，但相信不只一位汽車駕駛人心裡都曾有過和他一樣的衝動。凌晨十二時三十分駛過威廉斯堡，他在角落轉彎時，意外擦撞停在霍普金斯街一四一號前的轎車。警方指控他在盛怒之下停車，拿出後車廂的千斤頂，把那台違規臨停的障礙物從擋風玻璃到車尾燈全都打個稀巴爛。
>
> ——《紐約時報》

人類某些荒謬行為導因於我們混淆了腦海內在抽象想法與外在事物，並將抽象想法當成外在事件而行動。

原始社會中人類常以這種方式行動，他們會「懲罰」使他們跌倒的石頭。若農作歉收或遭岩石擊傷，他們與農作物或岩石的「神靈」打交道（提供祭品），期待神靈之後能善待他們。如今我們仍有類似反應：被椅子絆倒我們就踢它罵它、某些人若有信收不到就會對郵差發火。這一切行為都導因於我們混淆了腦海內在抽象想法與外在事物，並將抽象想法當成外在事件而行動。我們腦海中假想椅子惡意絆倒我們，並「懲罰」外在世界那張對任何人皆無惡意的椅子。我們假想偷藏信件的郵差，並痛罵外在世界的郵差，其實若是有信件，他絕對很樂意交給我們。

混淆抽象化層級

　　然而廣泛意義上我們總是不斷混淆抽象化層級，混淆腦中的抽象事物和外在事物。舉例來說，我們談論黃色鉛筆時彷彿把黃色當作鉛筆的屬性，而非如我們所見、外在事物與感官相互作用的結果。也就是說我們混淆了抽象化階梯（見第一六二頁）最低的兩個層級，並把兩者混為一談。確切而言，我們其實不該說：「鉛筆是黃色的」，此陳述將黃色與鉛筆混為一談。我們可以改說：「我看到的東西具備可以稱之為『鉛筆』的特徵。而我稱為鉛筆的東西還有個特徵，我會稱之為『黃色』。」日常生活中當然毋需使用如此迂腐的語言，但仍應注意後者陳述涵蓋了我們神經系統感知的現實所創造出的圖像，而前者沒有。

　　未有科學之前的思維模式遺留給我們混淆內在外在事物的習慣。文明越是複雜，我們就越是必須留意自己自動排除神經系統感知到的事物特徵。如果沒察覺那些遺漏的特徵，或對於抽象化過程沒有自覺，就等於誤將「眼見」和「相信」混為一談。舉例來說，如果你人生中第三度看到響尾蛇，而你根據腦海中抽象化的印象認定這跟之前遇到那兩隻沒什麼差別，那麼你根據先前印象所做的反應大抵不會出什麼差錯。

　　然而如同抽象化階梯所示，詞彙所在的抽象級別比實物體驗來得高。聽見或讀到的詞彙所屬抽象層級越高，就必須越加留意抽象化過程。例如說「響尾蛇」一詞幾乎省略了實際響尾蛇的所有重要特徵。但若對詞彙的記憶本於活靈活現的恐怖經歷，那麼詞彙本身

文明越是複雜，我們就越是必須留意自己自動排除神經系統感知到的事物特徵。如果沒察覺那些遺漏的特徵，或對於抽象化過程沒有自覺，就等於誤將「眼見」和「相信」混為一談。

能喚起的情感就和真正響尾蛇喚起的相同，因此有些人只要聽到這個詞彙就臉色發白。

這也就是言語的魔力所在。「響尾蛇」一詞和實際生物受到同等看待，因此能喚起同樣感受。這聽似無稽之談，確實也毫無道理，但依照未有科學之前的思考邏輯，說來也不無道理。誠如列維・布留爾[4]所解釋，依照原始「邏輯」確實行得通。生物讓我們害怕、詞彙也讓我們害怕，既然這生物和詞彙都讓我們害怕，兩者自然「相同」。但倒也不是說真的相同，只是兩者之間有著「神祕的連結」。列維・布留爾所謂「神祕的連結」正是我們在第二章所提，稱為「必然連結」，對符號的天真態度。正因為如此天真，才會將「神祕力量」賦予到文字身上。產生「可怖詞彙」、「不可說詞彙」，詞彙就此獲得其所代表事物的特質。據說「文法學家」（grammarian）一詞曾被用來稱呼具有魔力的人，因為精通「gramarye」[5]而具備操縱文字的魔力。

然而混淆抽象層級最常見的形式，由我們對人稱「保守分子」者產生的反應可見一般（「見見李巴克先生吧，他對校園新保守運動很熱中哦。」），我們自然就把他和我們腦中抽象的「保守」連結在一起。我們多半會對自己說：「如果他是保守分子，他就沒問題」或「他是個危險的反動分子」。如此一來混淆了外在的保守分子和我們內心抽象的「保守分子」，而並不只是我們先前親身遇過的「保守分子」，還包括我們聽說或讀到的「保守分子」。

偏見的本質

　　下面這個蘊含大眾偏見的例子可以解釋得更清楚：「米勒先生是猶太人。」一聽到這陳述，某些「非猶太人」立刻就產生顯著敵意，比如說，加強防備米勒先生的嗜錢如命、絕不租公寓給他、也不讓他加入聯誼會或鄉村俱樂部。也就是說，他們把高層次抽象的「猶太人」以及對應的錯誤涵義，套用到外延世界的米勒先生身上，認定米勒先生和抽象認知相同而做出應對。而「猶太人」只不過是千千萬萬適用於米勒先生身上的抽象概念之一，從「左撇子」、「為人父母」、「業餘高爾夫」、「歷史老師」、「滴酒不沾」、「波士頓人」諸如此類均可適用。但存有偏見的人不會發現，即使他心中認知的抽象概念「猶太人」或許根本是眾多概念中最無關緊要的一個。

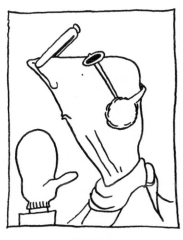

拒聽理由

　　此外，其實「猶太人」或許也是語言中最複雜的抽象概念之一，亦即，想把它有系統地往抽象化階梯下層指去恐怕最為困難。「猶太人」指向了任何種族、宗教、國籍、心態、鬆泛結合的社群嗎？如果沒有，又是什麼？

　　身為猶太人未必與宗教相關。有些以色列高官除了特殊場合，很少涉足猶太教堂。他們算是猶太人嗎？狂熱的猶太教城市守護者教派[6]呢？其成員除了每天祈禱三次[7]之外，還會在夜間祈禱並守夜等待彌賽亞降臨，他們不認同以色列建國甚至武裝與之抗爭。近年來關於美國猶太人的會議和公約皆需討論這個議題：「何謂猶太人？」

　　如用以色列移民觀點來看，母親為猶太人或信仰猶太教的人都是猶太人。一九八八年以色列大選之後，聯合黨[8]要求其他政黨參與聯合政府，而其中三個宗教色彩濃厚的小黨要求修訂「回歸法」[9]。該法本規定只要自稱猶太人均可獲得以色列國籍，但這些黨派認為只有改信猶太教正統派[10]分支的人才有資格獲得以色列公民權，保守派與改革派的美國猶太社群因此大為震驚。許多美國猶太人強烈抗議，宣稱此舉等於以色列質疑他們的「猶太屬性」。由此產生的爭議風暴顯然促使聯合黨決定不再與宗教政黨合組政府，改與工黨[11]合作。

　　回到我們假設的米勒先生，剛才已介紹過他是「猶太人」。若這詞對某人來說情感涵義十分鮮活且他習慣性混淆自己神經系統內的認知和外在世界，他多半會認為米勒先生「不可信任」。如果米勒先生事業成功，此人可能會認為這只「證明」了「猶太人很聰

明」。但如果事業成功的是強納森先生，那就只能證明強納森先生很聰明。

　　但如我們所知，米勒先生或富或貧、可能怕老婆或是聖人、可能是集郵愛好者或小提琴家、可能是農夫或物理學家、可能是眼鏡師父或樂團指揮。如果依據我們的自然反應（automatic reactions）行事，一見到米勒先生就提防錢包，可能因此得罪一個將來或許能在金錢上、道德上或精神上讓我們獲益良多的人，也可能因此沒注意到他嘗試誘跑我們的妻子。亦即，我們的行動全然不適當，與實際狀況完全沾不上邊。米勒先生不等同於我們心中的「猶太人」，不管那是怎樣的「猶太人」，總之由詞彙內涵定義創建出的「猶太人」根本不存在。

　　其實稱某些人因偏見而盲目也可以說那不是比喻。拉爾夫·艾里森[12]把他小說中的中心人物（黑人）稱為「隱形人」，小說亦同名。這是為了表達許多白人遇到黑人只看見他們頭上抽象的「黑」，一個勁兒「不在那兒的小人」，未曾真正留意過當事人。

　　西方世界對待「阿拉伯」（Arab）的典型態度亦是如此。怎麼說阿拉伯世界都行，但他們彼此之間絕不相同。雖然人們常隨意使用「阿拉伯」一詞和石油大亨的卡通圖像，來暗示他們確實一模一樣。黎巴嫩的基督徒和穆斯林之間進行了血腥內戰，如此表明阿拉伯人之間時不時會爆發激烈仇恨。我們也可以發現敘利亞的阿拉伯人與伊拉克的阿拉伯人鬥爭激烈。而身材高大、金髮碧眼的阿拉伯人隨處可見。西方人使用「阿拉伯」一詞時通常較為友好，不若使用「猶太人」那樣充滿偏見或無知。但也不是說我們就可以不

管「阿拉伯」這詞彙，仍應更精確地使用它。據阿拉伯世界專家愛德華・阿蒂亞[13]所說，此詞彙應具三種意義：一，指游牧民族。居住在約旦、阿拉伯、敘利亞及北非沙漠，被稱為貝都或貝都因[14]人。二，指居住在阿拉伯半島上的人，通常被稱為「阿拉伯人」（Arabians），據此無論遊牧民族或城市居民，都指稱為同一民族，包括現今的沙特人、葉門人、科威特人和原生於阿拉伯半島的居民後裔。三，最後，「阿拉伯」意指文化群體，即分布在波斯灣側到大西洋西側，使用阿拉伯語的社群文化群體。

如果希望自己用詞精準且別得罪人，至少得學會區分代表不同族群的抽象概念。

在這廣大區域中遊牧民族的定居人口比例很小，多數族群都是費拉辛人[15]（農民）和古老名城的居民，包括阿勒頗、大馬士革、貝魯特、拉塔基亞、開羅、亞歷山大、巴格達、耶路撒冷、突尼斯、阿爾及爾，這些城市過去曾是世界文明的中心。另一個常見錯誤就是認為伊朗人是阿拉伯人，然而其實他們屬於不同文化群體，使用不同語言（波斯語[16]），且歷史上往往與阿拉伯人敵對。因此，如果希望自己用詞精準且別得罪在世界上地位日趨重要的那群人，至少得學會區分這些不同抽象概念，並避免像那些眾人熟知、卻有誤導之嫌的冒險電影、小說一樣應用「阿拉伯」一詞等同於其刻板印象。

「罪犯」張三

混淆抽象層級的另一種狀況可參考下面這個例子。假設有位張三，有人如此介紹：「他被關了三年，才剛剛放出來。」這句話的

抽象層級相當高，但依然是報導。然而許多人會根據這一點，不自覺地爬升到較高的抽象層級：「張三是個前科犯……他是罪犯。」但「罪犯」一詞的抽象層級不但比「他在牢裡關了三年」高，而且依照第三章所說，還是個「判斷」，暗示：「他過去曾犯罪，而且未來可能多次再犯。」其結果是若強迫張三找工作時聲明他曾入獄三年，求才的雇主也會自動混淆抽象層級對他說：「你怎麼能指望我給罪犯工作呢！」

　　從報導中其實我們也都知道，張三或許已洗心革面，也或許一開始就是冤獄，然而他找工作仍舊徒勞無功。若他終於在絕望中告訴自己：「如果每個人都說我是罪犯，我乾脆就當個罪犯啊！」如此一來終究陷他於不義。

　　諸位讀者必定很熟悉如何散播謠言。大多謠言之所以誇大其辭，必須歸咎於有些人刻意不往抽象層級的上一階爬，硬是把報導變成推論，繼之判斷，然後混淆抽象層級。若根據這種「推理」模式：

報導：「瑪莉・史密斯上禮拜六半夜三點才回來。」

推論：「我敢打賭她絕對在外面鬼混！」

判斷：「她是個賤貨。我從沒喜歡過她那長相。第一眼看到她我就知道了。」

　　我們對待別人若根據如此草率的抽象化判斷來行動，不但使別人不幸，也使我們自己不幸。

> 大多謠言之所以誇大其辭，必須歸咎於有些人刻意不往抽象層級的上一階爬，硬是把報導變成推論，繼之判斷，然後混淆抽象層級。

此類型混淆的最後一例，若有人說出後面兩句話，請留意其後果有何區別：「我失敗三次了」和「我是失敗者」。

妄想世界

隨時留意抽象化能讓我們有心理準備，了解看似相同的事物並不相同，具有相同名稱的事物並不相同，判斷也不等於報導。簡言之，那可以避免我們的愚行。若未留意抽象化，或未慣於延遲反應（必須確實了解所見不可盡信才能做到），我們難以留意玫瑰和紙玫瑰之間的差異，電視廣告的戲劇化效果和現實事件之間的差異，「罪犯」一詞內涵和外延世界張三之間的差異。

延遲反應是成熟的表現，然而由於教育錯置、不良訓練、童年的可怕經驗、陳腐的傳統信念、宣傳，或生活中其他因素影響，我們所有人都可能因為受到根深蒂固、不恰當的語意支配而產生「錯亂領域」，好一點則是「幼稚領域」。我們「因偏見而盲目」，於是總有些主題怎樣都「想不通」。例如有些人因為童年經驗，只要一看到警官（任何警官）就不由自主嚇傻了。這些人腦海中的可怕「警官」就是外延世界那個警官，就算世上沒有任何人會認定那個警官可怕。有些人看見蜘蛛（任何蜘蛛）就臉色發白，就算那蜘蛛好端端的裝在一個罐子裡。有些人則一聽到某些詞彙就自動產生敵意：「反美國的」、「槍枝管制」、「共產主義者」、「保守」、「自由」、「巴勒斯坦人」或「猶太人」。

若我們未曾留意抽象過程而在腦海中自行建構現實圖像，那絕非現存「疆土」的「地圖」，那是妄想世界。

　　若我們未曾留意抽象過程而在腦海中自行建構現實圖像，那絕非現存「疆土」的「地圖」，那是妄想世界。在這異境裡所有「猶太人」都會騙你，所有「資本主義者」都是抽著昂貴雪茄在工會裡齜牙咧嘴的癡肥惡霸，所有「領福利金的母親」都是滿足於政府救濟的懶鬼，所有「自由派」都想提高稅收來餵養政府。而且世界上所有的蛇都有毒，可以用鐵鍬打爛汽車給它一點教訓，每個帶著外國口音的陌生人都不可信任。有些人在這類妄想世界花了太多時間，最終受困於此，但當然也有許多人逍遙其外。

　　我們如何去除思想中的幼稚傾向？其一就是深明詞彙與其所代表事物之間沒有「必然聯繫」，學習外語將對此大有裨益。前面也提過其他的方法，諸如試著留意抽象化過程，並充分理解話語從未「說盡」一切。阿爾佛烈特·科斯基訴諸圖表解說詞彙、概念、「物品」之間的關係，而根據該圖表所擬訂的抽象化階梯旨在幫助我們了解並時刻留意抽象化過程。

　　若我們時時留意思想和信仰發生抽象化，只要察覺不足或錯誤之處都可有所改變。但若忽略了思想和信仰中的抽象化而深信「心智地圖即疆土」，偏見將就此出現。身為教師或父母，我們不管多麼努力避免，還是會不由自主把大量的誤導資訊及錯誤傳遞給孩子。但若教會他們慣性留意抽象化過程，就等於教他們如何擺脫我們無意間授予的錯誤概念。

若我們時時留意思想和信仰發生抽象化，只要察覺不足或錯誤之處都可有所改變。但若忽略了思想和信仰中的抽象化而深信「心智地圖即疆土」，偏見將就此出現。

注釋

1　休斯・默恩斯，William Hughes Mearns，一八七五～一九六五，美國教育家、詩人。本章篇名〈不在那兒的小人〉（The Little Man Who Wasn't There）即為其最著名詩作《安蒂戈尼》（*Antigonish*）之別名，該詩靈感源自加拿大安蒂戈尼的一幢鬼屋。

2　華特・席格，Walter Sickert，一八六○～一九四二，德國畫家、版畫家，深深影響二十世紀的英國前衛藝術。

3　T. E. 休姆，Thomas Ernest Hulme，一八八三～一九一七，英國評論家、詩人。其著作影響現代主義。

4　列維・布留爾，Lucien Levy-Bruhl，一八五七～一九三九，法國社會學家、民族學家，其理論假設人類心靈分為原始（primitive）和西方文明（western）兩種狀態。

5　「gramarye」中世紀英文，即文法（grammar）。

6　城市守護者教派，Neturei Karta。此教派認為猶太教徒不可有自己的國度，需流放直到彌賽亞來臨才可重建國土，以色列政府強占以色列土地建國不合上帝旨意，承認巴勒斯坦有以色列土地合法統治權，部分教徒並與巴勒斯坦人合作。

7　一般猶太教成年男子每日須集合祈禱三次。

8　聯合黨，Likud Party，又譯利庫德黨或利庫黨，以色列主要的中間偏右政黨。

9　回歸法，Law of Return，一九四八年以色列建國之初，許多猶太人回歸時拿不出證明文件，故以色列國會於一九五○年通過回歸法，只要宣稱自己是猶太人就可回歸以色列並具有以色列公民權，不須提供證明文件。一九七○年進一步將此法擴張至猶太裔之配偶。

10　正統派（Orthodox）、保守派（Conservative）及革新派（Reform）
　　均為猶太教主要教派。正統派在以色列占大多數，保守派及革新派
　　在美國勢力雖大，但在以色列為少數族群。

11　工黨，Labor，以色列中間偏左政黨，多屬歐洲裔猶太人，傾向代表
　　西方世界的猶太人利益。

12　拉爾夫‧艾里森，Ralph Ellison，一九一三～一九九四，美國黑人小
　　說家、文學評論家、作家、學者。作品《隱形人》（Invisible Man）
　　曾獲國家圖書獎。

13　愛德華‧阿蒂亞，Edward Atiyah，一九〇三～一九六四，黎巴嫩裔
　　英國作家、政治活動家。

14　貝都（Bedu）為當地人自稱，意為「沙漠中人」，其複數型態貝都
　　因（Bedouin）為西方國家稱呼他們的方式。

15　費拉辛人，Fellahin，阿拉伯語「農民」。

16　「Farsi」為波斯人自稱波斯語的說法。如德國人稱德文「Deutsh」，
　　西班牙人稱西班牙文「Espanol」。

第十章 分類
Classification

　　若法律上要區別……黑夜白晝、幼年成年或其他極端值，必得藉由定點確認、界線劃定或以漸進連續區塊分隔來標記產生變化的位置。若光看表面而未考慮其背後的必然性，界線和定點可能會不夠精準，或許從兩側看來都有些偏斜。但若定點和界線必得存在，且無法透過數學或邏輯來精確校正，那麼必得接受立法機關的決議，除非我們認為寬鬆一些也無妨。

──小奧利弗‧溫德爾‧霍姆斯[1]

　　詞彙真正的涵義當然得觀察一個人如何使用這個詞彙，不能由他的解釋來判斷。

── P.W.布里奇曼

本章關鍵字

為事物命名

「牠其實是什麼？」、「牠正確的名字是什麼？」都是無意義問題。所謂無意義問題就是無法回答的問題。若要說事物有「正確的名字」亦即表示象徵符號和其所象徵事物之間有必然聯結，但我們都知道事實並非如此。

封閉的心靈

有些人就算審慎思考也未必能產生較妥當的結論。我們必須留意自然反應阻礙我們的頭腦思考。

母牛$_1$非母牛$_2$

科斯基建議我們為詞彙加上「索引編號」如下：英國人$_1$、英國人$_2$……母牛$_1$、母牛$_2$、母牛$_3$……共產主義者$_1$、共產主義者$_2$、共產主義者$_3$。

「真理」

社會將能夠獲致眾人希冀結果的分類系統視為「真理」。

為事物命名

　　下圖有八個物體，就姑且說是動物吧。四大四小、四隻圓頭四隻方頭、四隻捲尾四隻直尾。這些動物在你們村裡亂跑，但一開始對你來說無關緊要，你就沒理會，也沒幫牠們取名字。

　　但有一天你發現那些小隻的傢伙吃了你家穀物，大隻的沒有。於是差距將牠們一分為二，抽象出了A、B、C、D的共同特徵，你決定稱呼牠們勾勾，而E、F、G、H則稱作吉吉。你驅趕勾勾，放任吉吉。但你鄰居的體驗有所不同，他發覺方頭的會咬人，圓頭的不會。於是抽象出B、D、F、H的共同特徵並稱牠們達芭，A、C、E、G則稱為度波。另一方面還有一位鄰居發現捲尾的會獵殺蛇，直尾的不會。他藉此區別牠們，抽象出另一組共同特徵將A、B、E、F稱為布莎，C、D、G、H稱為布莎那。

　　試想你們三人一起看見E跑了過去。你說：「有隻吉吉跑過去了。」第一位鄰居說：「有隻度波跑過去了。」另一位鄰居則說：「有隻布莎跑過去了。」當下即刻產生嚴重爭議，牠其實是什麼呢？是吉吉、度波或布莎？牠正確的名字是什麼？你們正吵得不可

開交，鄰村又來了第四個人，他說那是可食用的動物馬格洛，而不能食用的那種則是安格洛，但這也於事無補。

當然「牠其實是什麼？」、「牠正確的名字是什麼？」都是無意義問題。所謂無意義問題就是無法回答的問題。若要說事物有「正確的名字」亦即表示象徵符號和其所象徵事物之間有必然聯結，但我們都知道事實並非如此。也就是說，你想保護你家穀物就得把動物 E 分類為吉吉。而你的鄰居不想被咬，覺得把牠分類為度波比較實用。而另一位鄰居樂見蛇被牠獵殺，就把牠分類為布莎。我們依照自身利益和分類目的來決定如何稱呼事物、如何畫定界線區分事物。例如肉品業自有一套分類動物的方式、皮革業也有自己一套、皮革業也有自己一套、生物學家自然也有另外一套。每一套都各自有其用途，因之沒有任何一套可稱為終極分類。

當然這些分類都基於我們的認知而訂。對我們來說桌子是桌子，因為我們了解我們的行為、利益和它之間的關係。我們在上面吃飯、工作、堆放東西。但若有人生活在不用桌子的文化裡，他可能會認為桌子是堅固的凳子、小的平台，或根本只是無意義的構造物。若我們身處不同文化、經歷不同教養方式，世界對我們來說也將大不相同。

舉例來說，很多人分辨不出小梭魚、梭魚、鮭魚、後鰭鮭、河鱸、莓鱸、扁鱈和鯖魚之間的區別。我們只說：「那就是魚，我不愛吃魚。」然而對海鮮美食家來說確實有區別存在，對他來說有些魚代表一頓大餐、有些代表一頓不得了的大餐、有些則是不怎麼樣的一餐。對有著另一套通用觀點的動物學家來說，任何細

我們依照自身利益和分類目的來決定如何稱呼事物、如何畫定界線區分事物。例如肉品業自有一套分類動物的方式、生物學家自然也有另外一套。

命名就是替事物分類。我們命名的所有事物，在我們替它命名前當然都沒有名字，也不屬於任何分類。

微的不同都十分重要。若聽到這類陳述：「牠是鯧鰺的標本，學名 *Trachinotus carolinus*」我們就會接受此「事實」。但並不是因為我們不在意那是不是魚的「正確名字」，而是因為那是對魚類有科學上興趣的人以最完整且最通用的系統來分類後的結果。

命名就是替事物分類。我們命名的所有事物，在我們替它命名前當然都沒有名字，也不屬於任何分類。這麼說吧，假設我們要賦予「韓國人」這個詞外延意義，必得指向當時所有「韓國人」，並說：「『韓國人』一詞是指目前這些人：甲$_1$、甲$_2$、甲$_3$…甲$_n$。」然後假設有個孩子，代稱乙，是這些「韓國人」生出來的。由於稍早為「韓國人」訂立外延涵義時乙並不存在，所以沒有包括乙。既然所有分類訂立時都沒有把乙算在內，乙是個不屬於任何分類的新個體。那麼為何乙也是個「韓國人」？因為我們說了算。我們不但以這說法確立分類，相當程度上也決定了日後該如何待他。比如說乙在韓國將具有特定權利，而在其他國家則會被視為「外人」，且須遵守為「外人」制定的法律。

在「種族」和「國籍」議題上，分類造成的效果特別明顯。比如說，我生而為「加拿大人」，但「種族」上是「日本人」，現在則是「美國人」。雖然之前我的加拿大護照已受到美國認可為「非配額移民」，但直到一九五二年我才能夠申請美國公民身分。直到一九六五年，美國移民法都還使用「國籍」和「種族」來分類。加拿大人能夠輕易成為美國永久居民，但有東方血緣就難了，這時他的「國籍」無關緊要，分類改依「種族」而定。如果他所屬「種族」（例如說，日本人）的配額已滿（往往如此），而他又無法得

到非配額移民的身分，那麼他就毫無機會。（自一九六五年起，美國移民法已改用「家族團聚」取代「種族」和「國籍」作為其基礎，不再強調種族。）這些分類是否都是「真實」的？當然如此，而且這些分類影響一個人可為或不可為之事，如此建構出「真實」。

除了幾趟短暫旅程，我人生的大多數時間都在加拿大和美國度過。我的日文結結巴巴、用詞只有兒童程度且帶有美國口音，既不能讀也不能寫。然而由於分類對某些人來說似乎具有某種催眠力量，我偶爾會被認定（或是被指控）頗具「東方思維」。說來佛陀、孔子、東條英機將軍[2]、毛澤東、賈瓦哈拉爾‧尼赫魯[3]、甘地，以及金雞什錦快餐店的老闆都有「東方思維」，實在很難判定這說法是恭維或侮辱。

什麼樣的人是「黑人」？美國之前普遍認為任何人只要有一丁點「黑佬血統」（negro blood），也就是父母或祖先曾被歸類為「黑

貼上標籤

佬」，他就是定義上的「黑人」。同理應當可證，任何人只要有一丁點「白人血統」，他就是白人。我們為何只說其一，不論其他？因為前一個分類系統對進行分類的人來說比較方便。（分出本國的黑人和其他少數族裔對白人來說比較方便。）分類並非辨識「本質」，只不過反映了社會的便利性和必要性，而不同需求總會產生不同分類。

為高抽象層級事物分類時會有嚴重困難。一旦完成分類程序，我們對此事件的行為和態度在相當程度上也就此底定。

為貓狗、刀叉、香菸、糖果這層級的東西分類不會有什麼複雜性，但若分類諸如描述行為、社會制度、哲學和道德問題等高抽象層級的事物就會有嚴重困難。若有人殺死另一個人，這是謀殺、一時失去理智的行為、凶殺行為、意外，或是見義勇為？一旦完成分類程序，我們對此事件的行為和態度在相當程度上也就此底定。我們絞死謀殺犯、治療精神病患、赦免過失犯、為英雄別上勳章。

封閉的心靈

若對「猶太人」、「羅馬天主教徒」、「共和黨」、「紅髮」、「合唱團少女」、「水手」、「南方佬」、「北佬」等詞彙產生不甚公正的倉卒判斷，或曰制式反應，我們其實毋需介懷。「倉卒判斷」字面已可看出只要減緩思考速度即可避免這錯誤。當然，有些人就算審慎思考也未必能產生較妥當的結論。我們必須留意自然反應阻礙了我們的頭腦思考。

在這種反應的制約下，有些人會混淆外延世界所指的猶太人和自己腦海中的虛擬「猶太人」，說出：「猶太人就是猶太人。實

在拿他們沒辦法啊。」若提醒這種人他們也敬佩某些「猶太人」，如愛因斯坦、山迪·柯法斯[4]、海飛茲[5]、班尼·古德曼[6]、伍迪·艾倫、季辛吉，或凱蒂·杜卡吉斯[7]，諸位讀者將發現他們也會承認：「噢，當然也有例外啊。」也就是說他們迫於經驗，不得不承認眾多猶太人裡面有少數與他們的成見不符。然而即使如此他們仍會得意洋洋地說：「有例外不就證明有規則嗎？」[8]這就等於說：「事實才不算數。」

以這種方式「思考」的人若發現朋友裡面有「猶太人」，或許會解釋：「我可沒把他們當猶太人，他們是我朋友！」換句話說，他們腦海中虛構的「猶太人」，完全不受現實經驗影響。

這種人可謂食古不化。不管共和黨或民主黨怎麼做，他們認定了要投共和黨就投共和黨，要投民主黨就投民主黨。不管社會主義者提出什麼建議，他們必定反對到底。不管是什麼樣的母親，他們都認定母親就是神聖的。有個女人已被醫生和精神科醫生放棄，兩者都認定她的精神狀態無可救藥。審議會裡正討論是否該把她送進精神病院時，一位委員投了反對票。「諸位紳士，」他以深深崇敬的語調說道：「你們得牢記，不管怎樣，這位女士都是個母親啊。」同樣地，不管是什麼樣的新教徒或天主教徒，他們就是討厭新教徒和天主教徒。共和黨一詞之於林肯、之於沃倫·哈定[9]、之於尼克森、之於雷根都各不相同，而忽視那些在分類過程中被省略的特徵，就等於忽略了差異。

母牛₁非母牛₂

要如何預防自己進入心智的死巷呢？又或者如果發現自己身在其中，要如何逃脫呢？必須牢記採取「共和黨就是共和黨」、「在商言商」、「男孩就是男孩」、「女性駕駛就是女性駕駛」之類形式的陳述，無論在日常對話、辯論或公眾爭議中出現，都不是事實。把前述概論放到日常生活對話裡看看：

> 「我認為我們不該做這筆生意，比爾。這對鐵路公司公平嗎？」
>
> 「唉，管他呢。不管怎樣，在商言商啊。」

有些說法是指令而非信息陳述，會給予我們不良的影響。

這說法看似「簡單事實陳述」，但卻既不簡單也非事實陳述。第一個「商」明指討論中的交易，第二個「商」則引用了詞彙的涵義。這句子其實是指令，意謂「這筆交易只管利潤，其他都不管，『商』就是這個意思啊。」同樣地，若父親想為搗亂的兒子開脫罪名，他會說：「男孩就是男孩」，意思就是「我兒子的行為就跟所有任性愛玩成性的『男孩』一樣呀。」當然只怕憤怒的鄰居會說：「男孩個鬼咧。他們是一群小流氓！他們就是！」這些說法都是指令而非信息陳述，引導我們為討論中的事物分類，藉以暗示我們應該依照分類的性質來感受或行動。

有個簡單方法可以防止這種指令給我們的思想不良影響。科斯基建議我們為詞彙加上「索引編號」如下：英國人₁、英國人₂……

母牛$_1$、母牛$_2$、母牛$_3$……共產主義者$_1$、共產主義者$_2$、共產主義者$_3$……。詞彙的分類告訴我們屬於這類別的個體有何共同點,而索引編號提醒我們那些被省略的特徵。因之得出下述規則可作為我們思考和閱讀的通用指南:警官$_1$非警官$_2$,岳母$_1$非岳母$_2$等等。只要謹記這規則,就可以防止我們混淆抽象層級,且能迫使我們多加思考,以免太快跳到事後會悔之不已的結論。

「真理」

說到底,許多語意問題其實都是分類和命名的問題。以頗具爭議性的墮胎為例,反對墮胎合法化的人認為女人子宮內未出世的個體是「寶寶」。因為反墮胎者希望終止墮胎行為,他們堅稱「寶寶」是個已有合法權利的人類,因此「墮胎就是謀殺」。他們自稱「維護生命權」以強調自己的立場;而希望個別婦女能夠有權決定是否終止妊娠的人,則稱呼尚未出世的個體為「胚胎」。他們堅稱「胚胎」並非能夠獨立生存的人類,並聲稱女人有「權利」做出上述選擇。雙方人馬都指控對方「曲解詞彙的意義」且「連普通英文都聽不懂」。

然而最終決定權並不在於過往權威的訴求,而在於社會需要。在羅訴韋德案[10]中,最高法院認為「權利」應屬隱私權,允許婦女在懷孕到達特定階段前做出私人醫療決定。但若社會希望起訴在一九七三年之前幫人墮胎的醫生,國會或最高法院也會做出新決議,判定墮胎「是」謀殺,或者未出世的個體「是」人類。縱使必須等

待最高法院改朝換代，社會也終將獲致眾望所歸之決議。若能留下眾所期待的決議，人們會說「真理獲勝了」。簡言之，社會將能夠獲致眾人希冀結果的分類系統視為「真理」。

　　「真理」的科學試驗和社會試驗同樣十分實際，惟「期待結果」使之更為受限。社會期待的結果有可能不理性、迷信、自私，也可能是人道的，但科學家只期待我們的分類系統產生可預見的結果。如前詳述，分類決定了我們對待被分類事物的態度和行為。若將雷擊定義為「神靈憤怒的證據」，想避開雷擊除了祈禱之外別無他法。但富蘭克林將其歸類為「電力」之後，人們藉由發明避雷針有了控制雷電的措施。某些疾病過去被歸類為「惡靈附身」，這表示我們得竭盡所有法術或咒語來「驅魔」，但未必有效。一旦將這些疾病歸類為「桿菌感染」，人們自然就會研發出較能確保有效的應對方式。科學只尋求最通用的分類系統，直到發明更有用的分類方式之前，這都是當下的「真理」。

「真理」的科學試驗和社會試驗同樣十分實際，惟「期待結果」使之更為受限。社會期待的結果有可能不理性、迷信、自私，也可能是人道的，但科學家只期待我們的分類系統產生可預見的結果。

注釋

1　小奧利弗‧溫德爾‧霍姆斯，Oliver Wendell Holmes，一八四一～一九三五，美國法學家，最高法院大法官。其父老奧利弗‧溫德爾‧霍姆斯（Oliver Wendell Holmes）為美國詩人。

2　東條英機，一八八四～一九四八，日本軍國主義代表人物，參與策畫珍珠港事件，是二次世界大戰的甲級戰犯，日本民間亦有說法認為其為天皇頂罪，是敗戰犧牲品。

3　尼赫魯，Pandit Jawaharlal Nehru，一八八九～一九六四，參與印度獨立運動，印度獨立後第一任總理。

4　山迪‧柯法斯，Sandy Koufax，一九三五～，美國職棒大聯盟球員，左投手。

5　海飛茲，Jascha Heifetz，一九〇一～一九八七，有猶太血統的俄裔美籍小提琴家。

6　班尼‧古德曼，Benny Goodman，一九〇九～一九八六，美國單簧管演奏家，亦被稱為「搖擺樂之王」。

7　凱蒂‧杜卡吉斯，Katharine Dickson Dukakis，一九三六～，美國前麻州州長暨總統候選人麥可‧杜卡吉斯（Michael Dukakis）的妻子。

8　原注：這極端愚昧的說法本意為「例外可以試驗規則」（Exceptio probat regulum）。

9　沃倫‧哈定，Warren Harding，一八六五～一九二三，美國第二十九任總統。

10　「羅訴韋德案」，為一九七三年美國聯邦最高法院對於墮胎權以及隱私權的重要案例。一名德州女性化名珍‧羅（Jane Roe）起訴德州達拉斯縣司法官亨利‧韋德（Henry Wade），指控德州禁止墮胎的法律侵犯她的隱私權。

第十一章 二元價值取向
The Two-Valued Orientation

　　眾所推崇的爭論技巧使原本就有缺陷的語言更為千瘡百孔……既然男人的地位和學問由他們的爭論技巧來判定，這結果是無可避免的。如果聲譽和獎勵能夠令人妥協……這也難怪，若人類智慧會擾亂、涉入、弱化聲音的涵義，使人不想再聽到任何反對之詞也不想為任何問題抗辯，勝利並不屬於站在真理那側的人，而屬於爭論中的最後一詞。

　　　　　　　　　　　　　　　　　　　　　　──約翰‧洛克

　　那學生說，大學教育讓人所知更多，因此更擅長判斷。但我反問，你莫非假設大學教育除了提供所謂「知識」之外，還包括了所謂「機敏」或「智慧」？他說，哦，所以你的意思是上大學根本沒用！

　　　　　　　　　　　　　　　　　　　　──法蘭西斯‧P‧契森[1]

　　一旦把某個族群當成敵人，我們確知他們不可信任，且是邪惡的化身。我們會扭曲他們所有話語來證明我們的信念。

　　　　　　　　　　　　　　　　　　　　　　──傑洛米‧法蘭克[2]

本章關鍵字

二元價值取向和鬥爭

實際爭鬥時二元價值取向勢不可免，也有其必要。完全投入戰鬥那一刻世界一分為二，而且就只有二個，我們只關注自己和對手。

政治中的二元價值取向

一黨專政時，二元價值取向以其最原始的形式成為該國的官方價值觀。

人與人之間的不人道

如果善就是「絕對的善」，惡就是「絕對的惡」，這種原始邏輯下二元價值取向必得要求除「惡」務盡。

馬克思主義的二元取向

共產黨極度關切意識形態，他們並不像德國納粹那樣講究「血統」、「本能」、「靈魂」，他們的說法大抵關於「歷史必然性」、「階級鬥爭」，「客觀真理」和「資本主義者剝削和殖民主義的本質」。

二元價值邏輯

日常邏輯皆有著嚴格的二元價值，例如算術。在日常算術架構中，二加二等於四就是「正確」答案，其他答案都是「錯的」。

擊潰本意

二元價值取向增加了好鬥心，卻減少了準確評價世界的能力。

「每個問題都必須聽聽雙方說法」。這說法往往就是在未經證實的狀況下假設所有問題都有兩面，而且只有兩面。我們傾向以對立方式思考，非白即黑，非黑即白。例如說孩子學習英國歷史時，關於歷代君主他們首先想知道君主是「好國王」或「壞國王」。就像西部片情節將世界分為「好人」和「壞人」，許多流行的政治思想相信世界分為深信「百分之百美國主義」和懷有「反美思想」的人，那些不相信世界上有「中立」國家的人身上也顯然有此傾向。美蘇冷戰期間沒有完全站在「我們這邊」的人一定站在蘇聯那邊。偏好將世界分成兩種對立勢力（對與錯、善與惡），且忽視或否認中間地帶存在，即所謂「二元價值取向」。

偏好將世界分成兩種對立勢力，且忽視或否認中間地帶存在，即所謂「二元價值取向」。

二元價值取向和鬥爭

因應單一欲望，粗略來說事物只有兩種價值，即滿足欲望的事物或阻撓欲望的事物。若我們挨餓難當，世上萬物那一刻只分成兩種：能吃的東西與不能吃的東西。若我們深陷險境，世上就只有讓我們恐懼的事物和能保護我們的事物。這類讓我們熱中於自衛或覓食的求生基本層級，因所欲有限，對應事物也只有兩種分類。這個層級的生活方式可以簡單一分為二，好壞分明，涵蓋一切，因為跟我們利益無關的事物都被忽略了。

實際爭鬥時二元價值取向勢不可免，也有其必要。完全投入戰鬥那一刻，世界一分為二，而且就只有二個，我們只關注自己和對手。我們視野窄縮，此外心跳血流加速、肌肉緊縮、腎上腺素流入

血液、收窄血管，從而減慢受傷時失血的速度。人類之所以能在漫長歷史中存活下來，調整身心資源應對實體危機的能力（生理學家華特·B·坎農[3]稱之為「應激反應」）居功厥偉，且它今日依然有用。

　　然而現今文化已發展到使用符號的高層級境界，戰鬥和逃跑這類對於恐懼、仇恨、憤怒的原始反應都已無法應用。就算有時我們確實氣到想揍扁或乾脆殺了對手或敵手，結果往往還是訴諸言語侮辱就已滿足。咒罵他們、批評他們、向老闆告狀、寫信抱怨或檢舉、在社會競爭或商業競爭裡對他們耍手段，或對他們提告。話語不是拳頭、辱罵無法讓人斷骨、叫起來侮辱對方也不會失血。然而有些人，尤其是情緒容易失控又難以冷靜的那些人總會過度激動，彷彿受到濃度過高的腎上腺素影響。對這種人來說，二元價值取向就是他們的生活方式。

政治中的二元價值取向

　　美國這樣有著兩黨制政治系統的國家，有大把機會出現二元價值宣言。我在擁擠的芝加哥街頭經常聽到宣傳車廣播政治演說，對於這些演說如何竭力痛罵共和黨（或民主黨）、讚頌民主黨（或共和黨）實在印象深刻。對於敵對政黨別說絲毫讚美，連酌情寬待之辭都吝於給予。我曾問過一位州議員候選人為何如此，他告訴我：「對我們的百姓呀，講話無需太過講究。」

　　還好大多數選民認為政治辯論中的二元價值是「政治遊戲的一

爭論

部分」，競選期間由是如此，所以並不會出現一面倒的有害結果，任一方就算誇大其詞也多少會遭另一方的誇大言詞抵銷部分。然而還是有部分選民頗把二元價值取向當一回事，而這裡指的可不是未受教育的人。這些人（和這些報紙）說起他們的對手就好像在談論敵國，其實對方只是和他們同樣想讓本國更好但意見相左的公民罷了。

　　然而整體來說，在兩黨制的狀況下其實很難維持政治上的二元價值取向。兩黨在非競選舉期間仍須合作，因此還是得假設反對黨成員並不全然是披著人皮的惡魔。共和黨做出民主黨執政後將導致可怕後果的聳動預言，民主黨也做出共和黨執政後將導致可怕後果的聳動預言，但大眾在兩黨制系統中也從未見到那些預言實現。此外，不只批評政府當局，反對派根本竭力鼓吹大眾如此為之，因此大多數人都不會認定兩黨之間有絕對好壞。

　　但若一國傳統上（或缺乏傳統）讓某個政黨認為本國其他政黨都消失比較好，而該政黨也順利掌權，那麼反對黨就會立刻沉寂。在這種情況下，此黨聲明其理念應為全國官方理念，且該黨利益就是全國人民的利益。正如納粹所說：「國家社會黨[4]的敵人就是德

國的敵人。」就算你深愛德國，但只要你不認同國家社會黨對德國的看法就會遭到清算。一黨專政時，二元價值取向以其最原始的形式成為該國的官方價值觀。

一黨專政時，二元價值取向以其最原始的形式成為該國的官方價值觀。

　　因為納粹夾帶的二元價值取向極端荒謬而野蠻，極端到史無前例，因而在語意學研究的語境觀點上，他們所用的某些技巧實在值得一提。

　　首先，此二元價值假設一遍又一遍明確指出：

　　影響吾等和國家生存的討論必須完全禁止。膽敢質疑國家社會主義前景的嚴密性將被視為叛徒。

　　　　　　　　──紹克爾氏[5]，圖林根地區納粹黨魁，一九三三年六月二十日

　　所有德國人都是國家社會主義者──少數不從者若非瘋子就是白癡。

　　　　　　　　──希特勒，奧地利克拉根福，一九三八年四月四日

　　不用「希特勒萬歲」當問候語的人，或不常用、不情願的人，表示他是元首的敵人或可悲的叛徒……德國人之間的問候語唯有「希特勒萬歲」。膽敢不用的人得知道德國人民不會把他當同胞。

　　　　　　　　──薩克森之勞工陣線[6]長官，一九三七年十二月五日

　　國家社會主義者說：合法就是指對德國人有益處的事，非法就是指傷害德國人民的事。

——弗利克博士[7]，內政部長

　　希特勒意志之前所有擋路的人和事物都是「猶太人」、「墮落」、「腐敗」、「民主」、「國際主義者」，而最嚴重侮辱則是「非雅利安人」[8]。在另一方面，獲希特勒選為「雅利安人」者在定義上高尚、賢慧、英勇，且無上光榮。唯有勇敢、自律、榮譽、美麗、健康和快樂者才是「雅利安人」。不管希特勒要求別人做什麼，他都告訴他們那是為了「符合雅利安人傳統」。

　　以二元價值取向來審查的領域多到令人難以置信，包括藝術、圖書、人民、健身操、數學、物理、狗、貓、建築、道德、烹飪、宗教。只要希特勒允可就是「雅利安人的」，若他不同意就是「非雅利安人的」或「傾向猶太的」。

　　我們要求每隻母雞每年生產一百三十到一百四十顆蛋。不可用非德國產的雜種（非雅利安）母雞混充達成目標，得把牠們送去屠宰並取代掉……

——納粹黨通訊社，一九三七年四月三日

　　很明顯地，怯懦到令人生厭的兔子不是德國動物，牠是享

有貴客特權的外來者。而獅子身上無庸置疑可看出德國基本特徵，因此可以稱牠為海外德國人。

——魯登道夫將軍[9]，《德國動力之源》期刊

適當的口號可以獲致英勇民族精神。口號的藝術原是真正雅利安理論的特徵，且為雅利安領導人所周知……讓人們再次實踐雅利安先祖的智慧吧。

——柏林《世界政治論壇報》

直接或間接從猶太人那裡買來的乳牛或肉牛皆不可和社群裡的公牛混養。

——巴伐利亞州克尼格斯多夫[10]市長
《特格爾報》納粹黨局，一九三五年十月一日

德國詩人選輯沒有海涅的容身之處……我們拒絕海涅，不是因為他任何一句詩寫得不好，他身為一名猶太人才是決定性的因素。因此，德國文學沒有他的位置。

——《黑色軍團報[11]》

由於日本人在二次世界大戰前及戰時都與希特勒治下德國保持良好關係，因此也被歸類為「雅利安人」。而戰時德國曾希望與墨西哥締結盟約，於是德國大使在墨西哥市宣布墨西哥

人是穿過白令海峽南下的北歐移民！但納粹在分類上犯的最大錯誤就是把某些物理理論標記為「非雅利安」，並剝奪此理論創始者愛因斯坦的財產、地位、公民身分，而那些理論在軍事上的影響[12]是希特勒始料未及的。

二元價值取向和鬥爭間的關連在納粹主義的歷史上顯而易見。自希特勒取得權力那一刻起，他就告訴德國人他們四面受敵。遠在二次世界大戰發生前，德國人就被要求行動宛如戰時。無論老弱婦孺，所有人都被迫從事各種「戰時」義務。

為了保持戰鬥意識，避免在實際戰爭開始前因為缺乏具體敵人而不了了之，人們連在家裡都得隨時和所謂敵人戰鬥。主要敵人是猶太人，或任何納粹不喜的對象。

教育亦然，為了在戰時奉獻而創造好戰精神：

科學並不為了科學存在。科學只為了報效國家、提供我們心靈上的軍事訓練。大學必得是知識組織的戰場。希特勒和其永恆帝國萬歲！

——耶拿大學[13]校長

大學的任務不是教授客觀的科學，而是武裝、好戰、英勇。

——德瑞克博士，曼海姆公立學校校長[14]

官方國家社會主義者絕不允許二元價值信念鬆弛，「好」的不

會不夠好，「壞」的不會不夠壞，沒有中間地帶。「非友即敵！」
這是武裝決不寬貸的怒號。

人與人之間的不人道

　　納粹對待猶太人和其他「敵人」的酷行，如集體處決、毒氣
室、「科學」實驗酷刑、飢餓、活體解剖政治犯，往往令外界難以
置信。甚至有某些人士仍然認為關於納粹集中營和死亡室的故事是
戰時反納粹勢力捏造的。

　　然而作為二元價值取向的學生，這些故事何其真實。如果善就
是「絕對的善」，惡就是「絕對的惡」，這種原始邏輯下二元價值
取向必得要求除「惡」務盡。在這理論下「謀殺猶太人」遂成為必
須有系統且貫徹落實的道德義務。從紐倫堡審判及艾希曼審判中得
到的證據來看，當時確實就是如此。納粹獄卒和劊子手執行他們可
怖的任務並非出於憤怒或性喜殘酷，只是在履行義務。抽象概念中
的「猶太人」完全抹殺其他觀點，於是殺害猶太人幾乎成了順理成
章之事。赫胥黎說，宣傳活動的功能正是使人能夠做出冷血的事，
必得沉浸於激情狂熱中才做得出這種事。只要人們深信二元價值的
宣傳，結果必是如此。

馬克思主義的二元取向

　　俄羅斯共產主義代言人的二元價值取向也惡名昭彰。在他們看

來，世界被劃分為像他們一樣「愛好和平、漸進、科學、唯物主義的社會主義者」的人，以及像我們這樣，或其他與他們觀點不同的人也都是「好戰、資產階級、反動、唯心主義、帝國主義的資本主義者」。因為共產黨極度關切意識形態，他們並不像德國納粹那樣講究「血統」、「本能」、「靈魂」，他們的說法大抵關於「歷史必然性」、「階級鬥爭」，「客觀真理」和「資本主義者剝削和殖民主義的本質」。德國納粹提供了以二元價值取向煽動人心和通俗演講的經典例子，俄羅斯共產主義則提供了社會理論家、哲學家和知識分子二元價值取向的絕佳例子。

　　列寧以馬克思的理論為政治武器，至今革命分子對戰鬥的熱情仍為共產主義者演講和立場的重要成分。正如拉波波特所解釋，列寧有種「對於不同意見絕不妥協的強烈衝動」：

　　　　他認為是敵營的人若表達了任何他可接受的觀點，他會煞費苦心證明對方不過是前後矛盾、一時糊塗，或只是粉飾本性（他最偏好的解釋）。如果自己陣營的人表達了他不能接受的觀點，他要不就指責對方一時糊塗，要不就主張這誤入歧途的同伴會被那觀點引導到敵方。誠如列寧所寫：「困一爪則鳥落網……若非放棄客觀真理或落入資產階級反動謬誤的掌心，絕不可能有人想去除馬克思主義的任何基本假設、任何主要成分（因其堅如鋼鐵）。」[15]

　　簡而言之，你要不完全同意列寧（和以他之名治理該黨的

人），要不就遭剔除在外。

　　馬克思主義論戰中有個奇特的標籤偏好，非得使用稱號來標記個人或學派的意識形態。分析某作者的世界觀、某哲學傾向，或某科學理論時，馬克思主義評論家首先得決定那「是什麼」。是「唯心主義」或「唯物主義」？是「不可知論」、「資產階級的騙子」、「經驗批判主義」、「信仰主義」、「形式主義」、「內在主義」或「修正主義」？是「托洛斯基主義」、「考茨基主義」、「馬赫主義」、「康德主義」或「貝克萊主義」？是「米丘林主義」或「魏斯曼主義」？其中有些「主義」「好」，有些主義「壞」。

　　馬克思主義的辯論家決定某樣東西該標上「壞」標籤時，亦即完全放棄這樣東西。因此，B‧貝霍夫斯基在一九四七年的《語意哲學》中寫道：「發現那『只不過……是個新唯名主義』。試圖挽救聲名掃地的「主觀唯心主義」。更猛烈的議論如下：

　　　　英美哲學中的語意風潮是帝國主義時代唯心主義哲學分崩衰落的表現形式之一……語意蒙昧主義的歪曲面容，正是群魔亂舞之夜[16]，慶祝彌漫於現代資產階級精神生活中的黑暗……如同當今唯心主義者的哲學，語意理想主義是帝國主義對抗當代進步思想的精神武器。以懷疑主義、虛無主義和不可知論等毒素毒害知識分子的意識，在科學上、道德上、政治上，這些語意學家是進步思想最凶惡的敵人。[17]

以史達林的境遇來說明蘇維埃觀點的二元價值特徵則別具諷刺

意味。曾長期被偶像化為偉大領袖、力量、智慧和共產主義美德的
縮影（一個「好人」），然而他死後卻遭指控無數罪行，包括為了
權力和自我膨脹建構「個人崇拜」。曾以他的名字命名的鄉鎮和街
道都重新命名，他的屍體不再受到供奉，移到他處默默下葬（一個
「壞人」）。顯然官方意識形態中要不視他為「大英雄」，要不視他
為「大反派」，沒有任何中間地帶。

官方意識形態的二元價值始終維持不變。研究蘇聯多年莫里
斯・辛度斯[18]提供訪談一位蘇維埃哲學教授的內容：

「假設，」我問道：「有學生質疑辯證唯物主義的效力？」

（簡略地說，辯證唯物主義即從馬克思和恩格斯的理論中
衍生出來的馬克思主義理論。認為透過對立和衝突可以改變自
然和社會，將之轉換為新事物。）

「你得記住，」教授答道：「我們的學生在大學五年內修
習的課程完全著重於辯證唯物主義和相關學科，此外我們所有
課程內容都貫穿此理念，學生不可能質疑其有效性。」

「假如他不同意教授的立場，他的研究結果顯示辯證唯物
論不是唯一真理呢？在美國，學生可以自由反駁教授。」

「那麼我們會和學生講理。一堂課結束前，我們會留十到
十五分鐘的提問時間，學生可以自由提出心中的異議。教授會
逐一證明他們是錯的……」

「愛因斯坦，」我說，「是有史以來最偉大的科學家之
一。據我所知，他從未接受辯證唯物主義。」

「我們也翻譯愛因斯坦和茵非特[19]寫的書。因為作者是偉大的科學家，我們才研讀他們的著作，但我們不認同他們的唯心主義教條。」

「假如學生覺得這些教條有道理呢？」

「我們會導正他。」

「如果怎樣都說服不了他呢？」

「不可能。我們有發問時間，而我們也舉辦研討會，最後總是可以擊敗那些獨斷的唯心主義者。」

「但如果仍有學生堅持質疑教授？」

「那不會發生，不可能發生的。我們的論點不容質疑。」

「但如果發生了呢？」

這一次教授嚴肅地答道：「那這學生就是將自己放逐到蘇維埃社會之外。」[20]

如上所述，強硬的蘇維埃思想似乎還是會出現少許裂紋。在戈巴契夫的「開放政策」（Glasnost）下，關於政治、歷史、文學、藝術上的試探性聲浪都得到允許。

這些聲浪進一步質疑史達林時代歷史的官方說法和國家在經濟上扮演的中心角色。但二元價值取向十分頑強，直到現在蘇維埃仍不允許公開批評列寧。然而在一九八八年，最高蘇維埃的一千五百名成員中有十三票對法案投了「否決票」，此為現代蘇維埃歷史上首見，並成為世界各地的報紙頭條。

二元價值邏輯

邏輯是和語言相
關的語言，而非
與事物相關的語
言。兩夸脫的彈
珠加上兩夸脫的
牛奶並不會變成
四夸脫的混合液
體，但卻不影響
「二加二等於四」
的「真實性」。

　　阿爾佛烈特・科斯基提出「二元價值取向」一詞，旨在分辨人
類語意反應是否健全。雖然他描述二元價值取向猶如原始或情緒擾
動的特徵，他也沒有攻擊二元價值的邏輯。日常邏輯皆有著嚴格的
二元價值，例如算術。在日常算術架構中，二加二等於四就是「正
確」答案，其他答案都是「錯的」。許多幾何演示都基於所謂「間
接證據」：為了證明一陳述，假設相反立場為「真」，直到演算過
程進一步引致矛盾，而矛盾證明那是「假」的，於是原始陳述便被
視為「真」。這也是二元價值邏輯的應用。科斯基不去找算數和幾
何的麻煩，我自然也不會。

　　邏輯是一套使用在語言中規制一致性的規則，我們的表現「合
邏輯」就表示我們的陳述相互一致。這些陳述或許是準確畫出真
實「疆土」的「地圖」，也或許不是，但這不是邏輯領域要關切的
問題。邏輯是和語言相關的語言，而非與事物相關的語言。兩夸脫
的彈珠加上兩夸脫的牛奶並不會變成四夸脫的混合液體，但卻不影
響「二加二等於四」的「真實性」，因為該陳述只是表達「四」是
「二加二總合」的名字。對於「二加二等於四」這類陳述，二元價
值的疑問是：「是真是假？」意即，「它是否與我們系統的其他部
分一致？若我們接受它，我們言談是否仍能維持一致，不自相矛
盾？」作為建構言語的原則，二元價值邏輯是為了避免語言上的混
亂所創造出來的可能手段之一。當然對大部分的數學來說它也不可
或缺。

這麼說吧，言語在某些領域或由某些特殊族群使用時，可能會受到「警備」以保持語言的清晰度、免於曖昧，利於數學使用。在這狀況下，人們會同意稱某些動物為「貓」、某些形式的政府為「民主」、某些氣體為「氦」。或許也會針對什麼不叫「貓」、「民主」或「氦」有明確共識。傳統（亞里斯多德）邏輯的二元價值下，「一物是貓或非貓」，而亞里斯多德「同一律」[21]之下「貓是貓」，若我們了解這些陳述都是為了創造或維持詞彙規則的策略，兩者都十分合理。這些原則可以轉譯如下：「為了了解彼此，我們必須下定決心稱呼虎斑貓『貓』或『不是貓』。一旦我們達成共識，該怎麼稱呼牠就怎麼稱呼牠。」

當然這種共識無法完全解決事物該如何命名的問題，也不能保證陳述都會確實依照邏輯來推定。換句話說，如第九章所述，定義解釋不了事物，只能描述（往往變成規定）人們的語言習慣。因此，就算對於什麼該叫「貓」什麼不叫「貓」有嚴格共識，我們邏輯上對貓咪推導出的結論，經由實際對虎斑貓、灰貓、長毛貓進行外延驗證之後也有可能是錯的。

> 貓咪是喵喵叫的生物。
> 虎斑貓、灰貓、長毛貓都是貓。
> 所以虎斑貓、灰貓、長毛貓都會喵喵叫。

但如果長毛貓喉嚨痛，不能喵喵叫呢？內涵意義中的貓（定義裡的貓，可以是「喵喵叫的生物」或其他定義）不是外延世界中的

貓（四月十六日下午兩點的長毛貓）。每隻貓都跟其他貓不同。就像乳牛貝絲一樣，每隻貓都包含不斷變化的過程。因此，若要保證邏輯推導陳述是「真相」，並透過邏輯達成共識，唯一方法就是不管現實裡的貓究竟如何，只按照定義來談貓。照定義來談貓的好處是，就算天崩地裂貓咪還是喵喵叫（當然牠們只是在定義上喵喵叫）。

此原則在數學上已廣為理解。數學上的「點」（有位置但不占空間）和數學上的「圓」（封閉圖形上的所有點都和中心點等距）就只是定義。現實裡的點必然占據一些空間，現實裡的圓也不是絕對渾圓的。因此愛因斯坦這麼說：「只要數學法則指涉現實，就不再是確定的，而一旦是確定的，就不再指涉現實。」因此就算化學這樣詞彙受到嚴格「警備」的領域，以邏輯推導出的陳述仍然得透過外延觀察來確認。因此外延取向使用規則（貓$_1$非貓$_2$）十分重要。無論定義「貓」時怎樣小心，無論推理時如何遵照邏輯，還是得實際審查現實裡的貓。

眾人廣泛且不加批判地相信邏輯可以大幅減少誤解，雖然共通經驗裡大家都知道自豪於邏輯能力的人往往最難相處。詞彙代表的事物必須像數學或科學那樣有絕對且先決的共識做基礎，邏輯才能引致共識。天主教和新教徒、嚴謹科學家和神祕主義者、體育愛好者和守財奴，我們和這些朋友、合夥人、泛泛之交之間只有模糊的語言共識。因此我們得在日常對話中學習別人的詞彙才能和他們談話，明智而得體的人往往不自覺間就這麼做了。

因此整體上除了數學或其他已有或可達成明確語言共識的領

域，並不建議刻苦鑽研或實踐傳統的二元價值邏輯。其實數學裡的二元價值邏輯也只是諸多可用邏輯系統之一。比如概率邏輯或可認為是無限價值邏輯，保險公司以此為基礎估算保費、莊家以此估算賠率、物理學家也據此預測中子活動。在日常生活中習慣性依賴二元價值邏輯會迅速導致二元價值傾向，而我們都已看到那後果了。

　　導致思維困境的因素之一顯然源於語言的本質。詞彙通常都與其反面意義有所關連。有「富人」一詞，「窮人」才有意義。同樣地，快樂表示悲傷存在，而智慧表示愚蠢存在。如同瑞士語言學家索緒爾[22]所解釋「概念……透過系統中與其相關的反面詞彙獲得定義，其最精確的特徵就是反面詞彙所缺乏的。」也就是說詞彙（和迷思等其他事物）之所以具有意義，是因為與反面涵義的詞彙有所關連。但不幸的，很多人沒發現我們從使用語言中學會的模式並不適用於現實世界。

　　無論是否有宗教信仰、自由派或保守派，科斯基不怎麼關切人類信仰的內容。他只關切人類是基於二元價值傾向（「只有我對，別人都錯」）或多元價值傾向（「我不知道耶，看看吧」）來保持自己的信仰和信念。科斯基將二元價值邏輯視為在亞里斯多德邏輯律的內化，而：

　　甲即甲（同一律）
　　事物必為甲或非甲（排中律）
　　甲與非甲不可並存（矛盾律）

詞彙通常都與其反面意義有所關連。有「富人」一詞，「窮人」才有意義。同樣地，快樂表示悲傷存在，而智慧表示愚蠢存在。

這些「邏輯法則」經常誤導我們。亞里斯多德的邏輯表明如果事物「好」就「全都很好」（同一），而「不好」的一定「壞」（排中），且沒有任何事物是「好」「壞」兼具的（矛盾）。然而現實生活中通常是好壞混雜的，不太可能將如此單純的分類套用在生活體驗上。亞里斯多德「邏輯律」的難處是，看起來明智卻不足以面對現實，反而使我們視野狹窄。

例如說足球比賽或許同時「好」（令人興奮）和「壞」（你支持的球隊輸了）、一本書可能同時「好」（滿是有用訊息）和「壞」（難讀）。亞里斯多德迫使別人過度減化，將事物一概而論。科斯基將自己的「非亞里斯多德」系統視為現代化、多元價值、無限價值邏輯的內化，並將之稱為「非亞里斯多德體系」通用語意學。這導致有些人認為科斯基在挑戰亞里斯多德。他沒有，他挑戰的對象是個人或國家的瘋狂。至於亞里斯多德，他絕對是他那個時代最明智的人之一，但若知識或思維受限於二元價值的亞里斯多德框架，在我們這個時代絕對無法行為明智。

擊潰本意

二元價值取向增加了好鬥心，卻減少了準確評價世界的能力。除了爭鬥，若以之為準則，無論目的為何恐怕都只能達到與預期相反的結果。

二元價值取向引發了那些惡名昭彰的失敗企圖。一次世界大戰中那些企圖強迫持異議的和平主義或宗教群體親吻國旗的暴徒，並沒有增進國防力量，反而因為被迫害者怒火中燒而弱化了。南方暴徒動私刑並沒有解決種族問題，反而使事情變得更糟。「慣犯」之所以屢犯不改是因為社會和刑事司法系統都以二元價值的方式對待

他們。簡言之，二元價值取向增加了好鬥心，卻減少了準確評價世界的能力。除了爭鬥，若以之為準則，無論目的為何恐怕都只能達到與預期相反的結果。

　　然而即使據稱旨在推動和平、繁榮、良好的政府，以及其他立意良好的目標，有些演說家和編輯作家仍過於頻繁地使用粗略、不合格的二元價值觀點。這類作家和演講者使用這種原始手段，莫非他們不知道有更好的方式？或者他們如此藐視讀者／聽眾，覺得用不著那麼講究？也有可能他們態度真誠，只是那些讓人討厭的事情浮上心頭，使他們情不自禁產生二元價值反應。還有一種解釋，聽來不怎麼愉快但很可能是事實，即二元價值造成的狂熱可以使大眾轉移注意力，從迫切而現實的議題分心他顧。藉由「背誦效忠誓詞」、「公立學校回歸真神禱告」，或「誰該對中美洲的爛攤子負責」來引發軒然大波，如此可以避免群眾留意到立法大廳裡有什麼「人潮」，如邱吉爾曾說：「滿是想要保護產業的說客。」[23]

注釋

1 法蘭西斯・P・契森，Francis P. Chisholm，？～一九六五，美國語意學家，與本書作者同樣積極參與通用語意學運動。

2 傑洛米・法蘭克，Jerome D. Frank，一九〇九～二〇〇五，美國精神病學家。

3 華特・B・坎農，Walter B. Cannon，一八七一～一九四五，美國生理學家，即後文「應激反應」（Fight or Flight）的提出者。該理論表示人面對威脅時，人體生化反應會分泌出腎上腺素，激發肉體潛能，以便戰鬥（fight）或逃跑（flight）。

4 國家社會黨，全名「國家社會主義工人黨」（National Socialist German Worker's Party），簡稱納粹黨（Nazi）。

5 紹克爾，指Ernst Friedrich Christoph Fritz Sauckel，一八九四～一九四六，德國納粹政治人物，紐倫堡審判遭判死刑。

6 薩克森之勞工陣線，指德國勞工陣線（the German Labor Front），納粹德國的官方統一工會組織。

7 弗利克博士，指威廉・弗利克，Wilhelm Frick，一八七六～一九四六，曾任納粹第三帝國內政部長，二次大戰後遭判絞刑。

8 雅利安人（Aryan）原指使用印歐語系語言的人，但十九、二十世紀，種族主義者鼓吹雅利安人種為最優秀種族，後納粹主義沿用此概念，將人種分為雅利安與非雅利安（non-Aryan），並將非雅利安人種視為須消滅的劣等種族。

9 魯登道夫將軍，指埃里希・魯登道夫，Erich Ludendorff，一八六五～一九三七，德國第一次世界大戰重要主將，曾參與希特勒政變，亦曾代表納粹黨加入國會，雖晚年與納粹黨不合退出政壇但逝

世時仍獲國葬禮遇。

10　克尼格斯多夫（Koenigsdorf）為德國一小鎮，目前人口僅約三千左右。

11　納粹親衛隊的官方免費報紙。

12　此處作者應想表達愛因斯坦之相對論對於結束二次大戰的原子彈有所貢獻。但愛因斯坦其實僅在匈牙利科學家格拉德牽線下，上書羅斯福總統建議美國研發原子彈以免被德國搶先。核分裂等相關技術初期係其他德國納粹科學家發現，並非愛因斯坦。原子彈和愛因斯坦提出的相對論質能關係式（$E=mc^2$）無關，質能關係式只能作為解釋其威力的數學工具。

13　耶拿大學（Jena University），位於德國圖林根耶拿市，歌德曾在此任教並擔任校長，黑格爾亦曾在此任教。

14　原注：本章中所引用的所有國家社會主義言論都來自克拉拉・萊瑟（Clara Leiser）為希特勒和其同夥編輯並出版的文輯《瘋狂即吾等》（*Lunacy Becomes Us*）一九三九年。

15　原注：阿納托・拉波波特《俄羅斯共產主義之死？》（*Death of Communication with Russia?*）第八冊，第八十九頁，一九五〇年。

16　群魔亂舞之夜（Walpurgis Night）或譯沃爾珀吉斯之夜、沃爾帕吉斯之夜、五朔節前夜等。據說在德國沃爾珀加（Saint Walpurgar）紀念日（五月一日）前夜，魔鬼和巫婆會聚飲作樂。

17　原注：B・貝霍夫斯基〈現代資產階級哲學泥沼〉（The Morass of Modern Bourgeois Philosophy）（阿納托・拉波波特譯）ETC, VI.一九四八年，十三～十八頁。該文章首載於《布爾什維克：理論政治期刊》，一九四七年八月三十日。

18 莫里斯・辛度斯，Maurice Hindus，一八九一～一九六九，俄裔美國作家、記者、教師、蘇聯和中歐事務權威。

19 茵非特，Leopold Infeld，一八九八～一九六八，波蘭物理學家，曾與愛因斯坦合著《物理之演進》（*The Evolution of Physics*）。

20 原注：莫里斯・辛度斯（Maurice Hindus），《無頂之屋》（*House Without a Roof*），一九六一年。

21 亞里斯多德將邏輯成立為一門學科，並發展出思考三律（Three Laws of Thought），包括同一律、排中律與矛盾律三項原則。

22 索緒爾，Ferdinand de Saussure，一八五七～一九一三，被譽為現代語言學之父，將語言學塑造為獨立學科，其理論偏向今日的符號學。

23 典出邱吉爾一九〇三年於議會辯論反對關稅的演說內容。

第十二章　多元價值取向
The Multi-Valued Orientation

　　信仰理性並非單指信仰自身理性，應更為仰賴他人理性。因此理性主義者即使認為自己才智過人，也絕不宣稱自己的權威性，因為他知道若他當真才智過人（他自己無法判斷），也只是因為他能夠從對自己和別人錯誤的批判中學習，而能從中學習的也只有能認真聆聽他人意見的人。因此理性主義自律於傾聽他人意見以及他人辯護自我論點的權利。

——卡爾·波普

本章關鍵字

程度問題

為了衡量文明產生的多樣複雜欲望，需要更精細的分級尺規及先見之明，以免滿足欲望的同時卻在另一方面馬失前蹄。

多元價值取向與民主

不說「強」和「弱」而用馬力或瓦特來畫定強度，不說「快」和「慢」而以時速幾英里或秒速幾呎來畫定速度。我們改用數值方法，不侷限於二或數個答案，因而可以獲致無數數值。

辯論的陷阱

「打擊種族主義！」「拆除貧民窟、改建新住宅！」「不要騙子！投改革一票！」「向毒品說不！」表達越激情，「好」「壞」區分就越顯明。

開放與封閉心理

具有封閉心理的人顯然會覺得生命處處受威脅。只要說話者或陳述之中有一樣他無法接受，兩者都會遭他拒絕。

程度問題

　　口角和激辯使情緒引導我們誤入歧途，除此之外，日常生活語言通常都顯示了多元價值傾向。我們有判斷尺度，不只用「好」與「壞」，我們用「很壞」、「壞」、「不壞」、「普通」、「好」、「很好」。我們也採混合判斷，比如某些方面「好」，而另一方面「壞」。我們不只用「理智」和「瘋狂」，我們用「相當理智」、「夠理智」、「有點神經」、「大部分時候理智」、「神經」、「非常神經」和「神經病」。

　　區別方式越多，我們的對應行為模式也就更多，這意味著我們越能恰當反應人生中遭遇的諸多複雜情狀。醫生不會只把病人概括為「健康」和「生病」兩類。他們區分出無數不同可稱之為「疾病」的狀況以及無數對應的治療方式和療程組合。

　　如前所述，二元價值取向最終基於單一利益。但人類利益有許多層面：要吃、要睡、要交朋友、出版書籍、賣房子、建造橋梁、聽音樂、維護和平、戰勝病魔。欲望有強有弱，人生的永恆課題就是衡量欲望強弱並作出抉擇。「我想要留著這筆錢，但又覺得更想擁有那輛車」、「我不想排隊買票，但我真的很想看這表演」、「我想開除那些罷工的人，但我認為遵從勞工委員會的指示更重要」。

超越二元價值來
看待事物的能力
即「多元價值取
向」。

　　為了衡量文明產生的多樣複雜欲望，需要更精細的分級尺規及先見之明，以免滿足欲望的同時卻在另一方面馬失前蹄。超越二元價值來看待事物的能力即「多元價值取向」。

多元價值取向與民主

多元價值取向當然會出現在大部分明智或還算明智的公眾討論中。來自有責任感報社如《紐約時報》、《芝加哥論壇報》、《舊金山紀事報》、《聖路易斯郵報》、《洛杉磯時報》（僅舉少少數例）的編輯，以及有信譽雜誌如《新共和》、《哈潑雜誌》、《大西洋月刊》、《國家評論》、《公益雜誌》的作家，幾乎無一例外地避免不適合的二元價值取向。他們或許會譴責共產主義，但也會嘗試探討共產主義者為何那樣做。他們或許會聲討外國勢力的行動，但也會權量是否美國的行為刺激這些外國勢力做出行動。他們或許會批評政治行政，但不會忘記它的正面成就。有些作家在言談間避免純「善」或純「惡」這類天使惡魔論調，無論出於公平意識或膽怯都無關緊要。最重要的是他們確實避免這麼做，如此一來異議可獲調解，利益衝突亦可協調，並能獲致公正評價。有些人反對這種「優柔寡斷」的態度並堅持要「是非分明」。他們崇尚快刀斬亂麻，亂絲固然可解，絲線卻也毀了。

其實民主進程前提的特徵正是多元價值取向。即使是最古老由陪審團審判的司法程序，雖然結論侷限於「有罪」或「無罪」，但卻不是表面上看來那樣以二元價值來判定。因為能判下的罪名有非常多選擇，且陪審團的裁決及法官的判決中，往往因為被告「情有可原」而酌情調整。現代行政法庭及調解委員會不拘泥於明確判定「有罪」或「無罪」，且有權簽發「合意判決書」來定案兩造間的協議，比起陪審團裁決更具多元價值，因此在某些目的下可說更有

效率。

再舉一個例子，民主議會中很少有法案不經修改就能通過。對立雙方不斷爭論、討價還價，最後互相妥協，此過程能調整決策使之比原先更符合社會大眾的需要。越是民主，多元傾向就更有彈性，也更能調解大眾互相衝突的欲望。

科學語言則具備更多元的價值。不說「冷」和「熱」而以固定且有共識的度量方式來畫定溫度，如華氏負二十度、攝氏三十七度，以此類推。不說「強」和「弱」而用馬力或瓦特來畫定強度，不說「快」和「慢」而以時速幾英里或秒速幾呎來畫定速度。我們改用數值方法，不侷限於二或數個答案，因而可以獲致無數數值。也因此可說科學語言提供了無限價值取向，科學擁有無限方式根據現況來調整行為，也因此能快速傳播、完成研究。

辯論的陷阱

儘管這一切都推崇多元價值和無限價值取向，然而表達情感時仍無法避免採用二元價值取向。因二元價值取向中的事實深具情緒性，因此表達強烈情感時總會用到，訴求同情、憐憫、或救助時尤是如此。「打擊種族主義！」「拆除貧民窟、改建新住宅！」「不要騙子！投改革一票！」「向毒品說不！」表達越激情，「好」「壞」區分就越顯明。

表達情感時言語和書寫中必然包含情感要素，二元價值取向往往隨之而生。若不引發某種程度的衝突感，幾乎不可能表達強烈

情感，也無法引起麻木不仁的聽眾注意。因此若有人想推廣事物，就會在說話或寫作過程中呈現二元價值取向。然而人們也會發現，若盡責嘗試呈現自己堅信的真理，二元價值取向有其限制。如前所述，有時限於無法指出所謂「好」有何問題，所謂「壞」其實也有苦衷。有時也如前文其他章節所解釋，限於無法提出多元價值途徑解決問題。

　　簡言之，可將二元價值取向比擬為槳，槳在原始航行方式中既能啟航也可轉向。而文明生活中，二元價值取向具有啟航功能，能以情感力量引發興趣，但多元價值或無限價值取向才是引導我們到達目的的轉向裝置。

　　雖然我們往往自認是理性生物，但爭論時不顯現二元價值取向的人少之又少。在辯論過程中，如果辯論者之一有二元價值取向認定民主黨「一切都好」，共和黨「一切都壞」，他就不自覺地迫使對手站在維護民主黨「一切都壞」和共和黨「一切都好」的立場。若跟這樣的人爭吵就很難避免落在跟他立場相反的極端位置上。老奧利弗・溫德爾・霍姆斯[1]在《早餐桌上的獨裁者》中提到「爭論時的流體靜力詭局」（hydrostatic paradox of controversy）時已陳述如下：

　　　　你知道吧，若有條彎曲水管，一側像菸斗管那麼細，而另一側大到足以容納海洋，兩側的水面高度還是會均等。爭論會讓愚者和智者均等地變傻，而愚者皆知此事。

　　僅僅引發「均等化」現象的爭論當然只是浪費時間，我們常可在某些高中和大學的辯論會中發現這種討論的歸謬法[2]。既然正反雙方只會誇大自己的主張，貶低對手的主張，除非教師有意識地以多元價值取向指導討論並將注意力引導到議題背後的抽象過程，否則這種辯論能獲致的知識微乎其微。

　　透過觀察也可以發現議會和國會往往都不在議堂裡進行認真討論。演講的主要對象是端坐家中的選民，並非其他立法者。而政府的主要工作是在沒有傳統辯論氣氛的會議室中決定的，因為立法的議員不需要各自堅守正反立場，能夠調查事實、議論問題，並得出極端立場中間地帶的可行結論。看來若想訓練學生成為民主社會公民，讓他們練習當考察委員會或在考察委員會中作證，或許會比中世紀學者崇尚的辯論求勝更適合。

　　日常會話過程中，我們需要提防自己產生二元價值取向。在競爭激烈的社會中談話，往往是變相的戰場，我們都不斷（不自覺地）藉由顯示同伴的失誤、暴露對方資訊缺乏、以博學和邏輯上的優越感對抗他（和所有其他人）試圖贏得勝利。在大多數人（特別是專業人員和學界）心中較勁的慣性如此根深蒂固，知識分子間所有會晤及文學雞尾酒會幾乎都會發生出席者的口頭論戰作為餘興節目。這些圈子裡大多數人都習慣如此較勁，因此也很少在意對手的言論。然而他們為了爭論浪費大量時間，那些時間如果拿來交換資訊和觀點會更有用處。愛找機會爭論的人為了自己方便，在進行這類對話時心裡已無意識地假設所有陳述非黑及白。

　　獲得談話（及其他溝通方式）最大效益的重要途徑之一就是有

大多數人心中較勁的慣性如此根深蒂固，因此很少在意對手的言論，為了爭論浪費大量時間。

系統地應用多元價值取向，不去假設陳述是「真」是「假」，應該認為陳述的真實價值介於零到百分之百之間。例如假設我們同情加入工會的勞工，若有人對我們說：「工會是詐騙集團」，我們馬上會想回答「他們不是」，於是一場戰爭開打了。但那陳述的真實價值為何？顯然既非零（「沒有工會是詐騙集團。」），也非百分之百（「所有工會都是詐騙集團」）。那麼讓我們先默默賦予它百分之一的暫定真實價值（「一百個工會中有一個是詐騙集團」），並要求對方「多說一些」。如果只是對於某人在報紙專欄寫的某些內容有模糊印象，沒有任何其他依據，該主張將不攻自破，而我們也不會為此困擾。但如果他確實有遭工會詐騙的經歷，就算只有一次或他有所誇大，但他談論的確實是真實經歷。若我們同情聆聽他的經驗，接下來可能會發生這些狀況：

一、學到新知。我們不必放棄對工會的同情，只需要稍微修改觀點，除了工會的優點外，更清楚地了解工會的缺點。

二、他發言或許會緩和一些，並如此承認：「當然，我也沒碰過很多工會啦。」如果他試圖更具體形容他的工會體驗，也或許會發現用「詐騙」之外的詞彙來形容較符合事實。因之他可能會修改他的論點，使意見較易被別人接受。

三、我們和他之間透過邀請建立了溝通管道，而之後如果我們要對他說什麼，他或許就會樂意傾聽。

四、雙方都從談話中獲益。

獲得談話（及其他溝通方式）最大效益的重要途徑之一就是有系統地應用多元價值取向，不去假設陳述是「真」是「假」，應該認為陳述的真實價值介於零到百分之百之間。

透過這種方式交談能讓所有社交場合成為前文所謂「知識之淵」。只要我們除了說話還願意傾聽，我們就能獲知更多資訊且隨著年齡增長日漸明智，不會像某些人一樣的停滯不前，年過六十五還緊抓著我們二十五歲就經歷過的那一小撮偏見不放。

就算基於粗疏推論和草率的過度概括，通常還是可以從日常會話陳述中發現一定程度的真實價值。無論其偏見無知如何顯著，從他人的無稽草堆尋找意義之針[3]就是一種學習。如果其他人也同樣耐心地從我們的無稽草堆中尋找意義之針，他也會從我們身上學到東西。而所有文明生活最終仰賴我們教導和學習的意願。延遲反應，學會要求「多說一些」，然後等聽完再反應，這些都是本書理論的實際應用方式。沒有陳述可以說盡一切事實，我們自己的發言也是。聽見推論（好比對工會做出可憎言論的人是個「恨勞動的反動者」）必須先行確認再做應答。對民主討論和人類合作來說，多元價值取向都是必要的。

> 學習聆聽，再行反應，能讓所有社交場合成為「知識之淵」。

開放與封閉心理

美國密西根州立大學的米爾頓・羅奇區[4]所著《開放與封閉的心理》對二元價值取向提出了重要見解。首先羅奇區說，先把溝通活動分為兩個要素，說話者及陳述。為了盡量簡化，聽眾可以選擇接受或拒絕（喜歡或不喜歡）說話者，他也可以選擇接受或拒絕（同意或反對）陳述。那麼聽眾可能對溝通產生的反應如下：

一、接受說話者也接受陳述。

二、接受說話者但拒絕陳述。

三、拒絕說話者但接受陳述。

四、拒絕說話者也拒絕陳述。

　　具有羅奇區所謂「封閉心理」的人只會做出一和四的反應，要不同時接受說話者和陳述，要不拒絕說話者和陳述。然而，具有「開放心理」的人除了一和四，還能做出更複雜的二和三，即接受說話者但拒絕陳述，或拒絕說話者但接受陳述。

　　具有封閉心理的人顯然會覺得生命處處受威脅。只要說話者或陳述之中有一樣他無法接受，兩者都會遭他拒絕。讀者應可回想阿納托・拉波波特對列寧的評價，那正是列寧慣性展示的傾向：如果自己陣營的人表達他不能接受的觀點，他要不是一時糊塗，就是「無意識」地倒向敵方。而「敵營」的人若說了他可以接受的觀點，要不是一時糊塗就是「粉飾本性」。簡言之，封閉心理採取絕對二元價值取向：你要不就完全接受這個說話者，要不就完全

草率判斷殺害萌芽思想

所有人在心理上都同時進行兩項作業，包括：一，尋求更多關於這個世界的知識。二，希望保護自己免受世界傷害（特別是那些可能造成不安的訊息）。

否定。

　　羅奇區說所有人在心理上都同時進行兩項作業，包括：一，尋求更多關於這個世界的知識。二，希望保護自己免受世界傷害（特別是那些可能造成不安的訊息）。抵抗那些不安訊息的需求越來越強，於是對世界的好奇心就越來越弱。（「人在一定範圍內會盡其可能開放接受訊息，然後拒絕它、過濾掉、或在盡其需要的範圍內改變它。」）

　　羅奇區指的是你所深信的「信念系統」，以及你不相信的「懷疑系統」。（舉例來說，如果你是天主教徒，天主教就是你的「信念系統」，而你的「懷疑系統」將是無神論、新教、猶太教、佛教等等。）如果你是有合理安全感且組織能力良好的人，你欣賞自己的信念系統，但你也以開放態度對待懷疑系統提供的資訊。（雖然你是天主教徒，卻能夠從新教、猶太教、佛教等獲得資訊，並從你並不相信的各種思想之間看到差異。）羅奇區表示，對懷疑系統相關的資訊持開放態度就是擁有開放心理。

　　但若你長期不安或焦慮害怕，迫切執著於你的信念系統，且太忙於保衛自己避免懷疑系統資訊對自己造成或真或假的威脅。亦即，如果「共產主義」和「社會主義」都是你「懷疑系統」的一部分，那麼你越害怕，就越是分不清兩者。

　　「社會主義」一詞被使用在各式各樣的不同語境中。俄羅斯打著蘇維埃社會主義共和邦聯的旗幟控制國家經濟。「民主社會主義」（如瑞典）透過民主、議會程序來實行「社會主義」措施（健康、福利、失業救濟金等等）。也有透過告密者和祕密警察幫助實

行武裝獨裁導入的「社會主義」措施（例如，俄羅斯和中國農場的集體化）。於是被對手稱為「社會主義」的措施包含預付醫療保險、所得稅、社會安全制度、家庭兒童補助計畫，諸如此類。但嚇壞了的人眼中仍以同樣反應看待各自相異的措施：「一個個都一樣糟，他們都是社會主義，意思就是說他們都是共產主義。」而其他令人不安的事物也被視為「共產主義」，如飲用水加氟、抽象藝術，或黑人平權的需求。據羅奇區的說法，無法看見種種自己不信的事物之間有何差異就是封閉心理的特徵。由此觀之，心理封閉的人透過驚恐的雙眼環顧世界，只看見「共產主義」四處擴展。（他不會看見共產主義者受挫。）只差一小步就會推論出所有「共產主義者」正密謀結成巨大陰謀，然後進一步推論解釋為何這個「陰謀」如此「成功」。此外更會相信「共產主義者」、受他們「愚弄」的人」和他們的「同路人」已滲透我們的政府。因此有人認為當前最緊迫的任務是揭露並驅逐辦公室中所有占據我們社會高層的「共產主義者」，特別是政府和教育機構。「美國最大的危機在於內憂！」

注釋

1　老奧利弗・溫德爾・霍姆斯，Oliver Wendell Holmes, Sr.，一八〇九～一八九四，美國醫生、詩人、作家，「早餐桌上」系列為其著名散文作品，亦為醫療改革者。

2　歸謬法（reductio ad absurdum），與反證法同樣利用矛盾來證明命題，只是方式不同，歸謬法中欲證明一命題為假，可以「該命題導致矛盾」直接證明。

3　此指英文俗語中的「草堆尋針（look for a needle in a haystack）」，意近大海撈針。

4　米爾頓・羅奇區，Milton Rokeach，一九一八～一九八八，波蘭裔美國社會心理學家。《開放與封閉的心理》（*The Open and Closed Mind*）為其一九六〇年著作。

第十三章 詩與廣告
Poetry and Advertising

鼻菸嚼菸松子酒

剪刀手錶和小刀

絲帶花邊可襯托

情婦妻妾的俏臉

——W.S.吉爾伯特[1]

廣告是現代文學最有趣也最困難的形式之一。

——赫胥黎

本章關鍵字

詩人的作用
一般人通常不會把詩和廣告相提並論。世人咸認詩是最崇高的語言藝術。而另一方面，廣告不過是商業的婢女，甚至不是自主的藝術。

藝術與人生
儘管詩和廣告對於觀眾的需求對比如此鮮明，但兩者仍有共同功能，即進入我們的想像並形塑我們的理想，而我們的行為因此深受影響。

桂冠詩人的任務
優秀的桂冠詩人則藉由吹捧他所服侍的君王獲得升遷，有時也表述當時該國的最高理想。

無贊助詩人的問題
現今無贊助詩人作品所處的語意環境裡，一般人聽到、讀到的詩幾乎都是消費商品的贊助詩。

生活中的象徵符號
廣告是操縱象徵符號的職業。時尚與優雅的象徵符號用於豔光四射的服裝和化妝品，青春狂歡的象徵符號用來販售汽水和糖果。

現代象徵符號
我們能夠描述科學語言中的新發現，也確實這麼做了，但若非詩人給予我們可供體驗的新圖像，我們要如何把嶄新緊迫的現實記在心裡塞入腦海？

詩人的作用

　　一般人通常不會把詩和廣告相提並論。世人咸認詩是最崇高的語言藝術。而另一方面，廣告不過是商業的婢女，甚至不是自主的藝術。「廣告」一詞之情感涵義包括半真半假、欺騙、明目張膽的詐欺、訴求空虛、恐懼、勢利和妄自尊大，收音機和電視滿是醜惡及哄騙的聲音，廣告確實不負其名。

　　兩者之間還有更多對比。最好的詩似乎只有少數人能充分欣賞，且大多數人都無法理解；但最好的廣告能讓眾人都想到它、被逗笑，並採取行動。詩是一般人在學校忢忢學習的特別事物，有教養的人才有時間享受它，特別莊嚴或盛大的場合才需要它，廣告則是日常生活的一部分。

　　然而詩和廣告有許多共同之處。首先兩者都大量使用押韻和節奏（「是何字？是雷鳥！」（What's the word? Thunderbird!）[2]）兩者也都選用能顯示情感和內涵價值的詞彙而非顯示實際內容的詞彙。（「拿起你的菸…春天到啦！灰色山岩和春日清新綠葉倒映在山間碧塘……你還能在哪兒找到清新空氣呢？你在哪兒能找到沙龍[3]這麼清新的香菸呢？」）

　　英國評論家威廉‧燕卜蓀[4]在他的《七種歧義》中曾說，絕佳的詩是模稜兩可的，必須同時具有兩、三種甚至更多層次的意義才足夠。雖然層級較為原始，但廣告也是如此，刻意利用模稜兩可的詞句玩文字遊戲。伏特加的口號標榜「令你屏息」；汽車則描述為「熱情、英俊、寶貝任你操縱」[5]；肆無忌憚的種馬馳騁於女子臥

房，接著陳述「科爾特四十五，每次都有效」[6]。

　　但詩和廣告最重要的相似處是，兩者都力求賦予日常生活經驗意義，使體驗事物成為其他事物的象徵。華茲華斯[7]在名為《彼得‧貝爾》的詩中這樣描述稚氣、「狂野無禮」的他：

　　　　河畔一朵櫻草花
　　　　它即淡黃櫻草花
　　　　除此之外別無他

　　詩人絕不會讓一朵黃色櫻草花僅只是一朵黃色櫻草花，他必定會注入意義。在詩人眼裡，櫻草花可以象徵許多事物，包括早春的喜悅、他對心愛露西的愛戀、上帝的仁慈、生命的無常或其他事物。

　　廣告編寫者也同樣不容許一塊肥皂僅只是一塊肥皂，「別無其他」。不管賣的是什麼，文案如同詩人，必然會注入意義使它成為其他事物的象徵。象徵家庭和樂（如凡肯波豬肉燉黃豆罐頭[8]）、貴族式優雅（如喜悅淡香水[9]）、硬派男子氣概（如萬寶路菸），或堅固、傳統的美國美德（如雪佛蘭）。從牙膏到輪胎、敞篷車到可樂，文案的任務是詩化消費商品。

藝術與人生

　　如第八章所述，所有文學和戲劇欣賞都在一定程度上關乎讀者

的想像力，以認同故事或戲劇中的角色刻畫，將自我投射到描述中的情況。詩和廣告也有同樣原則。讀詩時，我們把自己當成詩人創造的人物或與詩人同遊。廣告商也邀請我們把自己當成他們詩化的角色。「把自己放進畫面裡！」廣告商這麼說，然後展示容光煥發的年輕人成群喝著七喜、因為才剛試搭家裡新買的鈴木武士（Samurai）車款或坐下來享用以升級版萬歲牌油品做的炸雞晚餐，家人喜悅地張大眼睛、貴族紳士和運動員穿著亞曼尼襯衫、可愛的年輕女子發現牙膏可以在刷牙同時使她口氣清新，於是成為幸福新娘。

　　偉大的詩人邀請我們認同的內容，要求讀者既全神貫注又饒富想像力，但不是每個人都能對彌爾頓[10]《失樂園》中的路西法或柯勒律治[11]的「老水手」感同深受。而廣告商邀請我們認同的內容輕鬆愉快：大多數人都想如同廣告中人那樣英俊瀟灑、衣冠楚楚、心情愉悅、容光煥發。四色印刷圖片裡平靜的母親抱著她那箱唐尼柔軟精，而乾乾淨淨的孩子和成堆鬆軟毛巾圍繞著她。看著這圖片，快被小孩搞瘋的家庭主婦渴望夢想自己身在畫面中，並說「這是給我的！」根據廣告，快樂總是觸手可及。

強迫推銷

　　儘管詩和廣告對於觀眾的需求對比如此鮮明，但兩者仍有共同功能，即進入我們的想像並形塑我們的理想，而我們的行為因此深受影響。「生命，」王爾德說：「是藝術的仿品。」至於詩和廣告兩者確實都是仿品的致謝對象，他們確實都是「創作品」。廣告業的門外漢若得知廣告公司的藝術和文案部門被稱為「創意部門」且主管被稱為「創意總監」，往往驚訝不已甚或覺得有趣。而你越想就越覺得這詞彙再貼切不過了，無論你對於他們創造的東西是否買單。

　　先讓我們把所有使用語言魔法（或言語詐術），目的在於提供生活或生活中的一切富有想像力、象徵性且理想化面向的東西，都稱為詩。而我們先前所說的詩和廣告，姑且先稱後者為「贊助詩」（sponsored poetry）、前者為「無贊助詩」（unsponsored poetry）。

　　使用這些詞彙就會發現，如果把有關商品的詩給算進來，我們的時代就絕不會缺少詩。我們接觸詩的機會遠比過去任何一個時代多（或者該說，詩有更多的機會接觸我們）。廣播或電視只要開個十分鐘，絕對會聽到對啤酒、噴霧除臭劑或口香糖的讚頌之詞。美國大多數的暢銷雜誌都充滿早餐食品、火腿、電器、服裝、酒、汽車的贊助詩，而這詩為了吸引我們的目光，如此華麗地用最昂貴的方式再現色彩並印刷而成，要是你還有心情閱讀其他文章報導，就好像跨年夜還試圖在紐約時代廣場做你的代數作業一樣。

如果把有關商品的詩給算進來，我們的時代絕不缺詩。

桂冠詩人的任務

　　然而詩受到贊助也未必是件壞事。雖然贊助的條件不同，但詩

人在過去確實也曾受到資助，宮庭詩人或桂冠詩人正是過往時代詩人接受贊助的典型例子。這樣的詩人獲君主或貴族的宮廷高薪聘雇，任務就是在適當場合以頌詩和史詩表達雇用他的統治者是多麼重要而強大，而統治者治下的人民是多麼幸福、政府是多麼良善公正。優秀的桂冠詩人則藉由吹捧他所服侍的君王獲得升遷，有時也表述當時該國的最高理想。維吉爾（Virgil）是奧古斯都皇帝的桂冠詩人。根據《大英百科全書》（第十一版），維吉爾寫《埃涅阿斯紀》[12]時，「他面臨的問題是本應代表偉大英雄時代的龐大規模詩作，必須同時體現當代重要思想，亦即內容應頌揚羅馬及當代羅馬統治者。」簡言之，維吉爾有贊助商且遭指派任務。然而因為維吉爾同時作為詩人和男人，也因為他對任務真心奉獻，結果他的任務成為極度偉大的詩作，很多人都會說那是該時代最偉大的作品。

　　桂冠詩人的另一例是維多利亞女王雇用的阿佛烈・丁尼生男爵（Alfred, Lord Tennyson）。一八五二年，在西敏寺安葬威靈頓公爵之際，他被要求寫一首詩。他的任務是表達女王和全國上下對於國家英雄之死的感傷。從他超過五百行的長詩〈悼威靈頓公爵之死〉（*Ode on the Death of the Duke of Wellington*）的開場白，無疑可看出受贊助的藝術仍是令人印象深刻的藝術，絕對值得英國文學課程仔細研讀：

　　　　安葬大公爵，
　　　　隨帝國哀嘆，
　　　　我們且安葬大公爵，

　　隨偉大國族聲聲哀嘆。

　　因領導者殞落悲嘆，

　　戰士帶著戰士棺罩，

　　悲傷使村莊和廳堂黯淡。

　　痛失之人應安眠何處？

　　隨倫敦這兒流動轟鳴停駐，

　　讓他鍛造之聲響留住，

　　讓他為之奮鬥的雙腳停駐，

　　回聲環繞白骨，千古不住。

　　導引壯麗，既傷且緩，

　　正應合襯，舉世皆惋，

　　長之又長，隊伍行晚。

　　觀者憂思斷腸，

　　且讓悲樂奏殤，

　　末代偉岸英人沉葬。

　　偶爾會有美國廣告顯示自己能勝任桂冠詩人，即在大庭廣眾之下表達國家之理念和傷感，這有些耐人尋味。一九五〇年，在華盛頓為第二次世界大戰無名烈士題獻墓園，當時波士頓報紙和全國雜誌都刊登了下面這則廣告：

──他是陌生人　也是我兄弟──

　　故事關於一位我素未謀面的男子，我對他一無所知。現在他已逝，躺在光亮怕也令他吃驚的大理石墓中。人們來自四面八方，低首歛眉，眼神凝重，這男子他們素不相識，但心中仍滿是哀悼。

　　因他穿著軍服而逝，他們稱他無名戰士。我想他是好戰士，雖他並不好戰，是個和平之士，我敢肯定，雖然他沒告訴我。

　　他出生在達科他州農場……抑或賓州礦工小屋、布朗克斯租屋、德州牧場平房，或公園大道一間複式公寓？我不能肯定，我只是站在這兒，手上拿著帽子，在我素不相識的人墓前虔誠敬拜。

　　他是個詩人、記帳員、卡車司機、外科醫生、伐木工人、跑腿，或學生？當導彈來襲，他正在說笑話、罵他的長官，或寫信給家人呢？

　　我無從得知。因為當他們從無名逝者中選擇此人，他只靜躺棺中，一切唯神知而已。

　　但我知道他值得榮耀和尊敬，無論他是誰，我肯定他像我一樣深信，人人平等，人人守諾，人活著有義務對彼此公正。

　　這就是為何我站在這兒，手上拿著帽子，虔誠敬拜陌生人之墓，他是我兄弟、他是我父親、他是我兒子、他是我同胞、他是我朋友。

──約翰・漢考克人壽保險公司，波士頓，麻州

　　將這則廣告與丁尼生的「頌詩」做比較十分具啟發性。兩者都
表達全國哀悼，而兩者也都表達促成它們的國家精神，丁尼生的詩
反映了十九世紀中葉大英帝國的威勢和軍事驕傲，保險公司廣告則
以簡單白話的措辭來表達二十世紀中葉的民主美國。廣告必然比詩
更為廣泛公開，因此能夠自由使用陳詞濫調，訓練有素的文學鑑賞
者會發現其語言平淡無奇，然而廣告擬稿人為了沒有桂冠詩人的國
家，達成了桂冠詩人的任務。

無贊助詩人的問題

　　從贊助詩歌轉向無贊助詩歌看看。這樣的詩人寫詩不為滿足
任何外在需求，只為了滿足自己。數十年來，現代詩多的是哀傷
詩人之手寫出的捶胸頓足之作。本身也是詩人的羅伯特・希勒[13]為
《星期六評論》撰寫〈現代詩迎戰大眾讀者〉（*Modern Poetry vs. the
Common Reader*）一文，談到今日詩人身處「混亂和頓挫的洶湧狂
潮」。他為那些含混朦朧的語言苦惱，並稱之為「飄離清晰」。他
斷定許多現代詩句之所以晦澀難解、調性絕望是出於詩人自身的道
德缺陷。「他們的混亂，」他寫道，「是在藝術上軟弱且自私的標
誌。」

　　從T.S.艾略特[14]、艾茲拉・龐德[15]、華萊士・史蒂文斯[16]、戴
爾默・舒瓦茲[17]、到普拉絲[18]，初讀現代詩人的作品（或二讀三讀）
不易讀懂雖是事實，但在我看來希勒先生搞錯了，他不該將現代詩
歌的艱澀指控為詩人的道德缺陷，他沒有考慮到今日那些無贊助詩

人詩作的語境。

　　現今無贊助詩人作品所處的語意環境裡，一般人聽到、讀到的詩幾乎都是消費商品的贊助詩。為了推銷商品，人們不斷運用詩意的語言，若想要熱情、喜悅、堅定地訴說任何事物，終究還是可能被認為這番天花亂墜的言論只是為了打算推銷某樣物品。濟慈可以寫：

　　　　人在都市　　壓抑已久
　　　　看望美好　　何其甜美
　　　　仰望晴空　　吐息祈禱
　　　　澄碧天穹　　笑意盈滿……

　　今時今日任何人這樣寫，就立刻會被懷疑正在為夏威夷觀光局或地中海郵輪航線做廣告。

　　羅伯・海瑞克[19]可以下意識地這樣描繪女子之美：

　　　　吾愛茱莉亞身著絲綢
　　　　然後然後、擺動何等甜美
　　　　她的衣衫婉轉似水

　　威廉・華茲華斯也可如此：

　　　　她是美好幽影

初次閃耀眼前

如此可愛幻影

點綴一時沉醉

目如暮色星點

　　如今這樣的句子只會讓我們聯想到廣告文案的承諾。海瑞克筆下的茱莉亞是穿了貝迪菲內衣[20]和恆適絲襪[21]的鐵證，而華茲華斯的無名美女顯然展現了可麗柔和萊雅的眼影效果。而只要有人對於在美國享有的自由表達謝意，聽著就像是私營電力公司廣告強調政府不插手公用事業的必要性。

廣告是操縱象徵符號的職業。是龐大的創造者也是象徵符號的吞噬者。

生活中的象徵符號

　　廣告是操縱象徵符號的職業。時尚與優雅的象徵符號用於豔光四射的服裝和化妝品，青春狂歡的象徵符號用來販售汽水和糖果。冒險、性和運動家精神的象徵符號用來促銷香菸和酒。愛和代表家有新生兒的喜悅已完全被嬰兒食品、罐裝奶粉和紙尿褲的商人占用。廣告是龐大的創造者和象徵符號的吞噬者。就連愛國主義的象徵符號也被拿去推銷商品。廣告商向我們保證「是美國想要一切更好」，而名為「幸運啤酒」的啤酒以「住在美國，何等幸運」為標榜口號。甚至宗教象徵符號也無法倖免，聖誕節和復活節如此商機無限，幾乎失去了宗教意義。還有更多將宗教符號用於商業用途的例子，如中西部的麵粉公司曾組織教會的婦女服務隊加入該公司贊

助的準宗教節目聽眾俱樂部。他們鼓吹婦女收集該公司麵包粉的紙盒蓋來為教會賺取家具和設備，結果這些教會變成該公司蛋糕粉的推銷中心。

　　在受廣告主宰的大環境裡，無贊助詩人面臨的問題十分艱困。詩人也得使用文化中的象徵符號，因之必得創建新的象徵符號。廣告商早已奪走日常生活中所有的象徵符號、特別是那些具有幸福及喜悅涵義的象徵符號。若無贊助詩人看似關切過多負面情緒，如失望、絕望或冷嘲熱諷，可能有部分需歸咎於正面情緒的商業氣息太過濃厚。此外無贊助詩人的詩句往往晦澀難解並充滿冷僻象徵，已至少一世代沒有出過像丁尼生和朗費羅[22]那樣能夠與當代大多數識字大眾互通的詩人，連像羅伯特‧佛洛斯特[23]或卡爾‧桑德堡[24]這樣的都沒有。阻礙現代詩發展的原因之一就是人們熟知的象徵符號，諸如戀愛、家庭、母親、自然、愛國都已徹底挪為商業使用，無法為無贊助詩人之用，他們自然只得尋求印度教《奧義書》或佛學禪宗裡面廣告商尚未用過的冷僻象徵符號。

　　有些詩人比其他人更了解周圍的世界，清楚知道他們的主要對手是製造夢想及生活方式的商人。也因此E.E.卡明斯[25]在他著名的〈傷害凡諾先生的詩或美好事物〉（*Poem, or Beauty Hurts Mr. Vinal*）中很早就及時指出廣告是糟糕的詩歌。在一九五〇年代，所謂敲擊詩派[26]即拒絕消費廣告文化的一派。而敲擊文化及其後近六〇到七〇年代的嬉皮文化中，所謂「方塊（square）」就是指相信廣告的人，那些人會爭先恐後地陷入新款汽車、滿鋪地毯、分期付款、債務協商整合，乃至於財務焦慮的流程中。若真想「時髦」地別具

一格，就不要再相信廣告。「我沒有那些東西也行！」加州威尼斯
海灘一名剛解放的年輕女子如此大喊。這引用自羅倫斯・李普頓[27]
《神聖的野蠻人》。「天哪！你懂這種解脫感嗎？」

　　然而反對廣告和消費文化的反動為時不長，到了八〇年代，唯
物主義的明晰浪潮和購物象徵成功的魅力似乎大幅席捲美國民眾，
其中許多人前幾年也曾反對過消費文化。

> 詩人乃立法者，不斷創造感知的新途徑，為時代建造新的象徵符號。

現代象徵符號

　　雪萊說：「世人皆不知詩人乃立法者。」透過創建感受及感知
的新途徑，詩人有助於創造新的思維方式，把我們帶到詞彙不停變
化的世界。每個時代都有相對應的象徵符號。在中世紀宗教圖像象
徵著人們的信仰和人生憑藉：上帝、天使和聖人。而文藝復興時期
流行的圖像是人體，有無數方式可以用之象徵該時代以人為本的思
想。

　　詩人該用哪些象徵符號來代表當代的現實狀況？過去數十年，
科學已開啟了思想和探索的全新領域，從電子、天體物理學、微生
物學、核蛋白及其對基因之作用研究、放射追蹤研究，到核子物理
學等。我們過去難以想像即時通訊可以從世界各地帶給我們剛出爐
的新知。透過宇宙拍攝，太空人使我們生活的星球不再是探索領域
的極限。我們能夠描述科學語言中的新發現，也確實這麼做了，但
若非詩人給予我們可供體驗的新圖像，我們要如何把嶄新緊迫的現
實記在心裡塞入腦海？

注釋

1　W.S.吉爾伯特，W. S. Gilbert，一八三六～一九一一，英國劇作家、文學家、詩人、插畫家，以喜劇聞名。

2　一九五〇年代美國流行的加味葡萄酒廠牌雷鳥（Thunderbird）的廣告歌。

3　涼菸廠牌。

4　威廉‧燕卜蓀，William Empson，一九〇六～一九八四，英國詩人、文學評論家，曾任教於北京大學、西南聯合大學。《七種歧義》（*Seven Types of Ambiguity*）為其文學評論代表作，或譯《朦朧的七種類型》。

5　原文「Hot, Handsome, a Honey to Handle」有押頭韻。

6　科爾特四十五，Colt 45，美國的麥芽酒產品。原文「Colt 45. It works every time.」為其自一九八〇年以來的著名廣告詞。

7　華茲華斯，William Wordsworth，一七七〇～一八五〇，英國浪漫主義詩人，與雪萊、拜倫齊名。

8　凡肯波豬肉燉黃豆罐頭，Van Camp's Pork & Beans，一八六一年成立，美國知名豬肉燉黃豆罐頭廠牌。

9　喜悅淡香水，Joy，名設計師傑‧柏圖（Jean Patou）於一九三〇年推出，號稱世上最貴的香水。

10　約翰‧彌爾頓，John Milton，一六〇八～一六七四，英國詩人、思想家。《失樂園》（*Paradise Lost*）為以舊約聖經做基礎創作的史詩故事。

11　柯勒律治，Samuel Taylor Coleridge，一七七二～一八三四，英國浪漫主義詩人、文學評論家。後文「老水手」出自其知名長詩〈老水

手之歌〉（The Rime of the Ancient Mariner），或譯〈古舟子詠〉。

12　埃涅阿斯紀，Aeneid，為維吉爾三大傑作之一，敘述了特洛伊王子
　　（愛神之子）埃涅阿斯在特洛伊陷落之後的故事。

13　羅伯特・希勒，Robert Hillyer，一八九五～一九六一，美國詩人，
　　曾獲普立茲詩歌獎。

14　T.S.艾略特，T. S. Eliot，一八八八～一九六五，美裔英國詩人、評論
　　家、劇作家、散文家、出版者，曾獲諾貝爾文學獎，被認為是二十
　　世紀最重要的詩人之一。

15　艾茲拉・龐德，Ezra Pound，一八八五～一九七二，美國詩人、文學
　　家、評論家。意象主義詩歌代表人物，早期現代運動的主要人物。

16　華萊士・史蒂文斯，Wallace Stevens，一八七九～一九五五，美國現
　　代主義詩人，曾獲普立茲詩歌獎。

17　戴爾默・舒瓦茲，Delmore Schwartz，一九一三～一九六六，美國詩
　　人、短篇小說家。

18　普拉絲，Sylvia Plath，一九三二～一九六三，美國詩人、小說家、
　　兒童文學作家。

19　羅伯・海瑞克，Robert Herrick，一五九一～一六七四，英國抒情詩
　　人、神職人員。

20　貝迪菲，Vanity Faire，美國歷史最悠久的女性內衣品牌之一。

21　恆適，Hanes，美國絲襪品牌。

22　亨利・沃茲沃思・朗費羅，Henry Wadsworth Longfellow，一八〇
　　七～一八八二，美國詩人、翻譯家。

23　羅伯特・佛洛斯特，Robert Frost，一八七四～一九六三，美國詩
　　人，四度獲得普立茲詩歌獎。

24 卡爾・桑德堡，Carl Sandburg，一八七八～一九六七，美國詩人、小說家、歷史學家、民謠歌手、民俗學研究者，其詩為勞工發聲，三次獲普立茲獎，其中兩次為詩歌、一次為傳記文學獎。

25 E.E.卡明斯，E. E. Cummings，一八九四～一九六二，美國詩人、畫家、散文家、評論家、作家和劇作家。

26 敲擊詩派（beat poets）由「Beat Generation」（垮掉的一代）發展而出。

27 羅倫斯・李普頓，Lawrence Lipton，一八九八～一九七五，美國記者、作家、敲擊派詩人。其小說作品《神聖的野蠻人》（*The Holy Barbarians*）內容即描述垮掉的一代的生活。

第十四章 點唱機中的一角錢

The Dime in the Juke Box

話語中慣於連續使用一般詞彙是智力缺陷的症狀。

——沃爾特·白芝霍特[1]

人類就光會耍嘴皮子。

——溫德爾·約翰遜

本章關鍵字

內涵取向
習慣讓詞彙本身來引導我們，而非讓字詞代表的事實來引導我們。

贅詞冗語
部分虛假知識是我們自己假造出來的，如前面章節所說混淆了抽象層級和其他錯誤價值。然而，絕大多數錯誤都是因為我們習慣說太多話而製造出來的。

廣告及內涵取向
廣告重點在於「詩化」或美化被銷售商品，賦予品牌名稱，並在名稱中注入各種暗示健康、財富、受異性歡迎、社會名流、天倫之樂、時尚、高雅等理想的情感內涵。

　　許多實事求是的教師和牧師無疑發現了此原則：若台下有人問了一個難以招架的問題，最好的方法就是含混其詞，大多數人都不會發現你沒有回答問題。有時詞彙在有意無意間成為煙霧彈，使人忽略話語中的缺失。

　　威斯康辛州長迫使當時的州立大學校長辭職後，有一段時間全州的報紙上都滿是有關此案利弊的激辯。我那時是威斯康辛大學的外聘講師，熟人和陌生人都常問我：「我說，教授呀，麥迪遜分校那兒是怎麼回事呀？這都是政治，不是嗎？」我從來沒搞懂任何人說「這都是政治」是什麼意思，但為了省事我通常回答：「是的，我想是吧。」於是提問者就會洋洋自得地說：「我就是這麼想的呀！」簡言之，「政治」在此語境下是個聽來冠冕堂皇的合適用語。此爭論的問題核心應在於究竟州長是濫用了他的政治權力，或完成了他的政治責任？這點卻無人聞問。

內涵取向

　　在前面的章節中我們已分析了數種錯誤價值觀點，此處或許可用「內涵取向」（intensional orientation）一詞作結，亦即習慣讓詞彙本身來引導我們，而非讓字詞代表的事實來引導我們。當教授、作家、政治人物或其他顯然有地位的人開口說話，我們傾向假設他們說的話都有意義。而我們自己開口時更容易作此假設。正如溫德爾・約翰遜所說，「每個人都是自己最陶醉的聽眾。」將有意義和無意義的話語混為一談，造就與「疆土」無關的「地圖」逐漸堆

內涵取向是指：習慣讓詞彙本身來引導我們，而非讓字詞代表的事實來引導我們。

想法溺斃於詞彙汪洋

疊。而我們一生之中可能會堆出整片無意義的聲響系統，卻沒有察覺這一切和現實並無關聯。

「內涵取向」一詞可涵蓋許多前文已指出的錯誤，如：

一、無視語境

二、傾向自然反應

三、混淆抽象層級（混淆腦中認知與外在現實）

四、只留意相似處，忽略相異處

五、習慣以定義解釋詞彙，於是字上加字

我們以內涵取向思考時，「資本家」，「官僚」和「勞工雇主」就是我們說的那樣，而共產國家的人必定不快樂，因為他們由共產主義者統治（同時內涵取向的共產主義者也認為人們在資本主義國家必定不快樂，因為他們是由「帝國主義戰爭販子」統治），無神論者就是不道德，因為人們如果不敬畏神，就「沒有理由循規蹈矩」，政治人物絕對不可信，因為他們只會「要弄政治」。

贅詞冗語

　　讓我們拿「上教堂者」（churchgoer）一詞為例，此詞明指上教堂者$_1$、上教堂者$_2$、上教堂者$_3$……即規律性參與宗教禮拜的人。請留意明義並未提及上教堂者的特徵，僅表達他們有去教堂。而此詞的內涵意義，或曰涵義卻是另一回事，「上教堂者」暗示「好基督徒」，「好基督徒」暗示忠於配偶和家庭、善待孩子、誠實經商、無不良嗜好和整套令人欽佩的特質。這些暗示透過二元價值取向，進一步暗示不上教堂者很可能不具備這些特質。

　　如果我們有嚴重內涵取向的傾向，就會透過「上教堂者」的信息涵義與情感涵義，以言語建構整個能將人類分為綿羊和山羊[2]的價值觀系統。地圖已然獨立於疆土之外，因之我們可以在標記那些疆土內確實存在的山川河流之後，持續任意添加虛構的山川河流。一旦開始這麼做，在短文、步道，書籍，甚至哲學體系中使用「上教堂者」時，我們愛怎麼說就怎麼說，毋需在意現實中的上教堂者$_1$、上教堂者$_2$、上教堂者$_3$……。

　　自由聯想過程中一個字接一個字永無止盡「暗示」下去，無法可擋。當然這也就是世上有這麼多空談者的原因，也是許多演說家、報紙專欄作家、開學典禮致詞者、政治人物和高中辯論隊成員只需要一點準備時間就能夠滔滔不絕的原因。的確，許多收費的「個人發展」、「動態推銷」課程以及某些學校裡的英文、演講課程，都只知訓練這門技術，即無話可說時如何繼續說個不停。

　　這裡討論的聯想式「思考」是內涵取向的產物。它又被稱為

「繞圈」，因為既然所有可能結論都取決於起始時的詞彙涵義，我們不管怎樣努力「思考」還是受到限制，最後只能回到起點，應該說我們根本離不開起點。一旦與事實面面相覷，我們也只能閉嘴或換個方法重新開始。這也是在某些會議或對話間提及事實很沒教養的原因，因為這樣就毀了大家的好時光。

現在回頭說說上教堂者，雖然已證明了上教堂者$_{1,2,3}$都是我們（內涵意義上）期待的好人，但卻發現上教堂者$_{17}$對妻子不忠，且侵吞別人託管的金錢。有些人會十分疑惑，怎麼會有人又是個上教堂者又是個無賴呢？因為無法區分上教堂者的內涵和外延意義，被迫得出以下三個荒謬結論之一：

一、「這是例外。」意思是，「我不會改變我對上教堂者的看法，不管你找到多少例外，上教堂者永遠都是好人。」
二、「他才沒有那麼壞，不可能！」也就是否定事實以便逃避面對。
三、「什麼都不能信任了。只要我活著，永遠都不會再相信上教堂者。」

內涵取向最嚴重的後果可能正是建構無憑無據的自傲，最後導致「幻滅」。且正如我們所見，我們多少都會對某些事物具有內涵取向。在一九三〇年代，聯邦政府為了解決嚴重失業，創建了工作改進組織（WPA），此機構聘雇失業男女並找出公共工程給他們做。反對者蔑稱工改組提供的工作「沒事找事」，認為那和私營企

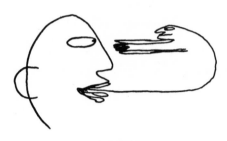

自我催眠

業當時無法提供的「真正工作」不同。部分批評者甚至因為深信此理而讓「工改組工人根本沒有真的在工作」成為虔誠信仰。有些人被自己的言語深深毒害，堅信此事的人就算每天開車都看到工改組工人揮汗造橋鋪路，仍會直言宣稱「我從沒見過任何工改組工人在工作」！

　　同類型自發性失明（又稱為「視野狹隘」）的另一個實例常見於大眾對「女性駕駛人」的普遍態度。許多男人每天都遇到數百輛汽車由技術熟練的女人駕駛，但他們還是會直言宣稱：「我從沒見過任何女人真的會開車。」根據定義，駕駛是「男人的事」，而女人太過「膽小」、「緊張」、「易受驚嚇」，因此她們「不能開車」。如果這種人碰巧認識有些女人開車多年都沒出過事，他們會認為這些女人「只是幸運」，或者「她們開車不像女人」。（眾所周知，保險公司的統計數據表明女性族群開車的安全紀錄優於男性。）

　　對於「上教堂者」、「工改組工人」和「女性駕駛人」等詞彙的態度必須注意的是，若對這些群體沒有先入為主的想法，我們就

不會犯此大錯，也不會蒙蔽自我。這種態度不是無知的產物，純然的無知不具備態度。剝奪一切與生俱來的理智之後產生的虛假知識，才會引導出這種態度。

正如前文所述，部分虛假知識是我們自己假造出來的，如前面章節所說混淆了抽象層級和其他價值錯誤。然而，絕大多數錯誤都是因為我們習慣說太多話而製造出來的。

的確有很多人徘徊在永久的惡性循環中，因為內涵取向讓他們言談贅詞過多，而由於贅詞過多，他們加強了內涵取向。這樣的人口出狂言如同自動點唱機，投一角錢就唱個不停。具備這種習慣讓人瘋狂自言自語，不僅針對「女性駕駛人」、「猶太人」、「資本家」、「銀行家」、「自由派」和「工會」，還針對我們切身的問題，如「母親」、「親戚」、「賺錢」、「受歡迎」、「成功」、「失敗」，和最重要的「愛」與「性」。

內涵取向讓人言談時贅詞過多，贅詞過多又增強了內涵取向。大部分錯誤是因為人們習慣說太多話。

廣告及內涵取向

廣告可說是內涵取向在當前文化如此盛行的主要推手之一。宣傳產品、價格、新發明、特賣會都是廣告的基礎目的，這些宣傳提供我們樂於接收的有用消息，原也無可厚非。但針對消費者的全國性廣告，推銷手法往往缺乏必要資訊。正如前面章節〈詩與廣告〉指出，廣告重點在於「詩化」或美化被銷售商品，賦予品牌名稱，並在名稱中注入各種暗示健康、財富、受異性歡迎、社會名流、天倫之樂、時尚、高雅等理想的情感內涵。這過程就是為品牌名稱製

造內涵取向：

> 如果你想要桃花朵朵，那就試試這妙招……如此迷人！
> 有女人味！誘人！……你一定會本能沉醉於維洛娜香皂的奢
> 華香氛……男人也愛！每天都用細緻潔淨的泡沫按摩全身每
> 一吋細嫩肌膚……維洛娜華美香氛將輕吻挑動你的感官。閃
> 閃動人。

操弄語言是廣告商進一步促成慣性內涵取向心理的方式：在任
何競賽中獲勝的技巧和力量，其「附加價值」等同於某些品牌的香
菸品質含有的「附加價值」。而野生動物在野外環境中能調和色彩
使敵人看不到自己的「保護色偽裝」，等同於威士忌具有的「保護
色偽裝」。

操弄語言是廣告
商進一步促成慣
性內涵取向心理
的方式。

廣告推廣內涵取向慣性還有另一種巧妙方式，即製造標語來陳
述普遍事實，廣告商藉此使特定產品看來獨特。泰貝茲廣告公司的
羅瑟・瑞夫斯[3]列舉許多令人驚嘆、引人矚目的成功宣傳都利用了
這個技巧（後文括號注釋是他本人的見解）：「我們的空瓶用動力
蒸氣清洗」（「他的客戶抗議每間酒廠也都這麼做」）、「烘烤製成」[4]
（「是啊，所有菸廠都這麼做」）、「把齒垢刷乾淨」（「是啊，所有牙
膏都能辦到」）、「消滅口臭」（「有數十種漱口水可以消滅口臭」）、
「消滅體味」（「所有的肥皂都能消滅身體上的異味」）[5]。廣告商和
傳道者呈現偏頗的技巧讓我們想起威廉・布萊克[6]的著名警句：

以惡意訴說事實
傷害尤勝謊言[7]

當廣告透過言語催眠術成功產生內涵取向，在我們腦海中用維洛娜香皂洗澡成為香豔刺激的預想，用高露潔牙膏刷牙可以戲劇性且及時守護我們逃過可怕災禍（比如被解雇或失去女友）。抽萬寶路香菸可以確保擁有男子氣概（而非引來肺癌），讓自己像個硬派、戶外型、男子漢、牛仔或傘兵，儘管現實中可能只是領帶專櫃的店員。服用非必要（甚至危險的）瀉藥成為「遵照維也納世界知名專家的意見」。每瓶漱口水賣的都是白日夢，每包現成早餐賣的都是誇大妄想。

於是廣告成為以歡悅的情感涵義來征服我們的藝術，很多廣告商希望我們購物時對品牌產生自然反應，不要認真考量商品好壞。

於是廣告成為以歡悅的情感涵義來征服我們的藝術，若消費者認為應該讓事實而非品牌名稱的情感內涵來引導消費，要求法律規範某些商品須具備翔實標籤和可驗證的政府評級，製造商和他們的廣告商便大聲疾呼「政府干預商業活動」[8]。這種反對評級標籤的論點，無視於零售和批發業自己往往依賴聯邦政府製定的評級標準來採購的事實。換句話說，很多廣告商希望我們購物時對品牌產生自然反應，不要認真考量商品好壞。現今零售業銷售的機制是造成這心態重要原因之一。比如說，大部分人都在超市買菜，消費者必須在大量令人眼花撩亂的包裝商品中做出抉擇，店員不會一一解釋商品的優點。

因此，用商業術語來說，最好讓買家到達超市以前就把商品「預售」給他。這麼做首先得透過廣播和電視廣告不斷重複讓消費

者記住品牌，然後注入大量令人愉快的涵義。花點時間和孩子相處就會發現電視能讓人多麼熟悉、多麼渴望品牌標誌。

　　商人最不希望看到的就是聰明消費。一旦客戶對品牌著迷，對他或她耍什麼手段都行。最常見的手法就是內容物減量，但包裝尺寸和價格不變。以前一磅或半磅包裝的商品，現在只有十五盎司、十四又二分之一盎司、七盎司，以及六又四分之三盎司的包裝，這些數字都用小小字體印在包裝上最不起眼的角落。對不知情人士來說，「品牌忠誠」的代價恐怕會相當大。近幾年來，品牌廣告已經攀升到更高的抽象層級。除了透過品牌來廣告特定商品，還出現了用廣告來廣告的風潮。如品牌研究基金會小冊呼籲：「作為品牌銷售員，你不只可以推銷你的品牌，還可以推銷所有品牌。搭上這台品牌貨車吧！」威士忌廣告上說：「美國就是那些名字⋯⋯西雅圖、芝加哥、堪薩斯城⋯⋯榆樹街、北街、時代廣場⋯⋯箭

宣傳標語

牌、家樂氏、施貴寶[9]，愛品納[10]……亨氏，卡爾維特[11]……固力奇[12]……雪佛蘭。人盡皆知的（美國）名字……他購買並使用的名字……深信……是的，美國就是那些名字。好名字。熟悉的名字讓人信任。……由於美國就是那些名字……好東西就該擁有好名字。」

高級時尚雜誌的廣告往往包含誘人或暗示性強的圖片，除了牛仔褲或香水的品牌外其他資訊一概不提。這類廣告的廣告已越來越普遍。我們內心已植入一種假設：如果品牌名稱聽來熟悉，它代表的產品也一定是好的。（「買名牌就是買好貨。」）系統性地對大眾進行錯誤教育會產生令人難以想像的嚴重案例，即消費者將內涵取向提升成為生活上的指導原則。（據說因為廣告支出較少所以消費者能夠便宜買到的一般性品牌，倒是在這慘澹的狀況提供了一絲希望之光。）

有時廣告商的目標和教育家的目標之間衝突看似無法調解。有位家政老師曾說：「購物須明智」，旨在建議購物須謹慎並鑒於個人的真正需求，且確實了解產品訊息。但若是廣告商說：「購物須明智」，意思通常是「買我們這牌吧，不管狀況怎樣需要為何，因為德姿洗衣粉什麼都行！」[13]教師的工作是助長智力和道德自律，而廣告商的工作看似助長輕率（「衝動購物」）和自我放縱，就算一輩子要跟借款公司打交道也在所不惜。

然而我實在無法肯定廣告商的目標和教育家的目標之間衝突不可避免。若廣告非得促進人們對詞彙和象徵符號的錯誤反應才能達成目標，那麼兩者的衝突才不可避免。因為廣告如此強大又廣為傳

布，它不只影響我們選擇商品，還影響我們的評價模式。廣告有能力增加或減少人們對詞彙反應時的理智程度。因此，若廣告內容翔實、機智、富教育性和想像力，就可以在執行其必要商業功能時，同時為我們增進生活樂趣，不會讓情感詞彙這暴君奴役我們。

　　反之，如果產品大都是透過操弄情感涵義來銷售，如「軟嫩豐潤、歐蕾之夜」、「富含香氣、美瑞香菸」、「具備RD-119 [14]動力」，那麼廣告的影響力將加深大眾身上本已十分嚴重的內涵取向。精神分裂患者的特質就是不看現實世界，認為言詞、幻想、白日夢和「個人世界」才是真的。廣告就算不加重太過盛行的文字癖也可以完成它的任務吧！難道不是嗎？

注釋

1　沃爾特・白芝霍特，Walter Bagehot，一八二六～一八七七，英國記者、商人、散文家、社會學、經濟學家，主張社會達爾文主義。

2　依據聖經，天主教、基督教中有將信教者與不信教者擬為綿羊與山羊的譬喻。

3　羅瑟・瑞夫斯，Rosser Reeves，一九一〇～一九八四，美國廣告界名人，電視廣告的先驅，較早意識到廣告須得到消費者的認同。M&M至今仍膾炙人口的標語「只溶你口，不溶你手（melt in your mouth, not in your hand）」即是他所創。

4　美國香菸廠牌Lucky Strike在一九一七年推出的口號「IT'S TOASTED」，強調菸草經烘烤而非日曬製成。

5　原注：羅瑟・瑞夫斯（Rosser Reeves）《廣告中的現實》（*Reality in Advertising*）一九六一，第五十五～五十七頁。（或譯《實效的廣告》）。

6　威廉・布萊克，William Blake，一七五七～一八二七，英國詩人、畫家、版畫家、浪漫主義文學代表人物之一。

7　出自威廉・布萊克詩作〈天真的預言〉（*Auguries of Innocence*），即「一沙一世界，一花一天堂，無限掌中置，剎那成永恆」（徐志摩譯）的出處。

8　原注：例如有本小冊子叫做《你的麵包和奶油：推銷員品牌手冊》，由「品牌研究基金會」編製（但沒有注明地址），負責解釋消費者運動要求消費商品分級標籤「背後所有的煙幕」。這本小冊表示大多數消費者運動的成員，是想「誠懇關切解決購物常識長期以來遇到的問題」，但其「代言人」卻是「消費者當中毛遂自薦」的

「少數意見」。小冊解釋道,這些人「想要把大多數消費商品標準化,杜絕廣告和品牌競爭,想讓政府對商品的管制擴展到製造、銷售和利潤。他們信仰計畫經濟,要讓政府團隊來規畫一切。」

9　施貴寶,Squibb,美國製藥廠,已於一九八九年與必治妥(Bristol-Myers)合併為必治妥施貴寶(Bristol-Myers Squibb)。

10　愛品納,Ipana,原為必治妥研發的暢銷牙膏商品,曾於美國絕跡,現牙膏專利權現已輾轉賣給加拿大美適公司(Maxill Inc.),成為其主打商品之一。

11　卡爾維特投資公司,Calvert Investments, Inc.,美國知名投資管理公司。

12　固力奇,Goodrich,美國輪胎廠牌。

13　「德姿洗衣粉什麼都行」(Duz Does Everything),寶僑集團過去的副牌之一德姿的廣告詞,該牌主要生產洗衣皂與洗衣粉。

14　RD-119,美國六〇年代發展火箭使用的引擎型號。

第十五章　空虛之眼
The Empty Eye

過去很少出現的商業廣告如今主宰並同化電視的內容，且現在電視只著重於保持你的注意力，所有影像都指向現今難以察覺的控制意圖。整體而言，研發電視和電視的研發目標都是同一世代的人，因此電視構築了集體自我誘惑和自我安慰的手段，使那畫面成為巨大惡夢的陰森共鳴。更有甚者，由於視覺技術進步增加了電視畫面的複雜度，因此能夠表達的弦外之音就更為豐富。算計如何擾動心不在焉的神經，畫面上越來越少看到精心製作的腳本和策畫，只是越來越依賴鮮明的圖像、快如閃電的步調（配上感人的音樂）以及和畫面一樣直接的用語。這就是所有廣告和新聞節目、遊戲節目和動畫、幾乎所有談話節目、電視劇、情景喜劇背後的真相。電視如此「提高畫面精采度」才能給我們更多更多，讓我們匆忙間目不暇給，無法發現背後在玩什麼勾當。

——馬克·克斯賓·米勒[1]

本章關鍵字

「眼見為憑」

直到不久前還有些人認為印刷在書本上的訊息必定是「真實的」。而換作電視，這種態度也依然盛行，因為大家都「知道」：「眼見為憑」。

管窺蛙見

在虛構或戲劇節目的語境中，大多數人也仍對抽象化過程有所意識。如同劇場都有「後台」區域，但不會有觀眾期待看到後台。

「登堂入室」

電視使用刺激強烈情感的能力，以及透過選擇性的編輯方式來抽象化的能力，加上在有限時間內提供語境，創造出由奇聞、暴力事件主宰的世界觀。

「請看十一點的影片」

若說畫面給予電視權力，過分依賴畫面則成為電視的弱點。電視新聞著重於容易在視覺上被象徵化的事物，其代價就是事物將更難描摹。

「去享受吧！」

就算看起像是提供娛樂，電視還是在向我們展示「美好生活」以及組成它的商品，如跑車、時髦衣裝、漂亮家具、現代化廚房的便利。

什麼？要我工作？

電視只顧鼓吹個人藉由羅曼史和物質消費滿足自我，從不提倡儉約或工作。

壞人背後

電視劇總圍繞著二元價值取向打轉，多年來西部片裡的壞人都戴著黑帽子，直到某些觀眾覺得這也太過頭腦簡單，製作人又開發出「成人西部片」，其中好人也戴黑帽子，不過最後都跑去和女人而非馬兒廝混。

總統選角

電視對美國人的生活變遷影響最大的領域或許就是政治選舉，特別是全州和全國等級的選舉。

大腦手術——錄影帶

如果人們越來越依賴電視提供訊息，這是否能成為溝通的新形式，進而威脅、取代文字的地位？

　　現代社會不只用字詞巨瀑淹沒大眾，還加上了圖像洪流。電視同時湧出數量和種類都令人眼花撩亂的詞彙和圖像，包括電影、談話節目、動畫、戲劇節目、喜劇、綜藝節目、兒童節目、體育賽事、新聞節目、政治廣告以及永不停歇的商業信息。過去每個城市只有幾個頻道，但如今很多地方電視已成為數十種頻道、包括兩或三種語言的大雜燴，有些提供永不間斷的新聞，有些提供永不停歇的運動節目，有些甚至提供永不中斷的廣告。自一九五〇年代以來，這種視覺和文字信息的新組合，憑藉其即時性、情感力量以及迷人的陳腔濫調，已經成為我們生活中不可或缺的一部分。約百分之九十八的美國家庭都有電視機，人們每天以空虛雙眼盯著它超過七小時。

　　節目類型之間的區別過去很清楚，如今卻很模糊。由於競相爭奪大眾焦點，新聞節目、娛樂節目及廣告變得十分相似。許多廣告由小品故事構成，以視覺速記的方式訴說，創造戲劇化的懸念，當其中角色購買或消費推銷的商品時就會一併釋放出來。

　　《朝代》（Dynasty）和《邁阿密風雲》（Miami Vice）這類戲劇節目就像時尚服裝、豪華轎車和昂貴地產的超長廣告。而許多遊戲節目中參賽者氣喘吁吁地爭奪商品，看起來更像展示新商品的藉口。政治競選活動塞滿新聞媒體，接著政治宣傳把新聞素材轉化為政治廣告，然後新聞媒體會再報導這些政治廣告。

　　串接新聞和新聞之間的「趣談時間」嘗試讓新聞節目多些娛樂性，而緊跟其後的是「娛樂新聞」，包括以仿新聞模式播出及將上映的電影片段，以及演員和歌手的專訪。「真人實境秀」也採用了

壟斷地方的超市小報，在報導犯罪故事或八卦消息時會使用的新聞播報手法。

「眼見為憑」

電視告訴觀眾的世界是什麼樣子的？除了明確提供資訊如「豐田汽車車展年終銷售會，只到本週日」、「嚴重暴風襲來，預知詳情請看十一點的新聞」，究竟電視的哪個特性建構了我們認知世界的方式？

直到不久前還有些人認為印刷在書本上的訊息必定是「真實的」。而換作電視，這種態度也依然盛行，因為大家都「知道」：「眼見為憑」。其實我偶然聽過一名顧客在店裡向另一名顧客介紹商品：「我確定它有效啊！你在電視上沒看過嗎？」電視能夠讓我

電視哺餵孩子

們以為自己體驗過它描述的事物，或者至少認為自己確實目擊過，而這正是電視最強大的力量來源。

如同電影和劇場作品，電視戲劇節目仰賴觀眾放下懷疑、認同塑造出的人物，而不是說「等一下哦，人怎麼可能把自己傳送到太空裡！」或「這才不是亨利八世的宮廷，這只是南加州某處工作室的攝影棚。」雖然大多數人都明白虛構的電視、廣告和紀實（或說「新聞」）節目之間有所差異，但還是值得驗證一下每個陳述如何傳達現實，接著我們才能理解要如何，並且是否要「相信」我們「眼見」。

到了六〇年代，電視新聞吸引公眾注意力的能力逐漸明顯。一九六三年甘迺迪總統遭暗殺，恐懼及哀傷擾住了全國人民，此事件及其後續使觀眾盯緊電視螢幕好些天。其他重大事件雖然報紙跟雜誌上也有報導，不過還是透過電視廣泛且即時的傳播了。一九六八年發生了幾起重大事件：人類第一次遠征踏上月球、參議員小甘迺迪遭刺殺、民主黨全國代表大會暴動、北越的春節攻勢[2]，電視涵蓋的內容將從前看似十分遙遠的戰爭血腥畫面帶進了美國家庭。

每起事件美國大多數民眾都連看了好幾天，於是透過電視之眼，成為一套共享經驗。此後對大部分的美國民眾來說，電視成為新聞訊息最主要的來源，而報紙、雜誌、廣播只負責補充資訊[3]。

管窺蛙見

電視圖像是抽象化的一種，如同所有人造圖像（包括塗鴉、

電視能夠讓我們以為自己體驗過它描述的事物，或者至少認為自己確實目擊過，而這正是電視最強大的力量來源。

繪畫與攝影），由光影明暗區域形成陣列然後肉眼將之組合為「影像」，因此抽象化過程也出現在製造電視影像的許多步驟中。電視攝影機將光波轉換成電子脈衝後傳播並複製，將世界複雜的現實反射的光線縮減為一組電子碼。更重要的是，攝影機和操作它的人抽象出畫面時選擇了要記錄世界的哪一部分、忽略哪一部分。

在虛構或戲劇節目的語境中，大多數人也仍對抽象化過程有所意識。如同劇場都有「後台」區域，但不會有觀眾期待看到後台。每個電視攝影棚也同樣具有「離機」區域。曾親眼見過電視節目或電影拍攝「現場」的人必會驚訝於多到嚇人的必要設備（攝影機、燈光、麥克風杆、化妝、道具等），以及現實和螢幕版本的差距。

就算是新聞畫面或其他我們傾向當成「事實」的畫面，攝影機開關之間的區別依舊存在。報紙和電視新聞攝影的不成文規定是，攝影機絕不會現身，沒有攝影師、技術人員，或其他攝影機，只描繪唯一入鏡的那名記者。即使攝影機和記者存在對於拍攝事件至關重要，但往往還是能觀察到前述不成文規定。舉個例子，在記者會開始前，在州議會或市政府經常合作的政府官員和記者或許會互開玩笑，但當燈光亮起、攝影機開始運作，舉止立刻就有所不同。對出席公開聽證會的人來說，或許是攝影機和燈光主導了一切，但電視報導中很少會顯示出這些裝備存在的直接證據。

電視攝影機的狹隘視野也使空間和人群的規模看起來龐大許多。美國人最熟悉的電視節目之一《今夜秀》[4]，若看到攝影棚現場，訪客往往會說「它還真小」。在「電晶管」裡，攝影棚無邊無際、人群數量龐大，因為攝影機很難顯示整體空間。許多參與遊行

示威和政治集會的人都知道這件事。當攝影鏡頭轉過來，歡呼聲變得更響亮而一致、主導者往往試圖讓群眾擠在鏡頭前揮手、歡呼或起鬨，如此他們的規模看起來會更龐大。在一九六〇年代到一九七〇年代，有些電視和報紙編輯開始注意到此現象，以及許多團體利用此現象的狀況，於是他們頒布守則，指導記者和攝影師要他們避免，「創造」出不存在的新聞。

　　攝影機存在與否也影響了新聞的電視定義。許多外國政府會限制或審查記者從他們國家發出新聞資訊和圖片，他們知道如果沒有圖片當作第一手資料，電視新聞機構以及許多報紙就不會報導那些事件了。南非減少外國和本地記者對反對種族隔離抗爭的報導，那些事件的記述因此變得較不生動。而儘管以色列軍方會檢查來自該國的報導和電影，以色列仍是一個相對開放的社會。

　　由於記者可以自由拍攝涉及巴勒斯坦、阿拉伯人叛亂占領領土的事件，他們的報導或許會讓外國觀眾產生該國內動亂頻繁的扭曲印象。然而有其他更多中東、非洲國家及其他鎮壓比以色列更盛的國家，要不就是不歡迎西方記者，要不就是被電視網絡忽略了。衣索比亞饑荒和一九八八年亞美尼亞地震的新聞片段引來西方世界大規模的自發援助，然而其他災害如孟加拉的洪水和哥倫比亞的嚴重地震，都沒有引發同樣的大眾同情浪潮，其中部分是因為他們如此遙遠，不容易被電視報導。

　　然而，另一個抽象的層級發生在編輯新聞片段時。比如說經濟學家或政治思想家在長達一小時的訪談中解釋了他或她的觀點，卻被簡化為一系列二十秒的片段；一場二十分鐘的政治演講被減少成

當攝影鏡頭轉過來，歡呼聲變得更響亮而一致、主導者往往試圖讓群眾擠在鏡頭前揮手、歡呼或起鬨，如此他們的規模看起來會更龐大。

十秒的晚間新聞「摘要原聲」；一個花費數年討論妥協起草而成的複雜法案，被稱為「福利改革法案」並總結成不到一分鐘的總統簽署法案儀式影片。這類裁減也出現在印刷報導中，但電視新聞報導提供的細節及背景資訊往往比印刷報導更少。

「登堂入室」

電視使用刺激強烈情感的能力，以及透過選擇性的編輯方式來抽象化的能力，加上在有限時間內提供語境，創造出由奇聞、暴力事件主宰的世界觀。

　　和印刷媒體相比，電視新聞減少了深度和特異性，然而它的好處是簡潔和情緒即時性。因為電視看似將戰爭、動亂、飢荒或謀殺直接「帶入美國的客廳」，它具有強大的情感衝擊力。這種衝擊在禁播畫面解除後更為增強。越戰之前，美國士兵屍體或身受重傷的照片鮮少出現在美國新聞媒體上。早期戰爭期間，大眾透過新聞報導對戰爭破壞的了解往往都在較高的抽象層級上，諸如「協定」、「激戰」、「突破」、「進展」，偶爾「犧牲」。而電視報導中越戰圖像化和血腥的畫面改變了這一切[5]。雖然程度較輕，但報紙也跟上了腳步。現在幾乎每週新聞都會帶來恐怖畫面，諸如毒氣受害者、饑餓的孩子、或世上某個飽受災難蹂躪之處，或漂浮在洪水上的人類或動物浮屍。這些圖片可能會使我們驚嚇、發怒，或作嘔，我們不太可能無動於衷。

　　電視使用刺激強烈情感的能力，以及透過選擇性的編輯方式來抽象化的能力，加上在有限時間內提供語境，創造出由奇聞、暴力事件主宰的世界觀。聳動事件往往會被標記為新聞重點，排除其他消息。因此恐怖分子只要劫一架飛機就可以作滿新聞網絡，讓新

聞追著飛機跑過一個又一個機場。新聞播報員將現場交給地面上氣喘吁吁的記者，他隨便報導某些新聞花絮、不斷重複同樣的可怕畫面，例如受害人質的屍體從飛機駕駛艙被扔到跑道上。

　　恐怖分子知道，只要一小群狂徒就可以控制精心挑選的目標，最好是美國的航空公司，如此就可以透過電視的迷人鏡頭主宰西方政府和大多數西方公眾的注意力。透過這種方式，他們不僅因為要求釋放其他恐怖分子之類小小理由獲得全世界的關注，也因為迫使世界主要大國與他們協商，而將他們分裂運動的地位提升到國家層級。關於電視報導是否助長恐怖主義的問題常獲廣泛討論，往往都是在電視上為之，但沒有採取太多具體行動來減少恐怖分子操縱媒體。

「請看十一點的影片」[6]

　　若說畫面給予電視權力，過分依賴畫面則成為電視的弱點。電視新聞著重於容易在視覺上被象徵化的事物，其代價就是事物將更難描摹。轉播關於幾個遊民或某個家庭被迫搬遷的畫面可以擴大描述住房短缺或無家可歸的問題，但卻很難轉播待建房屋、租金增加，或就業下降的畫面。很容易轉播汽車駕駛在加油站排隊，但很難轉播減輕依賴進口石油的國家戰略。電視的視覺效果擅於細節，但難以攀上抽象化階梯較具通用性和適用性的更高層級。

　　若涉及犯罪和都會暴力，電視新聞編輯和製作人傾向把注意力集中在犯罪現場的戲劇性畫面片段，諸如覆蓋毛毯的屍體和驚嚇鄰

若說畫面給予電視權力，過分依賴畫面則成為電視的弱點。電視新聞著重於容易在視覺上被象徵化的事物，其代價就是事物將更難描摹。

居的反應。犧牲掉警察如何逮捕犯人的詳細描述,社會和經濟狀況如何引發犯罪的討論,懲教機構有效性的分析,或政府官員採取了什麼因應措施之類報導。

這類較為抽象的報導往往沒什麼好畫面可播,總的來說,這些報導及地方政府、州政府和聯邦政府其他所作所為,只能在電視新聞報導中占一小部分。

電視報導和印刷媒體還有一個主要區別。印刷媒體一般來說比較容易驗證,白紙黑字在手,若想喚起記憶驗證內容就容易得多,打個電話給報導中提到的人、諮詢官方紀錄或查看訴訟紀錄。相對於印刷媒體,電視報導或許同樣精確,但既然一般觀眾都記不清楚新聞到底說了什麼,如果沒有錄影,很難一一記下再去驗證。

電視新聞使人心頭縈繞某種印象,有時無意識地以情感為基調,而畫面可以讓人對伴隨出現的話語印象更深刻。

電視最強大的力量在於它銷售商品的力量。就算看起像是提供娛樂,電視還是在向我們展示「美好生活」以及組成該種生活的商品。

「去享受吧!」

也許電視最強大的力量在於它銷售商品的力量。就算看起像是提供娛樂,電視還是在向我們展示「美好生活」以及組成該種生活的商品,如跑車、時髦衣裝、漂亮家具、現代化廚房的便利。它還用了詩人所有的裝備和攝影師所有的工具來向我們推銷這些商品。

最近電視廣告中文字的重要性次於圖片,把電視關成無聲然後觀察每分鐘的情節發展,其中有些畫面甚至持續不到一秒鐘。電視廣告是波斯工筆畫的影片,畫面中所有內容都受到精密控制,而實

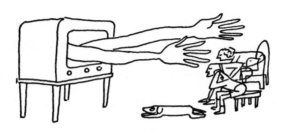

商業廣告

際外觀修整得更加仔細，每一幀膠片都為了廣告而生。

　　浪漫和性冒險的暗示，可在「夜晚屬於麥格」中找到。這個精心策畫的啤酒廣告中，男子不耐煩地在酒吧等待，而年輕女子正匆忙著裝、攔計程車、兩人終於完美會合。而她進入酒吧時，法蘭克·辛納屈正唱到：「今晚妳的美麗身影」（The Way You Look Tonight）回報？今晚一定會成功，因為他們喝對了啤酒。

　　另一對情侶在都會快車道奔馳的夜晚，結束於沐浴在河畔月光下敞篷車內的小倆口兒。什麼車？「美國的心跳，今日雪佛蘭。」另一個廣告提醒我們能夠走入婚姻的那種浪漫征服「需要時間」，而星辰錶會告訴你是什麼時間。這些畫面取向的廣告未到最後一刻都不會提及贊助商，在那之前只有一系列舞蹈、求偶，和俊男美女耳鬢廝磨的畫面。賣給你的是故事，當你下定決心要讓這樣的浪漫夢想發生在自己身上時，你可以購買這彷彿能讓美夢成真的商品。

　　人人都想要擁有好車、美食，和最棒的接待，電視廣告隱含的假設已導致了一些當初無法預見的後果。一九六二年南卡羅萊納州一個小鎮的午餐櫃檯，四個黑人高中生要求接待被拒，於是他們決定留下來等到有人接待為止，這是首次「靜坐抗議」。靜坐的新

聞傳開後，來自南方各地的其他黑人也開始在其他午餐櫃檯靜坐抗議。這就是一九六〇年偉大黑人公民權社會改革運動的開端。

這些靜坐在南加州雜貨藥局的年輕人，為何選擇一九六二而不是其他任何一年？路易斯‧洛馬斯[7]在《黑佬起義》介紹了這起事件，據他解釋這些年輕人並沒有受過特別良好的教育，只是一般的高中生。為什麼他們能夠做出如此具有規模、他們的父母也做不到的事？他們的父母和前幾個世代的人一直忍受白人雜貨藥局不接待黑人。他們忍受吉姆‧克勞[8]公車站、吉姆‧克勞午餐櫃檯、吉姆‧克勞噴泉，和吉姆‧克勞洗手間的種族隔離。整個南方，老一輩人都「深知」別抗議比較好。為何這些年輕人要抗拒？我想其中一個原因是這些十六、七、八歲的孩子，是第一代從嬰兒椅時期就看著電視長大的孩子。這就是世代之間的差異。

換句話說，電視是強大到令人驚異的社會變革工具。電視說了什麼？它一次又一次地說，我們的文化裡有大把好東西，快來享用。快來享用。它從不說「若你是黑人就快滾開」，它從不說「如果你沒錢就快滾開」。它就這麼認定你有錢，它就這麼認定每個人都該享用文化裡的好東西，包括午餐櫃檯提供的漢堡、可樂，以及名車華服，世上一切可愉快擁有或消費的事物。於是高中孩子單純地接受電視的邀請。不就是電視如此禮貌又迫切、一遍一遍、一日數次、經年累月地敦促他們享用文化成果？

三十年前由電視發動、改革美國社會的力量如今也已擴展到全球發展中國家。特別是因為衛星中繼和「衛星地面站」天線的發展，可說電視已無地域或國家的界限。幾世紀以來，拉丁美洲、非

洲、東歐和亞洲的人，其祖先都遠遠隔絕於其他生活方式，如今突然能夠看見整個世界與自己截然不同的生活方式。思想、資訊、特別是「世上另一半人如何生活」的圖像使他們和世界的連結前所未有的緊密，這突然而快速流動的資訊會造成哪些後果，還有待觀察。

　　無論人們看了《朱門恩怨》會對美國社會產生什麼奇怪觀點，他們都看到了那些閃閃發亮的物質財富，如何使我們的日常生活（肯定也包括他們的日常生活）看來如此平淡無奇。幾年前我的兒子艾倫訪問加勒比海一個小島，他開了幾個小時的吉普車翻山越嶺才抵達一個偏遠海灘。他走到此地唯一已開發區域、微風吹拂間以棕櫚葉鋪頂的露天小酒吧，然後目瞪口呆地看著這如詩如畫之地僅有的三個人圍著一台小電視嗡鳴道：「辛蒂・強納森，下來吧！你是《這個價格就對了》[9]的下一個挑戰者！」

什麼？要我工作？

　　麥克魯漢[10]表示，電視的主要價值在於自我滿足。這是他從羅曼史及戀愛喜劇所看出的隱藏訊息，劇中人人為了戀愛和性愛歡愉竭力排除萬難。過度放任個人特質也是那些「古道熱腸」情境喜劇的特徵，從《外科醫生》（M*A*S*H）、《三人行》（Three's Company）、《洛城法網》（L.A. Law）到《夜間法庭》（Night Court）。不管多麼格格不入、不討喜或離經叛道的角色，最後都可獲致溫情時刻，使觀眾充滿「溫暖、柔軟」的感受，並傳達出人性溫暖兼容並蓄的理念。這想法很棒，然而現實社會中，唯有顧慮他

幾世紀以來，拉丁美洲、非洲、東歐和亞洲的人，其祖先都遠遠隔絕於其他生活方式，如今突然能夠看見整個世界與自己截然不同的生活方式。

人感受的人才會被同儕接受。

　　電視只顧鼓吹個人藉由羅曼史和物質消費滿足自我，從不提倡儉約或工作。但如第九章所說，「工作」其實很難拍攝。在電視劇或喜劇之流的場景中，工作場所只是布景之一，發生在該場景的劇情也能發生在其他任何場所。仿真的法律事務所、編輯部、警察局或醫院中有可能充斥陰謀、羅曼史、調情、欺騙或歡笑，卻難以看出他們如何賺取薪水。即使這樣他們也能坐擁名車華服，這是多棒的人生呀。

　　一個又一個小時播放的廣告宣揚購物可提供即時的滿足感、消費可提供瞬間的幸福感，而戲劇節目中對生活的描繪進一步不斷展示毋需工作維生便可進行的炫耀性消費。第一代看電視長大的美國人已長成不同族群，包括都會年輕專業人士和貧民區毒販，但他們對物質財富象徵的迷戀卻同樣顯示在德國豪華汽車、金銀珠寶和名貴手錶上，這不是很奇怪嗎？

壞人背後

　　電視劇總圍繞著二元價值取向打轉，多年來西部片裡的壞人都戴著黑帽子，直到某些觀眾覺得這也太過頭腦簡單，製作人又開發出「成人西部片」，其中好人也戴黑帽子，不過最後都跑去和女人而非馬兒廝混。等觀眾看膩牛仔再開始尋找新的角色和設定，但不管怎樣電視上永遠會有反派。惡棍在警探片裡擔任反派角色已有數十年，他們如此便利好用，永遠邪惡、絕無吸引人的特質。近年來

一般惡徒已讓位給毒販和國際恐怖分子，其中有些看起來竟然魅力四射。

其他類型的反派也隨之而來，渾身上下權貴派頭十足，直到他們被逮住。政治人物要不被描繪成喜劇裡的小丑，要不就是在戲劇裡徹底腐敗、自私自利或風流放蕩。大多數電視劇裡的商人唯利是圖不擇手段，包括說謊、欺騙、偷竊、殺人。更糟糕的是「大企業」。作為（通常前景堪慮的）貪婪建設的幕後黑手，老百姓必須聯合起來對抗它。等所有類型的反派都用光了，編劇毫無顧忌地轉向中情局抓鬼。電視編劇、製片人、廣告商似乎都認為我們需要簡單、二元價值的方式來解決現代生活中的問題。少有電視劇描述兩個「好」勢力或兩個「惡」勢力之間的衝突，也少有戲劇會出現我們無法分辨其「好壞」的角色。肉眼看不見的黑帽子仍然在那裡。

電視編劇、製片人、廣告商似乎都認為我們需要簡單、二元價值的方式來解決現代生活中的問題。

總統選角

電視對美國人的生活變遷影響最大的領域或許就是政治選舉，特別是全州和全國等級的選舉。過去兩黨政治曾是政治體制中不可或缺的一部分，然而許多事物削弱了這個體制，包括人口遷移、郊區發展、主要城市和製造業中心的衰變、工會成長緩慢，以及整體社會傾向重視個人滿足而非團體活動。電視也造成了政黨的衰落，並藉此獲得影響力。越來越多選民傾向「選人不選黨」，亦即看重個人特質而非政黨傾向。

一九六〇年總統大選時舉辦了史上第一次的電視辯論，收聽廣

播的聽眾根據傳統辯論模式判定尼克森副總統擊敗了約翰·甘迺迪參議員，於是電視對政治的影響在此顯現。電視觀眾看完轉播反而會對尼克森產生負面印象，因為他穿了不合身的襯衫、拒絕化妝，帶著一臉髒亂鬍碴，看起來毫無魅力。而甘迺迪精神飽滿，剛從加州的競選活動曬出一臉黝黑，正如芳恩·M·布羅蒂[11]在她的傳記作品《理查·尼克森：形塑他的性格》（*Richard Nixon: The Shaping of His Character*）中所說：

> **錯過電視轉播，只從廣播聽甘迺迪辯論的人認為尼克森顯然擊敗了對手。但許多電視觀眾只看到尼克森面容蒼白、汗如雨下、竭力克制一臉尷尬……其他事都沒什麼印象。**

在政治分析家眼中，這場辯論使選情開始對甘迺迪有利，此後政客都認為候選人在電視上呈現的非語言、視覺印象跟候選人實際上說了什麼一樣重要，甚至更為重要。

大眾獲取新聞的來源由印刷媒體轉向電視，也對政治競選產生許多影響。可由下例說明，麥可·J·羅賓遜（Michael J. Robinson）與瑪格利特·希恩（Margaret Sheehan）在他們的文章〈八〇年代選戰之傳統墨水對抗現代影像〉（Traditional Ink vs. Modern Video Versions of Campaign '80.）中提供兩種不同的報導方式[12]。羅賓遜和希恩比較合眾通訊社的海倫·湯瑪斯[13]和CBS新聞[14]萊斯莉·司徒[15]對於當時總統吉米·卡特一九八〇年九月造訪費城的報導。合眾通訊社：

競選活動開始後三天，卡特總統顯然深信，曾分裂的民主黨已在他獲得候選資格後重新團結……

卡特在費城電視第六頻道上接受採訪時說……他已經看到了「民主黨內了不起的團結」。

訪問黑人浸信會時，卡特提到他的初選對手民主黨麻省參議員愛德華・甘迺迪曾致電表達，他希望民主黨在十一月「團結一致」……

原甘迺迪的支持者……都回歸陣線。包括費城市長威廉・格林（William Green），在卡特訪問費城拉票期間（特別針對少數民族和黑人）未有須臾或離。

同時週三，卡特已確定獲得過去支持其他候選人的三個強大工會背書……

他在錫安浸信會教堂演講時，講台前擠滿熱情的群眾……卡特警告民主黨若像一九六八年那樣分裂，將會使民主黨在十一月勝選。

白天，他遊覽義大利市場，與視野範圍內每個人握手，並在一家愛爾蘭餐廳享用鹹牛肉燉高麗菜作為午餐……

CBS新聞是由副主播查理斯・克勞[16]開場：

克勞：您一定記得卡爾文・柯立茲戴著印第安羽毛戰帽那張經典老照片。競選中的政治人物必須確保所有族群的選民都認同自己，無論老幼，無論血統。這是傳統。接下來萊斯莉・

司徒將為您報導卡特總統忙碌的一天……忙著遵循傳統。

　　司徒：卡特總統今天在費城做了些什麼？擺姿勢。用盡所有不同類型的象徵符號。這個畫面是在托兒所。還有這個是陪一群年長者玩地滾球。請看，下一張和一群青少年在一塊兒。這則是他最後的媒體表演：散步穿越義大利市場。

　　這一切的重點很明顯是在地方新聞搶收視、晨報搏版面。顯然總統的意圖在於討論爭議話題……意圖如此明顯，司馬昭之心，攝影畫面皆可知，根本不用等到他在愛爾蘭餐館享用午餐時跟受歡迎的市長比爾・格林合照。

　　在錫安（黑人）浸信會時更是明顯……

　　過去三天裡，總統的競選活動始終遵循同一個公式，參訪鐵票州，花一點點時間，但可以確保媒體報導數日……

　　今天總統倒是賺到了，因為費城電視台將收視範圍擴展到新澤西州，也就是另一個鐵票州。

　　誠如羅賓遜和希恩指出，合眾通訊社的報導著重於候選人及其發言，以及他對於其他民選官員、工會、教會和族裔群體在政治上扮演的角色。聽了CBS新聞片段選用的詞彙，慣於電視的觀眾自然就會隨著其後畫面想像出總統漫步在義大利市場，邊和市長吃鹹牛肉邊和黑人教會團體聊天的畫面。司徒報導時使用的詞彙都強調政治組織傳統型態畫面的重要性。

　　嚴格來說，將卡特總統的行為描述為「擺姿勢」是推論而不是

報導。不過羅賓遜和希恩引述卡特新聞助理稍後回應司徒的報導表示：「我真的不得不佩服她……她拍照完全挑對時機。」羅賓遜和希恩則說：「這些畫面之所以沒有被貼上過於主觀的標籤，是因為所有政治觀察家，就連卡特自己的人馬也認為司徒的分析是對的。」

雖然卡特的對手雷根才是大眾咸認政治人物中最會挑競選「拍照時機」且以之聞名的人，且一九八八年競選活動中兩黨候選人老布希和麥克・杜卡吉斯也都曾透過同樣方式創造新聞事件，卡特的例子仍可看出此概念行之有年。策畫政治活動獲取免費電視曝光的機會從中得利，這意謂候選人在黑人教堂、義大利市場或鹹牛肉午宴中對民眾說什麼都無關緊要。民眾對他說什麼也無關緊要。競選幕僚希望觀眾看電視時，看到候選人與自己能夠自我認同的對象相互交流。傳統政治那一套組織工作，諸如深入各個選民、對次級團體演講、發展人際關係、候選人撰寫政見及立場等等，幾乎已完全被取代，現在只需把候選人推到鏡頭前面去就可以了。電視攝影師通常仍避免讓自己實際呈現在政治活動裡，但像司徒那樣的評論越來越普遍。許多電視台和某些印刷媒體記者現在會在報導中進一步描述政治活動如何呈現，以及候選人如何因為在電視新聞曝光獲利。請留意合眾通訊社記者海倫・湯瑪斯一般如何遣詞增進報導的可信度，即卡特總統表示黨內正在整合，而湯瑪斯如實報告。相較之下，司徒的態度不只告訴聽眾候選人做了什麼，還告訴觀眾他想表達什麼效果，用字遣詞間不但帶上不以為然的陰鬱，甚至還有一絲冷嘲熱諷。

競選活動中利用新聞攝影機來創造理想畫面的技巧，在一九八八年的總統競選達到最高峰。且舉兩個較為愚蠢的例子如下：老布希參觀國旗工廠、麥克・杜卡吉斯戴著鋼盔搭坦克，並堅持把頭露出坦克拍照。雙方陣營分別希望新聞圖片可以顯示老布希是愛國主義者，因為他出現在大量國旗前面，而杜卡吉斯希望自己代表強大的國防能力，好歹他塞在一台坦克裡面。

儘管電視台記者確實也大加報導這些「活動」是競選團隊想要按照計畫操控電視攝影機，而達成自己的目標，但無論如何那些畫面還是播送出去了，因而也實現了競選團隊的目標。之後杜卡吉斯搭乘坦克的畫面被他的團隊用於競選廣告中，而老布希陣營則覺得杜卡吉斯戴頭盔的模樣實在太蠢了，回收相同畫面用在自己的反杜卡吉斯廣告中。

電視報導拉攏選民的功能日益重要，同時司徒以揭密者的角度描繪的現代政治過程也是，如果並非大多數人都看到了，湯瑪斯的報導看起來就像在描繪一個現已消失的黑白世界。

大腦手術──錄影帶

如果人們越來越依賴電視提供訊息，這是否能成為溝通的新形式，進而威脅、取代文字的地位？現在我們能買到修理汽車指南、操作電腦、居家維修、外語學習、音樂、藝術，和宗教的錄影帶，這會產生什麼樣的世界？核子物理學、電機工程學、計算機設計、天文學、企業管理、建築，或神經外科等學科的原則和實踐若透過

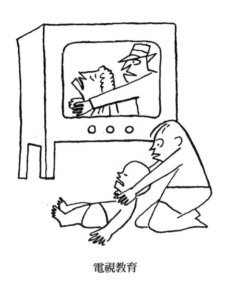

電視教育

閃動的圖像和口語來傳達，是否能表現得跟印刷文字一樣好？如若不然，社會是否會發展出兩套讀寫系統？印刷和圖像，獨立的，以及無法單獨存在的。

　　電視擅長教導的技能偏重舞蹈或木工這類動態技能，以及仰賴遠處圖像的概念。將滔滔不絕的詞彙和精挑細選的畫面結合，正如羅伯特‧麥克尼爾的系列作《英語的故事》[17]，電視媒體能夠讓遙遠的歷史綻放新的光芒。比如說，它能夠挑戰我們的習慣性態度。《洛城法網》中出現一位固定班底，心智發展有障礙，令人同情，而這讓我們見識到在日常生活中可用以應對的新方式，不僅僅是講大道理。

　　但小螢幕上令人驚喜的亮眼時刻其實只是例外。若人類過去利用文字的方式也像我們現在利用電視如此受限，恐怕只會創造出一些八卦小報和漫畫書。

注釋

1　馬克‧克斯賓‧米勒，Mark Crispin Miller，紐約大學媒體學教授。

2　指越戰期間，北越於一九六八年一月對南越發動大規模攻勢，慘烈戰況震驚美國大眾，反戰浪潮高漲，是美軍退出越戰的轉捩點。

3　原注：據電視廣告局（Television Bureau of Advertising）發表的《電視基礎統計》（TV Basics, 87-88）顯示，百分之六十六的成年人表示電視是他們獲取新聞的主要來源，百分之五十五的人認為電視是最可信的，並且有百分之八十的人認為電視比報紙、廣播或雜誌更有影響力。【譯注：電視廣告局為美國關於商業電視產業的私人非營利機構。】

4　一九五四年開播至今的美國深夜脫口秀節目，是目前電視史上最長壽的脫口秀節目。

5　原注：自一九五〇年以來電視報導中關於戰爭、冷戰和蘇聯集團關係產生的變化詳情請參閱J‧弗瑞德‧麥唐納（J. Fred MacDonald）的《電視和紅色危機：往越南的電視影像之路》（Television and the Red Menace-The Video Road to Vietnam），一九八五年。

6　美國新聞界術語，源於在插播新聞時，告知觀眾十一點新聞時間將提供完整報導。

7　路易斯‧洛馬斯，Louis Lomax，一九二二～一九七〇，美國黑人記者、作家，也是美國第一位黑人電視記者。《黑佬起義》（The Negro Revolt）一書出版於一九六三年。

8　吉姆‧克勞指吉姆‧克勞法（Jim Crow Law），泛指所有一八七六年到一九六五年間美國南部及邊境對黑人等有色人種實行種族隔離制度的法律。

9 《這個價格就對了》，The Price is Right，一九七二年開播至今，美國最長壽的遊戲節目。「下來吧！」為該節目呼喚參賽者的招牌用語。

10 麥克魯漢，Marshall McLuha，加拿大哲學家、教育家。其理論預視媒體在文化傳遞上的重要性，被譽為電子時代之父。

11 芳恩・M・布羅蒂，Fawn M. Brodie，一九一五～一九八一，美國傳記作家，加州大學洛杉磯分校第一位女性教授。最知名的作品為湯瑪斯・傑佛遜傳記。

12 原注：威廉・亞當斯編輯《一九八〇年總統大選電視報導》（*Television Coverage of the 1980 Presidential Campaign*），一九八三年。

13 海倫・湯瑪斯，Helen Thomas，一九二〇～二〇一三，美國記者，美聯社白宮通訊員，全國新聞俱樂部首位女性高級幹部，白宮記者協會首位女成員和理事長。

14 CBS新聞，哥倫比亞廣播網（Columbia Broadcasting System），美國重要廣播電視網。

15 萊斯莉・司徒，Lesley Stahl，一九四一～，美國電視記者、主播、CBC白宮首席特派員、新聞節目主持人、製作人。

16 查理斯・克勞，Charles Kuralt，一九三四～一九九七，美國記者、新聞主播。

17 《英語的故事》，The Story of English，一九八六年製作，介紹英語發展史的電視節目，曾獲艾美獎。

第十六章 鼠與人
Rats and Men

　　這麼說吧，能夠產生五百萬千瓦電力的反應爐對我們目前的經濟和政治單位來說太過巨大。經濟學的邏輯和該技術的內在本質決定了新能源的規模，而那比我們傳統上零散的政治和經濟結構所決定的規模來得大。但並不僅只有核能默默地使我們分崩的世界過時，誠如約翰‧馮‧諾伊曼[1]約十年前所指出，氫彈和洲際導彈也使地理邊界過時。從現代科技龐大內在引致的當務之急並不限於核能。我們的通信系統、運輸系統、使用超導電纜傳輸電力的可能性、這一切及其他許多新技術均強烈指出，我們的政治或經濟單位規模和我們的技術規模之間並不匹配。我想所有涉入了新技術的人都只能希望在這些技術摧毀我們之前，我們的政治工具能夠適應這龐大邏輯，而新技術的主要成果將是統一與和平的世界。

──阿爾文‧M‧溫伯格[2]

本章關鍵字

「無解」問題

目標或許就在眼前，只要改變做法就可到手。然而，受制於固定反應，老鼠「無法」獲得食物、家長「無法」改正孩子的缺點……

文化遲滯

社會上出現「無解」問題的基本原因之一或可稱為「制度惰性」。

恐懼變革

「文化遲滯」已成為世界亟需面對的問題，而問題在於想藉由開倒車的制度來組織噴氣推進動力、超音速、電子和核能的世界。

校正團體習慣

關於人類行為，最戲劇性的一項事實或許是，無論制度上有多少「無解」問題，只要戰爭爆發就會迎刃而解。

外延途徑

我們大多數人何其天真，受到新聞中系統性混淆抽象層級論述的欺騙，然而悲劇不僅於此，更深刻的悲劇在於大多數的社群中，報紙與電視從不提供客觀資訊給我們討論。

窮途末路

如果我們堅持執迷於內涵取向，以及由內涵取向引發……我們就會發現自己陷入政治上的「神經衰弱」，不願嘗試、對民主感到幻滅、寧願讓獨裁者抓住尾巴倒吊空中，那也不足為奇了。

科學態度

科學最突出的特徵就是持續成功解決「無解」問題……過去曾認為人類「不可能」會飛，人們一再「證明」這點，如今每天都有人飛越重洋。

又見左門

只顧惱怒於我們反對的「邪惡」，不去理會制度變革的提議會造成什麼後果。我們對「懲罰壞人」的興趣往往高於判定變革的結果。

「無解」問題

密西根大學的N.R.F.梅爾教授[3]曾進行一系列誘發老鼠「神經衰弱」的有意思實驗。先訓練老鼠從平台邊緣往下面兩扇門跳。如果老鼠跳到右邊的門，門緊閉不開，老鼠會撞到鼻子，掉到網子裡；如果老鼠跳左邊的門，門會打開，接著老鼠會發現一碟食物。等老鼠訓練到對此反應習以為常後，情況變了，食物改放在另一扇門後，為了得到報酬，老鼠現在得改跳右邊，不能跳左邊。（實驗者也可以導入其他變化，比如在兩個門上做不同的標記）。如果老鼠搞不懂新系統，牠怎麼跳都無法確知究竟這次能得到食物或撞到鼻子，最後牠會放棄並拒絕再跳。到了這個地步，梅爾博士說：「很多老鼠都寧願餓死也不想做選擇。」

接著，用強烈氣流或電擊迫使老鼠做出選擇。「動物若被迫對於無法解決的問題做出反應，」梅爾博士說，「就會選定一個特定反應（比如只跳左邊的門），且將不顧後果持續執行……在這狀況下老鼠將執迷於已做出的選擇……一旦執迷於此，動物就再也學不會因應狀況做反應。」當老鼠執迷於跳左側的門，若打開右側門讓食物清晰可見，一旦逼老鼠跳，牠還是會繼續往左邊跳，而且一次比一次更恐慌。若實驗者持續逼迫老鼠做選擇，最後牠可能會抽搐、橫衝直撞、弄傷爪指、四處亂撞，然後進入劇烈顫抖狀態，直到陷入昏迷。在這種消極狀態，牠拒絕進食、拒絕對任何事物感興趣，你可以把牠捲成一團，也可以抓著尾巴讓牠懸空，任何事都不會讓那老鼠有所反應，牠已經「精神崩潰」了[4]。

問題的「無解性」導致老鼠精神崩潰，且根據梅爾博士對於也同樣受擾的兒童和成人所做的研究，老鼠和人類會歷經相同階段。首先他們會習慣在遇到特定問題時做出指定選擇。其次，他們會發現狀況已變，選擇無法獲得預期結果因而受到驚嚇。第三，無論出於驚嚇、焦慮或沮喪，他們或許還是會不顧後果地執迷於原來的選擇。第四，他們陰鬱地拒絕一切行動。第五，若外界強迫他們選擇，他們會再次做出原先訓練的那個反應，然後又撞個滿頭包。最後，就算目標近在眼前，只要換個選擇就唾手可得，他們仍會出於挫折而瘋狂……他們行為乖張、他們躲在角落生悶氣、拒絕進食、苦澀辛酸、憤世嫉俗、幻滅、再也不關心發生什麼事。

　　這畫面是否太過誇張？但看來並非如此。從家庭中的小災難到國家之間足已毀天滅地的災難，此模式頻繁地出現在人類生活中。父母為了灌輸孩子責任感，可能會叨念孩子要求他或她保持房間乾淨。如果房間還是很亂，父母繼續嘮叨，而孩子變得不滿，更不願整理。接著父母更是嘮叨。如同老鼠實驗，以固定反應模式管教孩子房間凌亂的問題，父母只能得到同一種結果。模式持續越久，情況就越糟，直到雙方都精神崩潰。

　　同樣地，北方城市中的白人痛責黑人文盲和高犯罪率，隔離並迫害他們（確有記載顯示警察往往對黑人嫌疑犯較為嚴厲），從城市搬離而非選擇改善公共學校，拒絕僱用或晉升黑人。拒絕提供機會使文盲和高犯罪率問題依然如故，從而持續了隔離、迫害、再次拒絕提供機會。尋求打破惡性循環的方式端賴志在有序變革社會的優秀人才：市議會成員、教育者、都市規畫者、民權組織、州政府

拒絕提供機會使文盲和高犯罪率問題依然如故，從而持續了隔離、迫害、再次拒絕提供機會。尋求打破惡性循環的方式端賴志在有序變革社會的優秀人才。

及聯邦政府的成員。

　　再舉個例子，學生想透過寫作表達自我，可是寫不好。英語老師說，為了提升他們的寫作能力，我必須給他們文法、拼寫和標點的基礎教育。如此因為過分強調文法和格式技巧而忽略了學生的想法，老師迅速破壞了學生對寫作的興趣。興趣遭破壞之後，學生寫得比以前更差。於是老師又加倍了文法和格式技巧的劑量。學生們越加無聊且叛逆。這樣的學生塞滿高中和大學的「英語輔導」班。

　　同樣地，一個國家相信確保和平和尊嚴的唯一途徑是武裝實力，於是踏上了龐大軍備之路。軍備計畫引起鄰近國家的恐懼，所以這些國家也都增強軍備與之匹敵，焦慮和緊張感因此提升。於是第一個國家宣稱：我們的鄰國加強武裝，很明顯只要尚未準備好應付所有緊急狀況，我們就應繼續擔憂國家安全問題，所以我們必得繼續加倍軍備。鄰國自然更是著急，他們也因此加倍軍備。焦慮和緊張感持續提升。第一個國家又宣稱，顯然我們一直低估了國防需要。這次，我們一定要確保充分武裝以便維護和平。必須加強三倍的軍備……

　　當然這些例子都過度簡化，但正是惡性循環使我們對該狀況無計可施，最後導致災難。這模式往往易於辨識：目標或許就在眼前，只要改變做法就可到手。然而，受制於固定反應，老鼠「無法」獲得食物，家長「無法」改正孩子的缺點，少數民族「不得不等」兩三個世代「直到」社會變革的「時機成熟」，而我們「無法」停止設計、製造破壞性強大到一使用就摧毀文明的武器。

　　然而老鼠問題和人類問題的無解性之間有個重要區別。梅爾博

人類崩潰往往導因於人類自己製造的問題。

士的老鼠是因為遇到了在自然環境中不會碰到的複雜狀況才被逼瘋的，但人類崩潰往往導因於人類自己製造的問題，如宗教信仰和道德信仰問題，如金錢、信用、貸款、信託基金、股市波動引起的問題，如人類擬定之習俗、禮儀、社會組織和法律的問題。

很難指責老鼠無法解決梅爾博士為他們設計的問題，因為老鼠的抽象能力有限。但人類抽象、組織和運用抽象化的能力卻是潛能無限。若人類因為固定反應而導致問題無解，亦即他們不管語境或狀況如何，只能針對某些象徵定義上固定的狀況作出單一反應，因之感到挫折，那麼他們的能力恐怕在正常人類之下。套用科斯基的話，可說他們的反應是在「模擬動物」。溫德爾·約翰遜貼切地總結這個概念，他說：「對老鼠來說，乳酪就是乳酪，所以捕鼠器才派得上用場。」人類怎麼也會如此執迷不悟呢？

文化遲滯

社會上出現「無解」問題的基本原因之一或可稱為「制度惰性」（institutional inertia）。所謂「制度」，如同社會學所指，是「群體行為的一種組織模式，完善建構且獲接受為文化的基礎部分」（出自《美國大學詞典》）。人類因此組成一體，然後無可避免地組織起自己的精力和活動使之多多少少能夠納入社會群體都認同的模式。人類認同制度後便以特定方式看待事物，比如共產主義（或資本主義）社會裡的人接受並延續共產主義（或資本主義）的經濟行為慣性，士兵透過訓練有素以特定方式抽象化資訊的雙眼看待世

界，銀行家、工會幹部、股票經紀人同樣都有自己特定訓練下抽象化資訊的方式。長期習慣透過專業或制度化的方式來看待世界，人往往傾向將自己抽象出的抽象現實（他對於疆土畫定的地圖）當作真正的現實。防禦就是防禦、赤字就是赤字、工賊[5]就是工賊、藍籌股就是藍籌股。

　　接著事情就變得有些奇怪，人們習慣制度後終究會覺得他們遵循的特定制度是唯一正確且適當的處事方式。人類的奴隸制度，比如印度的種姓制度捍衛者稱其為「神授」制度，且攻擊該制度被視為攻擊自然法則、理性及神的旨意。另一方面遵循相反制度的人，認為他們的自由勞動體系才是「神授」制度，並認為奴隸制違反自然法則、理性和神的旨意。同樣地，現今相信商業資本主義的人認為他們組織分配商品的方式是唯一適當的方法，而共產主義者以同樣激情的信念堅持自己的方式。忠於自己遵循的制度十分合理，大多數人都認為自己文化的制度是理性生活的基礎，於是無可避免地認定，挑戰這些制度威脅到整體生存秩序。

　　因此社會制度往往改變得很慢，更重要的是，常在失去存在的必要性之後仍舊長久受到奉行，甚至因此造成損害或危險。當然並不是說所有當代制度都已過時。許多制度都能夠與時俱進，也有很多制度做不到。陳腐制度的習慣和形式（比如美國許多州的郡政府體系，按照馬車人口的需求來做地理上的配置）若不斷存續，社會學家稱之為「文化遲滯」（Culture Lag）。「文化遲滯」換個對應的白話說法就是「開倒車」。

人們習慣制度後終究會覺得他們遵循的特定制度是唯一正確且適當的處事方式。

恐懼變革

「文化遲滯」已成為世界亟需面對的問題，而問題在於想藉由開倒車的制度來組織噴氣推進動力、超音速、電子和核能的世界。這兩百年來技術進步的速率，遠超過社會制度的進化速度及隨之而生的忠誠及意識型態，而兩者之間的差距始終有增無減。因此每個受到科技衝擊的當代文化中，人們都在質疑以十九世紀（或十八世紀、中世紀、石器時代）制度套用在二十世紀是否恰當。他們日益警覺到舊式民族主義將在科技上與經濟上都已合為一體的世界中引致危機，他們對於十九世紀資本主義或二十世紀的社會主義是否能獲致理性的世界經濟秩序也日益焦慮。只要社會制度的變革無法與科技產生的變革相匹敵，人們就會緊張並感到壓力。

當然也有些人能夠以唯一明智的方式應付這些緊張和壓力，即他們努力改變或放棄過時的制度，並引入新制度或新型態的舊制度。教育實務、政府組織、工會職責、公司結構、圖書資訊學技術、農產品營銷等領域的變革從不停歇，因為客觀的人都不斷努力拉進制度與現實之間的距離。若大眾確有決心想改用較可行的經濟秩序來修改舊社會制度和做法，可與心智客觀的人一同促成，歐洲經濟共同體就是歐洲致勝的成功案例。

一九九二年開始了歐洲經濟共同體計畫，用以消除大多數內部經濟障礙，並創建整個歐洲大陸規模的開放市場。該計畫驚人的地方在於大眾內心都還記得歐洲根植於民族主義與經濟衝突導致的那兩次大戰，而兩次大戰也撕裂了歐洲。

　　就算時代相對差距可能不怎麼大，但還是得繼續制度的變革，否則不斷變遷的世界可能會迅速拉遠距離。而近來特別成功的制度調整案例即聯邦存款保險公司。在一九三四年之前，銀行破產會導致存戶失去全部或大部分的儲蓄，而恐慌一旦開始就再也無法控制。自從美國聯邦存款保險公司設立後，恐慌已然消失。數十年來銀行倒閉極為罕見，就算發生了個人存戶也不會有金錢損失。即使近年儲貸信用業面臨危機[6]，美國人仍認為銀行穩定可靠，而若在一九三四年恐怕很難想像能夠如此寧靜以對。然而儲貸危機也表明，即使是聯邦存款保險公司這樣成功的制度創新，也需要隨時變革才能與周遭社會齊頭並進。

　　若看見變革的需求，有些人會鼓吹實證上看來做比不做更糟的治療方案，也有些人會鼓吹無法實現的變革方案。然而現今全世界都還在人類生活最重要的某些領域中保持文化遲滯狀態，特別是對於國際關係的概念，以及與世界經濟秩序密切相關問題的概念、我們現在還找不到方法解決未來文明會遇到的威脅。

　　但文化遲滯是怎麼造成的？許多群體中的文化遲滯顯然是無知所致。有些人顯然不知道現代現實世界中關注的重點，其「地圖」所代表的「疆土」早已不復存在。在某些狀況下，遲滯是既定的經濟或政治利益所造成。許多人享有舊時制度框架內的權力和威望以及助長他們的制度惰性，他們深信自己熟悉的制度是美好的上上之選，其實所有文化遲滯的主因多半都是權貴人士渴望保持他們的財富和權力。若受到社會變革的威脅，他們往往採取狹隘且短視近利的行動，比如波旁王朝那樣嚴峻而固執地緊抓特權，看似就算與自

　　許多文化遲滯顯然是無知所致，有些人不知道「地圖」所代表的「疆土」可能已不復存在。

身所處的文明同歸於盡也在所不惜。

　　但財富和權力本身並非不具社會責任或愚蠢的表徵，且具有權貴階層的文化未必會有文化遲滯的現象。至少有些權貴之士知道如何優雅地讓步於制度調節，有時他們甚至願意做其推手，因之能夠保持自己優越的地位，並幫助自己和社會免於崩解之禍。在這狀況下，文化遲滯的規模往往小到不會失控。今日某些拉丁美洲國家中社會改革或革命運動一觸即發，究竟會傾向哪個後果，端看特權階級是否願意接受及適應變革。

　　但就算權貴之士短視又不負責任，也要一般平民夠支持他們，才有辦法抗拒必要的制度調整。要理解文化遲滯，除了考量權貴人士的短視近利，我們也得了解庶民的短視近利，了解為何他們會支持與自身權益背道而馳的政策。制度惰性強力促使人們進行那些早就不該繼續的行動，而除了制度惰性之外，恐懼也是致使統治者和被統治者雙方限於僵化制度的主要原因，也許造成文化遲滯的終極力量來自各行各業害怕改變的群眾。

制度惰性使人們進行不該繼續的行動。恐懼也是使統治者、被統治者雙方限於僵化制度的主因。

校正團體習慣

　　無論文化遲滯基於惰性、短視近利、恐懼變革，或以上這些因素的任意組合，社會問題的解決方案很明顯必須基於人們能夠接受新狀況之下的制度習慣。關於人類行為，最戲劇性的一項事實或許是，無論制度上有多少「無解」問題，只要戰爭爆發就會迎刃而解。戰爭本身就是制度，而對此制度的需求遠凌駕於其他所有需

求,至少現代文化中是如此。二次世界大戰前,「不可能」為了維護倫敦貧民窟孩子的健康把他們送到鄉下。但當倫敦開始受到空襲,所有孩子在一個週末就疏散了。深受制度影響的經濟學家在戰前次次證明黃金存量不夠的德國或日本「不可能」發動戰爭,但德國和日本還是引發了大戰,遠出那些知名社論者和經濟學家意料之外。戰爭的教訓之一就是,制度無論多麼強大又持久,只要緊急力量夠強,絕非堅不可摧。

於是全球該面對的問題就是了解緊急力量十分強大,強大到我們必須調整或放棄某些制度,特別在於國際事務、種族關係、世界人口爆炸、保護自然環境和許多其他領域。而我們公民面對的問題是,一旦我們了解狀況緊急,我們應當如何圖謀調整思維和行動的方式,來讓制度調整迅速確實,盡力降低個人痛苦,竭力提高大眾利益。

> 無論制度上有存在多少「無解」問題,只要戰爭爆發就會迎刃而解。

外延⁷途徑

無論是改變醫療福利分配、改善福利制度、提議統一指揮各軍種、提議設立解決國際紛爭的新途徑,所有受到廣泛討論的公共議題都在討論如何調節制度。如果我們討論這些事物時,堅持使用「正義」與「不公」、「自然法則、理性、神的旨意」和「無政府及混沌力量」、「生命權(反墮胎)」與「選擇權(支持墮胎)」這類詞彙,往往雙方都只會招致恐懼及憤怒的反應,且恐懼及憤怒會使我們心靈麻木,無法做出明智決斷。唯有逃離二元價值辯論,我們

才能以調節制度的角度來看待社會問題，使得引發激辯的社會議題顯得較為客觀。我們不再詢問對於制度變革的建議「正確」或「錯誤」、「進步」或「反動」。我們首先應改問：「會有什麼結果？誰會受益，程度如何？誰會受損，程度如何？提議是否包含防止進一步傷害的安全措施？人民是否真的已準備好面對新措施？對物價會有什麼影響？對勞動力供給、公共健康、環境又有什麼影響？那又是誰說的，基於什麼樣的研究、什麼樣的專業知識？」藉由客觀提問中得到的客觀答案才能邁向決策。而憑藉客觀資訊獲致的決策只不過是現況下應當進行的明智行為，既不會「左傾」也不會「右傾」。

　　再舉一個例子，若市政府提出議案，允許卡車穿越橡樹橋。卡車運輸公司支持此措施，因為提案通過後他們將可節省大量的時間和金錢。如果我們以合理的客觀角度來討論這個提案，所關注的問題將是：「橋梁結構是否足以承受額外負載？這將會對橡樹街和鄰近街道的交通流量造成什麼影響？是否增加了鄰近街道交通事故的危險？對市容是否有負面影響？對橡樹街附近居民或商店會有什麼影響？」若這類問題都能由具有不同領域專業、能做出準確預估的人來回答，不管所有公民考量的是孩童步行上學的安全性、市容、卡車運輸的利潤、對稅率的影響或其他，都能夠根據專家提供的資訊，基於各自的利益考量與價值觀來下結論。而他們的決議都本於專家負責任的預估，只在理智層面上與他們的個人欲望相關。

　　然而讓我們進一步假設，若該措施只對卡車運輸業有利而卡車運輸業也希望通過這項措施，他們就會避免公眾客觀討論這個議

大多數人深受新聞系統性混淆抽象層級論述的欺騙，許多媒體並不提供客觀資訊。

題。訣竅就是立刻把討論推到抽象化的更高層級，並大談「商業上的不合理限制」，必須保護「自由企業」，「美國精神」避免受到「政治人物」、「公職人員」和「小官僚」騷擾。討論影響鐵路、保險、住房、醫療等議題的法案時也常利用此訣竅。透過有系統的混淆抽象層級，卡車運輸業者行駛橡樹橋的「自由」立刻恍若鍛爐谷[8]血汗奮戰得來的自由。

我們大多數人何其天真，受到新聞中系統性混淆抽象層級論述的欺騙，然而悲劇不僅於此，更深刻的悲劇在於大多數的社群中，報紙與電視從不提供客觀資訊給我們討論。

部分原因是許多報紙和電視新聞節目早已放棄了自己的新聞功能而傾向娛樂功能，另有部分是因為極端黨派分子那些聳動煽情、二元價值的言論說來活靈活現，遠比客觀專家的證詞來得生動，在某些社群中，新聞報導關於重要公眾議題的資訊可謂寥寥無幾。

討論（以及輿論）的要旨淪落至此，又怎會有機會根據迫切的問題進行制度的調整？於是我們面對文化遲滯多半也只能以新的失調內容來取代舊的失調內容，或幫舊的失調內容換個新名字繼續用下去。

> 許多報紙和電視新聞節目早已放棄了自己的新聞功能而傾向娛樂功能，關於重要公眾議題的資訊可謂寥寥無幾。

窮途末路

曠日費時的徒勞辯論往往導致數年過去制度也未見成功調整，文化遲滯加劇。社會動盪也日益嚴重，恐懼和混亂蔓延。由於恐懼和混亂蔓延，社會就像人類一樣，對於無法解決問題日益不安。缺

乏知識或信心去嘗試新的行為模式，同時因傳統方式失效而驚慌失措，於是社會或多或少像梅爾博士的老鼠那樣，遇到無解問題後，執迷於現狀，使用舊有對應模式，並停止接受或學習新的對應方式。於是社會就按照過去的做法沿用至今，執迷於單一解決方案面對急迫問題。安撫憤怒神明的唯一方式就是拋出更多嬰兒餵鱷魚，保障社會秩序的唯一方式就是偵查並獵殺更多女巫，防止道德淪喪的唯一方式是更嚴格地堅守宗教律法，確保繁榮的唯一方式是減少聯邦支出，確保和平的唯一方式就是擁有更多軍備。（最後兩個信念當然同時並行。）

　　重複行為模式構成的這種心理障礙，妨礙我們使用唯一派得上用場的外延途徑來解決「無解」問題。因為我們無法藉由內涵定義和高層次抽象化來分配貨物、養活人民，或與鄰居建立合作。外延世界中的事，不管是誰都必得用外延手段來完成。作為一個民主國家的公民，要履行我們對於諸如公平正義的世界經濟秩序等重大議題的責任，我們必須由高層級抽象化的雲端爬下來，並學習如同尋求食、衣、住等基礎問題那般，以盡可能客觀的眼光考量世界上的問題，不管問題層級屬於地方、州、國或國際。

如果執迷於內涵取向，以及由內涵取向引發的「我對你錯」二元價值觀點，人們將陷入政治的「神經衰弱」。

　　但如果我們堅持執迷於內涵取向，以及由內涵取向引發、火藥味十足的「我對你錯」二元價值觀點，我們的命運大概就和梅爾博士的老鼠相差無幾了。我們將病態地無法改變行為，於是也沒什麼好做的了，只能像那些老鼠一樣不斷重複錯誤。長此以往，我們就會發現自己陷入政治上的「神經衰弱」，不願嘗試、對民主感到幻滅、寧願讓獨裁者抓住尾巴倒吊空中，那也不足為奇了。

科學態度

　　科學最突出的特徵就是持續成功解決「無解」問題。過去曾認為「不可能」製造出時速超過二十英里的交通工具，但如今我們最高時速已達兩萬四千英里。過去曾認為人類「不可能」會飛，人們一再「證明」這點，如今每天都有人飛越重洋。我還在念書時，曾被反覆告知釋放原子能只是理論上可行而已，實際上當然絕對做不到。科學家堪稱是專業的「不可能」實踐者，他們能這樣做是因為身為科學家必得外延取向。然而他們對於「非科學」事物當然也可能（且通常）抱持內涵取向，因此物理學家談論社會或政治問題、愛情和婚姻議題時未必會比我們更明智。

　　如我們所見，科學家以特殊的方式談論他們處理的現象，以特殊的「地圖」來描繪他們關切的「疆土」。以地圖為基礎，他們做出預測，當事情一如預測，便可認定地圖為「真」。但是如果事情不如預期，他們就放棄那張地圖並重繪一張新的，也就是說他們根據新假設推論新的行動程序來行動[9]。然後他們再次檢查地圖與疆土。如果新的那張又錯了，他們還是會開心地丟棄它並繼續提出新假設，直到有地圖符合為止。他們會認為這些是「真實的」，不過也只有現在是「真實的」。等稍後他們發現新的狀況，讓之前「符合」的假說不再符合，他們就準備丟棄它，重新審視外延世界，然後做出更多新地圖、推論出新的行動程序。

　　科學家越不受財政干擾或政治影響，往往越是進展神速。也就是說，得要他們可以自由與全球的同行匯合知識、透過獨立觀察檢

查彼此地圖的精確度、自由交換意見，不考慮他們的假設是否符和別人期望。他們的觀點高度多元且客觀，不怎麼像別人那樣受到死教條和無意義問題的困擾。科學家的談話和著作老是承認自己無知或智識有限，以傳統觀點看似矛盾，但以現今觀點來看就十分合理。我認識的某位核子物理學家對話常用下面這些說法，次數多到令人印象深刻：「根據韓德森的上一篇論文，雖然之後可能還有其他發現只是還沒發表……」、「沒人知道究竟發生什麼事，但我們的猜測大概像是這樣……」「我告訴你的可能有錯，不過這是目前我們唯一能推出的可行理論……」古人有云，知識就是力量，但知道一個人的知識有限，這才是最有效的知識。

若有一張從祖父那裡繼承的地圖，或華盛頓、林肯用過的地圖，科學家也絕不會堅守那張地圖。以內涵觀點來看，「如果華盛頓跟林肯都覺得它夠好用，對我來說絕對也夠好用。」但透過外延觀點，沒核驗以前我們都不知是否如此。

又見左門

請注意我們對某些事物所具備的技術、科學態度，以及面對某些事物時具備的內涵態度，兩者之間有何差異。我們要修車時會以機械角度來思考。我們不會問：「你會建議堅持用熱力學原則做補救措施嗎？法拉第或牛頓在類似情況下會做什麼？你確定你建議的補救措施不會代表我們國家的傳統技術退化、傾向失敗主義？如果我們對每輛車都這樣做會發生什麼事？亞里斯多德對這有什麼看

法？」這些都是無意義的問題，我們只會問：「會有什麼結果？」

　　但我們試圖修復社會時，事情就不一樣了。社會作為現行制度的整合體，卻很少有人意識到它正如機械，習慣以簡單的道德憤慨來思考社會問題。我們譴責工會（或資本家）的惡行、我們譴責保守派的熱忱（或自由派的激情），我們譴責俄羅斯（或若我們是俄羅斯人則譴責「美帝主義」）。這樣做我們就完全忽略了「地圖化」社會問題的基本要求，即必須先描繪建構社會及建構社會問題的群體行為既定模式（亦即制度）。只顧對我們反對的「邪惡」惱怒，卻不問制度變革的提議將有何後果。我們對「懲罰壞人」的興趣往往高於判定變革的結果。討論社會補救措施的建議時，總以無法驗證的問題為之：「你的建議符合健全的經濟政策嗎？是否基於真正的自由主義原則（或真正的保守主義）呢？亞歷山大・漢密爾頓[10]、湯瑪斯・傑佛遜或林肯會怎麼說呢？這會不會邁向共產主義或法西斯主義？如果大家都跟著你的計畫走會發生什麼事？你為什麼不讀亞里斯多德作品？」我們總是花那麼多時間討論無意義的問題，於是我們永遠也搞不清提議這些行動會造成什麼後果。

　　我們疲憊地與這些無意義問題纏鬥時，肯定會有人跑來找我們宣傳這些：「讓我們回到常態……讓我們堅持美好舊式的試驗真偽原則……讓我們回歸健全經濟和財政、回歸基礎……美國必須回到這個、美國必須回到那個……」當然這類訴求大多只是邀請我們去跳左邊的門而已，換句話說，邀請我們繼續逼瘋自己。若我們在混亂之際接受了這邀請，後果可想而知。

注釋

1 約翰・馮・諾伊曼，John von Neumann，一九〇三～一九五七，出生於匈牙利的猶太裔美國數學家，電腦創始人之一。除數學之外，在經濟、量子力學等領域均有貢獻。

2 阿爾文・M・溫伯格，Alvin M. Weinberg，一九一五～二〇〇六，美國核能物理學家，創造研發數種核能反應爐，曾獲諾貝爾物理獎。

3 N.R.F.梅爾，Norman Raymond Frederick Maier，一九〇〇～一九七七，美國實驗心理學家。

4 原注：諾曼・R・F・梅爾《挫折：無目標行為之研究》（*Frustration: The Study of Behavior Without a Goal*）一九四九年，特別請見第二章〈異常行為反應的實驗證據〉（Experimental Evidence of Abnormal Behavior Reactions）和第六章〈比較動機和挫折引起的孩童行為問　題〉（Comparison of Motivational and Frustration-Induced Behavior Problems in Children）。

5 工賊，strikebreaker，指在罷工活動期間接替罷工者的工作，破壞罷工活動的人。

6 指一九八〇和一九九〇年代發生的美國儲貸危機（the savings and loan crisis），當時美國三千多間儲貸金融機構中約有七百多家倒閉。

7 原文extensional，即語言學與哲學概念中所謂「外延／外向」概念，相對於一般概念所謂「客觀」，為求譯文通順，除非作者以語言學專有名詞形式提及（特別是與相對的「內涵」概念呼應時），均依上下文譯為「客觀」。

8 鍛爐谷，Valley Forge，美國獨立戰爭，戰況險惡時，華盛頓曾率軍退守此處。

⁹ 原注：懷特海（Alfred North Whitehead）在《科學與現代世界》（*Science and the Modern World*）中說科學家若被證明有誤卻感到開心是很正常的，所有人類的進步都依賴於「新問題」，而非「老問題」的「新答案」。【譯者注：懷特海，一八六一～一九四七，英國數學家、哲學家，曾獲英王授勳，創立形上學體系。】

¹⁰ 亞歷山大‧漢密爾頓，Alexander Hamilton，一七五五～一七五七，美國開國元勳、憲法起草人之一、軍人、經濟學家、政治哲學家、美國第一任美國財政部長、美國第一個政黨聯邦黨（Federalist Party）的創立者。

後記

　　儘管本書從頭解釋到尾的原則是為了建立共識並避免衝突，但有些人可能還是會想用這些原則當武器來挑起爭論，好比用這理論給人迎頭痛擊：「喬伊，你的問題在於你是二元價值傾向的不良示範！」「老天爺，茱莉亞，別這麼內涵取向！」可以如此簡述本書並這樣活用的人或許可說已經讀懂了，只不過還有些朦朧。

參考書目

Adams, William C. (ed.). *Television Coverage of the 1980 Presidential Campaign.* Norwood, N.J.: Ablex Publishing, 1983.

Arnold, Thurman, W. *The Folklore of Capitalism.* New Haven, Conn.: Yale University Press, 1937.

——. *The Symbols of Government.* New Haven, Conn.: Yale University Press, 1935.

Ayer, A. J. *Language, Truth and Logic.* New York: Oxford University Press, 1936.

Barnlund, Dean C., and Franklyn S. Haiman. *The Dynamics of Discussion.* Boston: Houghton Mifflin, 1960.

Barthes, Roland. *Mythologies.* New York: Hill & Wang, 1972.

Bell, Eric Temple. *The Search for Truth.* New York: Reynal and Hitchcock, 1934.

Benedict, Ruth. *Patterns of Culture.* Boston: Houghton Mifflin, 1934.

Bentley, Arthur F. *Linguistic Analysis of Mathematics.* Bloomington, Ind.: The Prinicipia Press, 1932.

Berne, Eric. *Games People Play: The Psychology of Human Relationships.*

New York: Grove Press, 1964.

Berrien, F. K., and Wendell H. Bash. *Human Relations: Comments and Cases*. New York: Harper, 1957.

Bloomfield, Leonard. *Language*. New York: Henry Holt, 1933.

Bois, J. Samuel. *The Art of Awareness*. Dubuque, Iowa: William C. Brown, 1978.

——. *Explorations in Awareness*. New York: Harper, 1957.

Breal, Michael. *Semantics: Studies* in *the Science of Meaning*. New York: Henry Holt, 1900. Republished New York: Dover Publications, 1964.

Bridgman, P. W. *The Logic of Modern Physics*. New York: Macmillan, 1927.

Brown, Norman O. *Life Against Death*. New York: Vintage, 1959.

Bruner, Jerome, Jacqueline J. Goodnow and George A. Austin. A *Study of Thinking*. New York: John Wiley, 1956.

Burke, Kenneth. A *Grammar of Motives*. Englewood Cliffs, N.J.: Prentice-Hall, 1945.

——. *The Philosophy of Literary Form*. Baton Rouge: Louisiana State University Press, 1941.

Burrow, Trigant. *The Social Basis of Consciousness*. New York: Harcourt Brace Jovanovich, 1927.

Carnap, Rudolf. *Philosophy and Logical Syntax*. London: Psyche Miniatures, 1935.

Carpenter, Edmund, and Marshall McLuhan (eds.). *Exploration in Communication,* Boston: Beacon Press, 1960.

Cassirer, Ernst. *An Essay on Man*. New Haven, Conn.: Yale University Press, 1944.

Chase, Stuart. *Danger-Men Talking*. New York: Parents' Magazine Press, 1969.

——. *Roads to Agreement.* New York: Harper, 1951.

——. *Power of Words.* New York: Harcourt Brace Jovanovich, 1954.

——. *Guides to Straight Thinking.* New York: Harper, 1956.

Cherry, Colin. On *Human Communication.* New York: Science Editions, 1957.

Chisholm, Francis P. *Introductory Lectures on General Semantics.* Lakeville, Conn.: Institute of General Semantics, 1945.

Dantzig. Tobias. *Number: The Language of Science.* New York: Macmillan, 1933.

Deutsch, Karl W. *Nationalism and Social Communication.* New York: John Wiley, 1953.

Doob, Leonard W. *Public Opinion and Propaganda.* New York: Henry Holt, 1948.

Efron, Edith. *The News Twisters.* Los Angeles: Nash Publications, 1971.

Embler, Weller. *Metaphor and Meaning.* DeLand, Fla.: Everett/Edwards, 1966.

Empson, William. *Seven Types of Ambiguity.* London: Chatto and Windus, 1930.

Epstein, Edward Jay. *News from Nowhere.* New York: Random House, 1973.

ETC. A Review of General Semantics (quarterly); published since 1943 by the International Society for General Semantics, San Francisco, California.

Frank, Jerome, *Law and the Modem Mind.* New York: Brentano, 1930.

Fromm, Erich. *Escape From Freedom.* New York: Rinehart, 1941.

Garey, Doris. *Putting Words* in *Their Places.* Chicago: Scott, Foresman, 1957.

Gorman, Margaret. *General Semantics and Contemporary Thomism.* Lincoln: University of Nebraska Press, 1962.

Grotiahn, Martin. *The Voice of the Symbol.* New York: Delta, 1971.

Hammond, Charles Montgomery. *The Image Decade.* New York: Hastings House, 1981.

Haney, William V. *Communication and Organizational Behavior: Text and Cases.* Homewood, Ill.: Richard D. Irwin, 1967 revised edition.

Hardy, William G. *Language, Thought. and Experience.* Baltimore: University Park Press, 1978.

Hayakawa, S. I. (ed.), *Language, Meaning and Maturity: Selections from ETC., 1943-1953.* New York: Harper, 1954.

—— (ed.). *Our Language and Our World: Selections from ETC., 1953-1958.* New York: Harper, 1959.

—— (ed.). *The Use and Misuse of Language.* New York: Fawcett, 1962. Selections from *Language, Meaning and Maturity* and *Our Language and Our World.*

Hockett, C. F. *A Course* in *Modern Linguistics.* New York: Macmillan, 1958.

Horney, Karen. *The Neurotic Personality of Our Time.* New York: W. W. Norton, 1937.

Howard, Philip. *Weasel Words.* New York: Oxford University Press, 1979.

——. *Words Fail Me.* New York: Oxford University Press, 1981.

Huse, H. R. *The Illiteracy of the Literate.* New York: D. Appleton-Century, 1933.

Huxley, Aldous. *Words and Their Meanings.* Los Angeles: Jake Zeitlin, 1940.

Huxley, Julian. *Evolution: The Modern Synthesis.* New York: Harper, 1942.

Isaacs, Harold R. *Scratches* on *Our Minds: American Images of China and India.* New York: John Day, 1958.

Jacobs, Noah Jonathan. *Naming-Day in Eden.* New York: Macmillan, 1958.

Jameson, Frederick. *The Prison-House of Language.* Princeton, N.J.: Princeton University Press, 1972.

Johnson, Alexander Bryan. *The Meaning of Words* (1854); with introduction by Irving J. Lee. Milwaukee, Wisc.: John W. Chamberlin, 1948.

——. *A Treatise* on *Language* (1836); edited by David Rynin. Berkeley: University of California Press, 1947.

Johnson, Nicholas. *How to Talk Back to Your Television Set.* Boston: Little, Brown, 1970.

Johnson, Wendell, *People in Quandaries: The Semantics of Personal Adjustment.* New York: Harper, 1946.

——. *Your Most Enchanted Listener.* New York: Harper, 1956.

Kelley, Earl C. *Education for What is Real.* New York: Harper, 1947.

Kepes, Gyorgy. *Language of Vision;* with introductory essays by Siegfried Giedion and S. I. Hayakawa. Chicago: Paul Theobald, 1944.

Keyes, Kenneth S., Jr. *How To Develop Your Thinking Ability.* New York: McGraw-Hill, 1950.

Korzybski, Alfred. *The Manhood of Humanity.* New York: E. P. Dutton, 1921.

——. *Science and Sanity: An Introduction to Non-Aristotelian Systems and General Semantics.* Lancaster, Pa.: Science Press Printing Company, 1933.

Kropotkin, Petr. *Mutual Aid, A Factor of Evolution:* with foreword by Ashley Montagu, Boston: Extending Horizons Books, 1955.

La Barre, Weston. *The Human Animal.* Chicago: University of Chicago Press, 1954.

Langer, Susanne K. *Philosophy in a New Key.* Cambridge, Mass.: Harvard University Press, 1942.

Lasswell, Harold D. *Psychopathology and Politics.* Chicago: University of Chicago Press, 1930.

Lecky, Prescott. *Self-Consistency: A Theory of Personality.* New York: Island Press, 1945.

Lee, Irving J. *Language Habits in Human Affairs,* New York: Harper, 1979.

———. *The Language of Wisdom and Folly.* New York: Harper, 1949.

———. *How to Talk with People.* New York: Harper, 1952.

———. *Handling Barriers to Communication.* New York: Harper, 1968.

Leiber, Lillian R. *The Education of T. C. Mits.* New York: W. W. Norton, 1944.

———. *The Einstein Theory of Relativity.* New York: Farrar & Rinehart, 1945.

Lowe, Carl (ed.), *Television and American Culture.* New York: H. W. Wilson Co.,1981.

MacDonald, J. Fred. *Television and the Red Menace: The Video Road to Vietnam.* New York: Praeger, 1985.

Maier, Norman R. F. *Frustration: The Study of Behavior Without a Goal.* New York: McGraw-Hill, 1949.

Malinowski, Bronislaw. "The Problem of Meaning in Primitive Languages"; Supplement I in Ogden and Richards, *The Meaning of Meaning.*

Maslow, A. H. *Motivation and Personality.* New York: Harper, 1954.

Masserman, Jules. *Behavior and Neurosis.* Chicago: University of Chicago Press, 1943.

Mayer, Martin. *Madison Avenue, U.S.A.* New York: Harper, 1958.

McLuhan, Marshall. *Culture is Our Business.* New York: McGraw-Hill, 1970.

———. *The Gutenberg Galaxy.* Toronto: University of Toronto Press, 1962.

———. *The Mechanical Bride: Folklore of Industrial Man.* New York: Vanguard, 1951.

———. *Understanding Media: The Extensions of Man.* New York: McGraw-Hill, 1964.

Mead, Margaret (ed.). *Cooperation and Competition Among Primitive People.* New York: McGraw-Hill, 1936.

Meerloo, Joost. A. M. *Unobtrusive Communication: Essays in Psycholinguistics.* Assen, Netherlands: Van Gorcum, 1964.

Menninger, Karl. *Love Against Hate.* New York: Harcourt Brace Jovanovich, 1942.

Meyers, William. *The Image Makers: Power and Persuasion on Madison Avenue.* New York: N.Y. Times Books, 1984.

Miller, George A. *Language and Communication.* New York: McGraw-Hill, 1951.

Minteer, Catherine. *Understanding in a World of Words.* San Francisco: International Society for General Semantics, 1970.

———. *Words and What They Do to You.* Evanston, Ill.: Row, Peterson, 1952.

Minteer, Catherine, Irene Kahn, and J. Talbot Winchell. *Teacher's Guide to General Semantics.* San Francisco: International Society for General Semantics, revised edition, 1968.

Morain, Mary. *Classroom Exercises in General Semantics.* San Francisco: International Society for General Semantics, 1980.

—— (ed.). *Teaching General Semantics.* San Francisco: International Society for General Semantics, 1969.

Morris, Charles. *Signs, Language and Behavior.* Englewood Cliffs, N.J.: Prentice-Hall, 1946.

Mueller, Claus. *The Politics of Communication.* New York: Oxford University Press, 1973.

Newton, Norman. *An Approach to Design.* Reading, Mass.: Addison-Wesley, 1951.

Ogden, C. K., and I. A. Richards. *The Meaning of Meaning,* 3rd ed., rev. San Diego: Harcourt Brace Jovanovich, 1989.

Osgood, Charles E., G. J. Suci, and P. H. Tannenbaum. *The Measurement of Meaning.* Urbana, Ill.: University of Illinois Press, 1957.

Packard, Vance. *The Hidden Persuaders.* New York: David McKay, 1957.

Piaget, Jean. *The Language and Thought of the Child.* New York: Harcourt Brace Jovanovich, 1926.

——. *The Child's Conception of the World.* New York: Harcourt Brace Jovanovich, 1929.

Popper, Karl R. *The Open Society and Its Enemies.* London: Hutchinson, 1950.

Postman, Neil. *Language and Reality.* New York: Holt, Rinehart and Winston, 1966.

Rapoport, Anatol. *Fights, Games, and Debates.* New York: Harper, 1960.

——. *Operational Philosophy.* New York: Harper, 1969.

——. *Science and the Goals of Man,* New York: Harper, 1971.

Real, Michael R. *Mass-Mediated Culture.* Englewood Cliffs, N.J.: Prentice-Hall, 1977.

Richards, I. A. *Interpretation in Teaching.* New York: Harcourt Brace Jovanovich, 1938.

——. *The Philosophy of Rhetoric.* New York: Oxford University Press, 1936.

——. *Practical Criticism,* A *Study of Literary Judgment.* New York: Harcourt Brace Jovanovich, 1929.

——. *Science and Poetry.* New York: W. W. Norton, 1926.

Robinson, John P. *The Main Source.* Beverly Hills, CA: Sage Publications, 1986.

Rogers, Carl R. *Counseling and Psychotherapy.* Boston: Houghton Mifflin, 1942.

——. *Client-Centered Therapy.* Boston: Houghton Mifflin, 1951.

——. *On Becoming a Person.* Boston: Houghton Mifflin, 1961.

Rogers, Raymond. *Coming Into Existence.* New York: Delta, 1967.

Rokeach, Milton. *The Open and Closed Mind.* New York: Basic Books, 1960.

Rothwell, J. Dan. *Telling It Like It Isn't.* Englewood Cliffs, N.J.: Prentice Hall, 1982.

Ruesch, Jurgen, *Disturbed Communication.* New York: W. W. Norton, 1957.

——. *Therapeutic Communication.* New York: W. W. Norton, 1961.

Ruesch, jurgen, and Gregory Bateson. *Communication: The Social Matrix of Psychiatry.* New York: W. W. Norton, 1951.

Ruesch, Jurgen, and Weldon Kees, *Nonverbal Communication.* Berkeley: University of California Press, 1956.

Salomon, Louis B. *Semantics and Common Sense.* New York: Holt, Rinehart and Winston, 1966.

Sapir, Edward. *Language: An Introduction to the Study of Speech.* New York: Harcourt Brace Jovanovich, 1921.

Schaff, Adam. *Introduction to Semantics.* New York: Pergamon Press, 1962.

Schram, Martin. *The Great American Video Game: Presidential Politics in the Television Age.* New York: Morrow, 1987.

Skinner, B. F. *Verbal Behavior.* New York: Appleton-Century-Crofts, 1957.

Slater, Philip. *The Pursuit of Loneliness.* Boston: Beacon Press, 1971.

Smith, Bruce L., Harold D. Lasswell and Ralph D. Casey. *Propaganda, Communication, and Public Opinion: A Comprehensive Reference Guide.* Princeton, N.J.: Princeton University Press, 1946.

Snygg, Donald, and Arthur Combs. *Individual Behavior.* New York: Harper, 1949.

Stefansson, Vilhjalmur. *The Standardization of Error.* New York: W. W. Norton, 1927.

Szasz, Thomos S. *The Myth of Mental Illness.* New York: Harper, 1961.

Taylor, Edmond. *The Strategy of Terror.* Boston: Houghton Mifflin, 1940.

Thayer, Lee (ed.). *Communication: General Semantics Perspectives.* New York: Spartan Books, 1970.

Thurman, Kelly. *Semantics.* Boston: Houghton, Mifflin, 1960.

Ullmann, Stephen. *Semantics: An Introduction to the Science of Meaning.* Oxford: Basil Blackwell & Mott, Ltd., 1962.

Vaihinger, Hans. *The Philosophy of "As If. "* New York: Harcourt Brace Jovanovich, 1924.

Veblen, Thorstein. *The Theory of the Leisure Class.* New York: Modern Library, 1934.

Victor, George. *Invisible Men.* Englewood Cliffs, N.J.: Prentice-Hall, 1973.

Vygotsky, L. S. *Thought and Language.* New York: John Wiley, 1962.

Wagner, Geoffrey. *On The Wisdom of Words.* Princeton, N.J.: Van Nostrand, 1968.

Walpole, Hugh R. *Semantics.* New York: W. W. Norton, 1941.

Weinberg, Harry L. *Levels of Knowing and Existence.* New York: Harper, 1959.

Weiss, Thomas S., and Kenneth H. Hoover, *Scientific Foundations of Education.* Dubuque, Iowa: Wm. C. Brown, 1964.

Welby, V. *What Is Meaning?* New York: Macmillan, 1903.

Whorf, Benjamin Lee. *Language, Thought and Reality: Selected Writings of B. L. Whorf;* edited by John B. Carroll. New York: John Wiley, 1956.

Wiener, Norbert. *Human Use of Human Beings: Cybernetics and Society.* Boston: Houghton Mifflin, 1950.

Wilson, John. *Language and the Pursuit of Truth.* New York: Cambridge University Press, 1956.

Windes, Russel R., and Arthur Hastings. *Argumentation and Advocacy.* New York: Random House, 1965.

Wright, Will. *Six Guns and Society.* Berkeley: University of California Press, 1975.

Yerkes, Robert M. *Chimpanzees: A Laboratory Colony.* New Haven, Conn.: Yale University Press, 1943.

Young, J. Z. *Doubt and Certainty in Science: A Biologist's Reflections on the Brain.* New York: Oxford University Press, 1951.

語言與人生

在說與聽之間，語言如何形塑人類思想、引發行動決策和價值判斷？
（全新增訂版）

原著書名：*Language in Thought and Action: Fifth Edition* • 作者：S.I.早川（S.I. HAYAKAWA）、艾倫.R.早川（Alan R. HAYAKAWA）• 翻譯：林佩熹 • 封面設計：鄭宇斌 • 責任編輯：徐凡 • 總編輯：巫維珍 • 編輯總監：劉麗真 • 總經理：陳逸瑛 • 發行人：涂玉雲 • 出版社：麥田出版／城邦文化事業股份有限公司／10483台北市中山區民生東路二段141號5樓／電話：(02) 25007696／傳真：(02) 25001966 • 發行：英屬蓋曼群島商家庭傳媒股份有限公司城邦分公司／台北市中山區民生東路二段141號11樓／書虫客戶服務專線：(02)25007718；25007719／24小時傳真服務：(02) 25001990；25001991／讀者服務信箱：service@readingclub.com.tw／劃撥帳號：19863813／戶名：書虫股份有限公司 • 香港發行所：城邦（香港）出版集團有限公司／香港灣仔駱克道193號東超商業中心1樓／電話：(852) 25086231／傳真：(852) 25789337 • 馬新發行所：城邦(馬新)出版集團【Cite (M) Sdn Bhd／41-3, Jalan Radin Anum, Bandar Baru Sri Petaling, 57000 Kuala Lumpur, Malaysia.／電話：+603-9056-3833／傳真：+603-9057-6622／印刷：前進彩藝有限公司 • 2014年5月初版 • 2023年5月二版5刷 • 定價360元

國家圖書館出版品預行編目資料

語言與人生／S.I.早川（S.I. HAYAKAWA）、艾倫.R.早川（Alan R. HAYAKAWA）著；林佩熹譯. -- 初版. -- 臺北市：麥田，城邦文化出版：家庭傳媒城邦分公司發行，民2014.05
面；　公分. -- (RG8004)
譯自：Language in Thought and Action: Fifth Edition
ISBN 978-986-344-082-6（平裝）
1. 語意學

801.6　　　　　　　　　　　　103004961

城邦讀書花園
www.cite.com.tw

LANGUAGE IN THOUGHT AND ACTION, Fifth Edition
By S.I. Hayakawa and Alan R. Hayakawa
Published by arrangement with Houghton Mifflin Harcourt
Publishing Company
Through Bardon-Chinese Media Agency
Complex Chinese translation copyright © 2014
by Rye Field Publications, a division of Cite Publishing Ltd.
ALL RIGHTS RESERVED